KB252288

8살
차이의
약혼자

8살
차이의
약혼자

8살 차이의 약혼자 1

초판 1쇄 인쇄일 | 2004년 3월 5일
초판 1쇄 발행일 | 2004년 3월 10일

지 은 이 | 민은아
일러스트 | pai
발 행 인 | 유창언
발 행 처 | 발렌타인북스

출판등록 | 1994년 6월 9일
등록번호 | 제10-991호

주소 | 서울시 마포구 서교동 463-28 공암빌딩 301호
전화 | 335-7353~4
팩스 | 325-4305
e-mail | pub95@hanmail.net / pub95@chollian.net
홈페이지 | www.vtbooks.co.kr

ISBN 89-5775-032-0 04810
　　　89-5775-031-2 (세트)

값 8,500원

※ 잘못 만들어진 책은 구입처에서 교환해 드립니다.

8살
차이의
약혼자

❶

민은아 장편로맨스소설

발렌타인북스

  사람들에게 사랑하는 연인이 몇 살 차이면 좋겠는가를 물어보고
싶다.

  동갑이나 네 살 차이는 궁합도 안 보고 결혼한다는 이야기가 있을
정도이니 나이 차이를 무시할 수는 없을 것 같다. '8살이라면 4살 차
이의 더블이니 두 배로 잘 살지 않을까?' 하는 생각에서 이런 제목을
떠올렸는데 생각해 보니 8살 차이란 너무도 큰 의미를 가지고 있다
는 것을 알 수 있었다. 남자가 초등학교 1학년일 때 여자는 이 세상에
아직 존재도 없지 않은가? 그런 점을 생각하면 둘 사이에 세대차이
가 확실히 나면서 동시에 뭔가 재미있는 일이 무궁무진할 것 같은 예
감……. 역시나 쓰면서 너무도 재미있었다. 오히려 대담할 정도의 어
린 약혼자에게 끌려가며 첫사랑의 아픔을 씻고 싶었던 민혁이라는
남자는 모성을 자극하는 남자의 한 단편일 수 있다. 남자는 나이 먹
어도 어린애라고 하지 않는가?

  이 나이가 되어서도 가슴 찌릿한 사랑에 울고 웃는 나를 돌아보면
역시 사랑은 너무도 아름다운 것 가운데 최고이다. 그 중에 가장 아

픈 사랑이 첫사랑…… 절대로 이루어지지 않는다는 그 사랑을 여자
는 쟁취했고, 남자는 이루지 못했지만 한 편 한 편 써내려가는 동안
내 머릿속에 있던 사랑의 본질은 역시 믿음이었다.

마지막 마침표가 너무도 아쉬워 마지막 편을 지우고 또 지우고 썼
던 그 아쉬움…… 이제 다시 쓰라면 못 쓸 것 같은 그 허탈감……에
잠시 주춤거렸다. 사랑한다는 것보다 사랑을 지키는 일은 더 어려운
가? 유행가 가사처럼 사랑은 아무나 하는 게 아닌가 보다. 정말……
사랑은 말처럼 쉬운 게 아닌 것 같다. 나에게는 글 쓴다는 것도 사랑
을 지키는 일만큼 너무 어렵다. 하지만 자기가 하지 못하는 사랑에
대한 대리만족이라는 면에서 보면 책만큼 감동을 주는 것도 드물지
않을까? 미숙한 내 글을 끝까지 읽어 주시는 분들이 계시는 한, 난
이 글을 쓴 가치가 충분하다고 믿고 싶다.

여자는 온 마음을 다해 사랑을 하고 남자는 온 힘을 다해 사랑을
한다고 한다. 지금 이 순간 사랑하는 사람이 있다면 절대로 포기하지
않고 끝까지 쟁취하는 게 진정 사랑이 아닐까? 그것이 내가 이 글의

끝에서 밝힌 사랑이다.

'사랑하는 내 딸'이라는 아이디처럼 내가 사랑하는 내 남편과 두 딸, 그리고 날 옆에서 도와준 연애소설창작실의 나현이와 수영이, 진영이, 선아님께 감사드리고 싶다.

– 사랑하는 내 딸

알 만한 스님 한 분,

난

여덟 살 차이라야 행복하단다.

왜

전화 안 받냐구?

왜

편지 안 하냐구?

갑자기

왜 그러냐구?

넌 나랑

동갑이기 때문이야.

여덟 살 차이가 아니기 때문이야.

　　　　　　　　　　－「김정숙 시집」 중에서

내 낭군은 내가 미팅을 했다고 해도,

"재미있게 놀았니?"

내가 내 낭군에게 날 어떻게 생각해? 하고 물으면,

"특별한 존재야."

"나랑 정말 결혼할 거야?"라고 물으면,

"네가 졸업하면 할 거야."

이게 어디 약혼한 사람들의 정상적인 대화라 할 수 있어!

아무런 상관이 없는 남이라도 이 정도 대답은 해주겠다.

이런 제길! 대답하기 전 한 번이라도 생각하는 척, 고심해 주는 척…… 하면서 대답하면 어디가 덧나냐?

갑자기 누워 있던 나는 벌떡 일어나 몸을 꽈배기 같이 꼬아버렸다.

"짜기 사랑해! 나 많이 보고 싶었지 못 봐서 죽는 줄 알았어. 우리 그런 의미에서 도장 한번 찐하게 박을까?"

그래, 내가 이 정도까지 바란다면 인간이 아니지. 완전 오리지날

젠틀맨한테, 이런 걸 바란다는 건 하늘이 두 쪽 나야 생길 수 있는 일이야.

내 머릿속은 온통 오빠 생각으로 꽉 차 있는데, 그 사람 머릿속에는 뭐가 들어 있을까?

너무 궁금해 무슨 생각을 하며 날 만날까? 약혼자라는 사람에게 내 생일이 되어도 꽃 한 송이 못 받은 주제가 말해 뭐 하리…….

"체…… 이런, 멘트는 못 날리더라도 중간은 가야~~~"

아이고, 요즘은 한숨밖에 나오지 않는 이 입이 저주스럽다.

파릇파릇한 내 청춘이 이렇게 썩고 있을 줄이야.

왠지 내 청춘이 자꾸만 억울하고 한심하다는 생각이 들잖아.

약혼자를 옆에 두고도 남아도는 시간을 주체를 못하고 에너지를 배출할 곳을 찾아야 하니, 이건 또 다른 나의 숙제였다.

사랑한다는 말을 들으면 아마 난 심장마비를 일으킬지도 몰라.

오빠는 여름날 개울에 발을 담그고 앉아 수박 먹는 것같이 날 편안하게 해주긴 해. 하지만 뭔가 해야 할 일이 없을까 고민해야 하는 것처럼 마치 삶에 재미가 없는 사람 같아. 난 그런 사랑보다 나에게 사랑한다고 말해 주고 안아 주는 그런 사람이 더 좋은데……. 난 한숨을 연속적으로 내쉬며 다시 누워 버렸다.

그렇다고 내가 어린앤가? 22살은 먹을 만큼 먹은 나이라고 본다. 아닌가?

그럼, 오빠의 나이가 너무 많아 그런가? 요즘 연애질의 기본을 몰라 그런가?

만남에도 일정한 코스가 있는데 완전히 오빠는 교과서 감이었다.

자신도 사람이고 남자고 감정이란 것이 있다고 표현하는 것이 그

렇게 어려운 일인가? 난 너무 쉬운데…… 내 소원이 있다면 길거리
에서 오빠랑 키스해 보는 게 소원이야…….

쳐다보는 눈이 여럿이라는 것이 안중에도 없듯이 그런 직설적인
그런 사랑 말이야.

이건 약혼자가 아니라 만나면 아주 친한 친척아저씨를 만나는 느
낌이니 이래 가지고 언제 하늘을 보겠어. 가뜩이나 옆에 있는 친구가
나를 보면 놀리는데……. 하지만 나의 사랑을 쏟아부을 곳은 역시 오
빠밖에 없어.

그렇다고 먼저 만나자고 하면 항상 나를 기다리게 하지.

"오늘 바쁜데…… 어쩌지?"

이젠 그런 말 듣기 지쳤어. 날 더 기다리게 하면 어떡해. 아직도 그
날을 생각하면 자연스레 숨이 멎어 버리는 것 같아.

마치 나를 보는 시선에서 달콤한 꿀이 철철 넘치는 눈동자였다. 사
랑의 향기를 마구 뿌리면서 나에게 오는 그런 모습을 연상케 했으니
까. 첫눈에 반하고 쫓아다니기 시작한 1주기가 되었을 때니까, 그러
니 작년 오늘이다. 잊고 싶지가 않다.

가야 한정식에서 12시에 오빠와 약혼을 했다.

꾀죄죄하고 김치 국물 묻은 하얀 가운에 제대로 잠을 못잔 이중삼
중 쌍꺼풀, 혼자 바쁜 척 다하고 그 모습조차 예뻐 보였는데, 써글
놈…… 죽일 놈!

오늘이 약혼 1년 되는 날인지 알고나 있을까? 당연히 모르겠지.

얼굴조차 보기 힘드니…… 원 이럴 줄 알았으면 평소 튕기는 이미
지대로 가는 건데 잘못했어. 하지만 나의 취약점은 그런 오빠라도 나
를 기쁘게 해줘. 오빠 외에는 무엇 하나 내 머릿속을 기쁘게 해줄 만

한 다른 게 없다는 거야.

오빠 생각을 떨치게 해줄 수 있는 게 없어. 한 마디로 비집고 들어올 틈을 주지 않아. 애석하게도…… 오빠는 나의 열정을 실현가능하게 해 주는 남자이거든. 오빠는 날 배를 긁어 달라고 뒹구는 강아지처럼 만들어 버리고 있어.

전혀 진도가 나가지 않는 사이에 조바심나게 만들고 나만 몸이 달아 안달하는 사람처럼…… 이것 봐……. 나도 사랑에 빠졌다고요, 자랑 좀 하고 살게 해주면 어디가 덧나냐고.

오늘도 잔디밭에 누워 울리지 않는 핸드폰을 보면서 이제나저제나 데이트하자고 전화 올 오빠의 전화만 기다리고 있는 나에게 나의 귀를 쩌렁쩌렁하게 만드는 나의 영원한 친구의 목소리가 들려오기 시작했다.

나를 만나기 100m 전부터 말이지 사실 내 눈에는 잘 보이지도 않아요. 그 큰 목소리만 들릴 뿐이지…….

"다빈아! 뭐 해, 또 한숨 쉬고 있어? 너 팔자도 참 썩은 팔자다. 약혼자 놔두고 허구한 날 외로운 하늘만 쳐다보고 있으면 떡이 나오냐! 밥이 나오냐!"

잔디밭에 누워 혼자 청승을 떨고 있는 나를 향해 아주 요란하게 뛰어오는 친구가 이제야 보이기 시작했다. 저런! 저 운동장만한 힙이 죽어나겠군.

"시끄럽다! 이 지지배야."

"어쭈구리…… 외로운 친구 하나 구제해 줄려고 부리나케 뛰어왔구만."

"그게 뛰어온 거냐! 걸어온 거지."

“하여튼 말하는 폼새 보면 너한테 달려들던 남자들도 다 떨어져 나가 겠…… 읍…….”

친구 미경인 자신의 입에서 흘러온 말이 나에게 타격을 주겠다고 생각을 했나 보다. 말하다 말고 얼른 자신의 입을 막아버렸다.

“미…… 미안해.”

“아니야. 내가 이런 청승 떤 게 어디 하루 이틀이냐?”

“그렇지. 그렇지, 그래서 내가…….”

“뭔데. 또 무슨 일로 나랑 접속하려는지 이유를 대라, 오버!”

“지지배, 나랑 다니면서 늘은 것은 눈치밖에 없다니까? 그러지 말고 오늘 나이팅 어때? 오래 만에 몸도 풀고 좋잖아!”

“나 어제 너 나이트 간 거 다 아니까 앙큼 그만 떨어라! 이년아 그리고 임자 있는 몸이거덩! 그만 좀 꺼져줄래!”

미경은 내 말에 아주 가소롭다는 듯 코웃음을 치며 콤플렉스인 배를 한 대 쳐 버렸다.

“왜 그래! 가뜩이나 짜증나 죽겠는데…….”

“그런 임자 개나 주라 그래! 스물두 살에 서른 먹은 노땅이 말이 되니? 그리고 말은 바로 하자. 만나기를 자주 만나니? 그렇다고 사랑한다고 말해주길 해. 최근에 언제 키스했어? 한달…… 보름…… 열흘…….”

그래도 고맙다야, 기간을 늘리지 않고 줄여 줘서. 너 그거 알아? 키스한 날에는 난, 자랑스럽게 빨간 동그라미를 치곤 했다는 거, 그러니 내가 왜 그걸 몰라. 우린 가뭄에 콩 나듯 그것도 기분이 맞아야 하는데, 내가 이런 대답하면 너 웃을 게 뻔하지만 어쩔 수 없지 뭐.

“두…… 두 달쯤 됐나!”

두 달이란 말에 미경은 거의 아사 직전 게거품을 물고 쓰러질 정도로 멍한 표정을 짓다가 부끄러운 줄도 모르고 언성을 높이고 있었다.

"미친…… 바보…… 멍청이! 내 똥꼬에다 뽀뽀해도 성이 차지 않을 놈. 요즘 세상이 어떤 세상인데 약혼한 지 1년이 넘도록 처녀로 놔둔다는 거야! 역시 세대차이……. 읍……."

나는 주위의 시선이 우리 둘을 향해 있는 것을 감지하고 미경의 입을 손으로 막아 보았지만 내가 그랬잖아, 힙이 한 운동장한다고. 난 우람한 미경이의 팔뚝을 이겨내지 못했다.

"야, 제발 그만 해라."

"그만 하긴 뭘 그만 해. 아직 반도 못했는데. 너보고 사랑에 굶어 죽으란 얘기와 똑같네. 그리고 너 입술의 궁극적인 용도는 먹고 말하는 삶의 중요한 도구지만 덤으로 주는 용도는 뭔지 알아?"

"글쎄……."

"병신, 이 바보야. 그건 당연히 키스하고 사랑한다는 말을 해줄 수 있는 유일한 곳이잖아! 그런데 그런 걸 가만 보고 있는 너도……."

"……."

"뭐 그러지 말고 가자. 확실한 킹카를 만나게 해줄 테니까……."

"됐어."

"아니, 너의 베스트 프렌드이자 베드 프렌드가 오늘은 더 이상 못 참고 넘어가. 혹시 너의 약혼자에게 접근 불가라는 딱지받았어?"

"그게 무슨 말이야?"

"그렇지 않았다면 도저히 이해할 수 없어. 너가 너무 적극적으로 대시해서 너에게 질린 거 아니냐고!"

"미친……."

“난 그런 건 절대로 못 넘어가지.”

“안 참고 넘어가면 어쩔 건데?”

“너 연애의 최대의 적이 뭔 줄 알아?”

“글쎄.”

“지루함이라고 알까 모르겠네.”

“그런 넌…… 그렇게 연애를 잘 알면서 아직까지 솔로냐?”

“그건…… 인마 내가 일부러 안 만드는 거지.”

“핑계도 좋다.”

“그리고, 너 보면 만들고 싶어도 싫어! 내가 사랑하는 사랑이란 가슴이 시리도록, 슬픈 사랑을 하면서 사랑을 견고히 하는 건데 너 보면 오 노우.”

“지랄.”

“아무리 봐도 내가 보기엔 이런 것 같아.”

“어떤 데?”

“아무래도 노땅이 너랑 약혼만 하고 결혼을 안 할 생각인지도 모르지. 그렇지 않고서는 이렇게 푸대접한다는 게 이상해.”

“…….”

“누가 너 같은 꼬맹이를 데려간대! 꿈 깨라! 나중에 이러는 거 아니냐구!”

“……과대망상증이야, 넌.”

“내 얘긴 돌다리도 두들겨 보고 건너라는 얘기지.”

“충고는 고맙게 받을게.”

“그러지 말고 가자. 오늘은 확실하다고 하더라.”

“혹시 너…….”

난 내리까는 친구의 시선에서 그녀의 맘을 알 듯 싶었다. 아니 처음으로 보는 붉어진 그녀의 얼굴. 자기가 하고 싶으니까 나까지 끌고 들어가는, 그 속셈…… 챙길 건 다 챙긴다. 이거군 그래 기분도 꿀꿀한 데 그녀의 소원대로 따라가줘야 하겠지.

"너, 오늘 안 가면 사랑 앞에선 우정을 헌신짝 버린다고 광고하고 다닐 거야."

"어이구…… 어련하시겠어요, 이 미경 여사님, 그 소식…… 확실한 거지? 너 또 뻥치는 거 아니지?"

"속고만 살았나? 사람을 왜 못 믿는 거야, 이렇게라도 복수해. 그렇지 않으면 너 속 다 썩어 버린다."

"어…… 그래, 가자. 오늘 가서 한번 먹고 죽어보자."

난 그 길로 벌떡 일어나 엉덩이에 흙을 툭툭 털어 버렸다. 마치 오빠의 잔재를 털어 버리려고 하는 것처럼. 어쩌면 내가 그 동안 생각했던 걸 미경이가 콕 찔러 준 것 같기도 해…….

그리고 친구의 어깨에 팔을 올리고 자신 있게 한걸음씩 내딛기 시작했다.

머뭇거리지 말자……. 민다빈! 계산은 바로 해야지 나도 이제는 손해 보는 장사는 하기 싫어. 나도 이제 싱글거리기 만하는 어린애가 아니라고! 감정 표현할 줄 안다구! 사람은…… 누구나 결국엔 자기 자신이 제일 소중한 거야. 그래 ! 민다빈 잘했어…….

처음 가는 길도 물어보면서 가면 언젠가는 도착하게 마련이다.

조금은 짜증나고 힘들겠지만, 하지만 사랑의 길은 몇 번을 똑같은 길을 되풀이해도 그때마다 다르다는 걸 어디에서 읽은 적이 있었다. 사랑을 여러 번 하라는 건 아니지만 나처럼 첫사랑일 경우는 그 길을 적응하기가 매우 힘들겠지. 고로 난 지금 다른 길로 와 버리는 사랑을 시도하고 말았다. 일종의 바람이라는 거겠지. 크크크…….

결국, 난 친구 따라 강남 간다고 여기에 와 버렸다.

주위가 조명발로 현란해 지며 젊은이들이 춤을 추고 있고, 스테이지에서 먼 한쪽 구석에 앉아 있는 나와 미경이를 보고 손을 흔드는 두 명의 남자들을 향해 눈을 찔끔 감고 같은 자리에 앉아 버렸다.

음, 이만하면 봐 줄 만해……. 잠시 긴장감이 도는 순간에 미경인 내 귀 가까이 대고 아주 다정하게 우정을 말하고 있었다.

"갈색 브릿지 한 놈은 내 거야. 그러니 넌 다른 놈 맡아."

그래 일단 너 마음에 드는 놈부터 고르겠다 이거지? 너가 왜 그 말

안 나오나 했다. 그 놈 빼면 한 놈밖에 없어. ㅋㅋㅋ

"오늘…… 알지? 밀어치기로 안 되면 끌어 당겨. 세상에 널린 게 남자야! 널 내팽개쳐 버리는 그딴 놈 잊어 버려! 세상에 널리고 널린 게 남자들이야, 널 약혼녀로 취급도 안 하는 노땅 생각도 하지 말고!"

참 친구란 게 충고를 이 따위로 하냐? 미경의 말에 난…… 주먹을 불끈 쥐고 입술을 꽉 깨물어보았다. 만날 수 없는 외로움은 사랑의 힘으로 막아 보지만, 날 사랑하고 있지 않다는 느낌은 내 마음을 천 갈래 만 갈래 찢어 버렸다.

이제까지 난 엄청난 착각 속에서 살았는지도 몰라, 오빠와 난 그 어느 것도 닮은 게 없는 데 말이지……. 여자는 사랑받는 게 당연하다고 여겨온 나에게 오빠는 이상한 사랑법을 강요하고 있는 거야. 그래 그것도 오늘부로 마감하는 거야.

오늘부로 길가에 굴러다니는 돌같이 차 버릴 거야. 어느 누구도 오빠를 사랑해야 한다고 강요한 사람이 없는데 난 그 모든 것을 오빠 탓으로 돌리며 그렇게 난…… 2:2 미팅을 하기 시작했다.

하지만 나의 다부진 각오는 5분도 안 돼 무너져 버렸다.

아무 느낌도 없는 녀석들이랑 노닥거리려니 괜찮을 턱이 없었다. 후, 지겨워…….

역시 난 오빠 외에는 다른 사람이 전혀 보이질 않아. 이것도 병이야, 병. 쓸데없는 망상에 사로잡혀 멍하니 맥주병만 만지고 있을 때, 앞에 앉아 있는 남자의 목소리가 들려왔다. 생긴 거와 비슷하게 그 남자의 목소리는 제법 멋진 톤을 가지고 있었다.

"저기 친구 분은 벌써 일이 난 것 같은데요?"

"예?"

난 미경이가 벌써 작업을 걸고 있는지 몰랐다. 그 남자의 말에 고개를 돌린 나는 블루스를 추고 있는 그 두 사람을 보면서 웃어주었다. 지지배 급하긴…… 꽤나 급해구나, 그러면서 은근히 날 가지고 논 이유가 뭐야. 그래 너나 성공해. 그럼 여긴 내가 지키고 있지 뭐.

날 향해 겸연쩍은 웃음을 짓고 있는 내 앞에 앉아 있는 남자의 눈을 피해, 난 그녀를 향해 웃음을 보내주고 천천히 고개를 돌리려는 순간에 여자의 째지는 듯한 목소리가 들려와 그곳으로 시선을 돌렸다. 싸움구경도 재미있으니까, 이게 나이트의 묘미 아니겠는가?

하지만 순식간에 주변이 슬로우 모션으로 정지되면서 내 눈에 말도 안 되는 남자의 얼굴이 들어왔다. 내 눈에…… 설마 내가 잘못 본 거겠지. 아니 내가 사람 식별도 잘못할까 봐, 이래 봐도 시력이 1.5, 1.5라고. 양쪽 다 내 눈은 한 남자와 그 남자에게 아주 확실하게 안겨 있는 여자에게서 눈을 떼지 못했다. 차라리 눈물이 나온다면 눈이 이렇게 아프지나 않을 텐데…….

눈동자는 너무나 놀란 그 장면에 멈추어 버렸다.

나의 등줄기를 따라 따끔거리는 이 고통은 또 뭐야! 난, 내 눈을 다시 비비며 또 쳐다보았지만 역시나 내가 본 것이 잘못된 게 아니란 걸 알게 되었다. 참…… 뭐라 말하지?

그때 음악이 끝났었나 보다. 그 잠시 동안의 시간에 주위는 댄스곡으로 바뀌어 온통 술렁거리는 느낌이었지만 내 귀에는 아무것도 들리지 않았다.

비로소 나에게 사랑이라는 단어는 절대 어울리지 않는다는 걸 내 눈으로 확인하는 순간이었다. 폭탄이 터진 후 찾아오는 정적처럼 잠시 동안 침묵에 잠겼다. 곧 내 머릿속은 경고의 종이 심하게 울려대며 머리가 찌근찌근 아파오자 난 더 이상 그 모습을 보지 못하고 고개를 돌려 버렸다.

이미 심장은 마지막 발악을 하듯 심하게 뛰기 시작했고 얼굴로 오는 피가 제 역할을 하지 못하고 하얗게 하얗게 변하기 시작했다.

블루스 타임이 끝나고 돌아온 미경은 내 표정에 당황하고 있었다. 내 어깨를 가만히 쥐고 흔들었지만 난 그냥 멍하니 보고 있을 수밖에 없었다.

"왜 그래? 다빈아! 찜찜한 얼굴을 하고……. 아니, 죽을 상을 하고!"

"미경아! 저 사람…… 맞지? 술 취한 여자를 완전 밀착해서 안고 들어오는 사람……."

내 말에 고개를 돌려 버린 미경이……. 하지만 바로 다음에 들려오는 미경이의 헉 하는 소리가 나의 급소를 정확하게 파고드는 칼날같이 예리하게 찔렀다. 그 소리가 자극제였나 보다. 드디어 내 눈에 눈물이라는 놈이 서서히 맺히기 시작했다.

"다빈아, 무슨 이유가 있겠지? 그럴 사람 아닌 거 알지? 무슨 말 못할 사정이 있을 거야."

"미경아……. 미안하지만 내 얼굴 좀 꼬집어 줄래?"

"다, 다빈아."

이미 내 눈에는 눈물이 쏟아지기 시작했다. 아니 너무 갑작스레 당한 일이라 숨을 쉴 수가 없었다.

"울지 마. 다빈아, 너가 사랑하는 사람이라면 믿어야 하잖아."

"알아. 하지만 난 저 남자 절대로 용서 못해. 저런 모습은 내가 알고 있던 사람의 모습이 아니란 말이야."

이미 내 맘은 너무 가슴이 찢어져 숨을 쉴 수가 없는데 목에 가시가 걸렸나, 아니면 입이 굳어 버렸나, 난 아무 말도 못한 채 나이트 문을 나와 버렸다. 앞에 앉아 있는 두 남자에게 아무런 사과의 말도 못한 채 말이지. 거리의 네온사인이 밤의 아름다움을 자랑하고 있지만 난 손으로 왼쪽 가슴을 두드리며 울고 있었다.

"흑…… 흑…… 흑……."

그래……. 난 이때까지 왜 그런 생각을 못했을까? 다른 여자가 있을 수도 있다는 사실을 깨닫지 못했을까? 약혼기간 1년이라면 어쩌면 미경이 말대로 만리장성을 수 없이 쌓을 기간인데……. 흑흑흑! 내가 성적 매력이 없나…….

난 이제까지 오빠가 나에게 사랑한다는 말은 안 해주고 키스하는 것도 선심 쓰는 척해 주었지만 적어도 여자 문제로 날 속썩일 거라는 생각은 한 번도 한 적이 없었다.

그래서 그런가? 아무리 생각해도 믿어지지 않았다. 오빠는 어디서나 내 눈에 확 띄는 존재라는 걸 잊었어? 난 이제까지 오빠를 생각하며 나만의 비밀스런 환상이나 소망을 간직하곤 했는데, 이제는 그것조차도 하면 안 되는 걸까? 아마, 내 감정에 매듭을 지어야 할 때가 온 걸 거야. 너무 날 얕잡아 본 거 같아, 아니야, 내가 너무 어렸나? 여자라고 생각하기에…… 그럼 띠 동갑이나 10살 이상 차이 나는 사람은 어떻게 데이트를 한대…….

난 급히 핸드폰을 열어 저장된 0번 키를 눌렀다. 그곳엔 다시 가고 싶지 않아. 생각할수록 혈압이 오르는 일이었다.

"고객이 전화를……."

난 또다시 들려오는 핸드폰이 꺼져 있다는 그 여자의 목소리가 지겹기까지 해 버렸다. 좀 다른 버전은 없어.

"에이 씨! 언제나 이런 식이야. 또 거짓말하겠지. 수술중이었거나 응급실이었다고. 이젠 지긋지긋해!!!"

악악! 네가 깔끔하게 마무리를 지어줘야 나도 개운할 거 아니야! 어떻게, 첫 서두를 꺼내지 밥맛 없는 놈이라 말할까? 깊이 파고들면 파고들수록 내 맘만 아파져……. 그냥 우리 파혼하자, 파혼해. 그래, 그냥 내가 먼저 파혼하자 할 거야. 그러면 속이 시원하겠지. 핸드폰을 받지 않으니 연락할 수 없잖아. 그래 오늘로 이 일을 말끔하게 정리하는 거야.

난 눈물을 멈추고 씩씩하게 나이트 안으로 다시 들어갔다. 거기엔…… 내 약혼자라는 사람이 뻔뻔하게도 술 취한 여자의 이마를 찬물수건으로 닦아 주고 있었다. 세상에 이런 일이 있을 수 있나…….

자신의 약혼녀가 바로 옆에 와 있는데도 불구하고 알아보지 못하다니, 그 장면을 목격하는 순간…… 머리에 꼭지 돈다는 말의 의미를 알 수 있었다. 테이블 위에 있는 병맥주를 들어 그 뻔뻔한 남자의 머리 위로 쏟아 버렸다. 그제서야 내 존재를 느낀 오빠의 표정이 심하게 일그러지고 있었다.

오빠의 입에서 내 이름이 나오기까지 몇 초가 지났으니 꽤 놀라긴 놀랐나 보다. 역겨워! 이런 행동도 나에겐 아무런 소용도 없어.

"다, 다빈아."

주위의 시선이 모두 나를 보고 있겠지. 이 정도 창피쯤은 괜찮아. 난 죽고 싶은 걸……. 만약에, 내 행동 때문에 모든 걸 잃는다고 해도 난 지금까지 믿고 따랐던 오빠에게 소중한 걸 날치기 당한 기분이야. 이런 걸 배신이라고들 말하지…….

“내가 그렇게 만만해? 그렇게 만만하게 보여? 참 뻔뻔해. 그 동안 어떻게 참았을까?”

“다빈아, 아니야. 내가 다 설명해 줄게.”

“오빠랑 나 이제 끝이야! 파혼하자고!!!”

“너…… 그게 무슨…….”

“지금 무슨이라는 말이 입에서 나와! 내 앞에서 잘도 그런 뻔뻔한 얼굴로 물어보는 거야, 완전 습관화가 됐구먼. 가증스러운 인간, 그 이유는 오빠가 잘 알 텐데.”

난, 아주 약혼자라는 사람을 뭉개버리고 그 자리를 돌아서 버렸다. 이로써 난 내 유일한 기쁨의 안식처를 처음으로 내 손에서 놔 버리려고 시도하고 있었다.

내가 싫다고 진작 말을 하지. 그랬다면 놓아주었을 텐데……. 그치만, 그치 만…… 한 번만이라도 불쌍한 날 위해 마지막으로 친절을 베풀고 가지. 이런 행동은 날 일어날 수 없게 만드는 행동이야. 나도 사랑받는 기분이 뭔지는 알게는 해주지……. 흑흑흑…….

더 이상의 망설임도 없이, 내 약혼자의 머리에 맥주를 붓고 돌아선 나는 내 팔을 잡는 그 사람의 손을 매몰차게 뿌리치고 나오면서, 난 알 수 없는 나락의 길로 들어섰다. 계속 어두운 곳을 뛰어서 나오는…… 끝도…… 끝도 없는 길을…… 가고 있었다.

사랑 같은 거 안 했더라면 이렇게 자존심 상할 일은 당하지 않았을 텐데……. 뒤에서 아무리 날 잡으려고 해도 무한한 나의 다리 힘은 끝까지 가려고 발버둥치고 있었다.

사랑이 또 날 아프게 해요, 울게 해요…….

하늘이 분명히 맑았었는데 뿌옇게 흐려지는 걸 느꼈다. 그리고 드디어 절망의 낭떠러지에서 한 발을 옮기려고 서 있는 나였다.

더 이상 움직이면 떨어질 수밖에는 곳에서…… 이러지도 저러지도 못하면서 목을 조여 오는 상실감에 울고 있었다. 99% 절망적이라고! 누가 날 좀 제발 붙잡아줘……. 제발…….

| 03 |

시간이 얼마나 지났는지 알 수 없었다. 손끝이 떨리고 입술이 바삭바삭 타들어가기 시작했다. 뛰어나오는 나를 부르는 고함소리가 나의 발목을 잡아버렸다.

덫에 걸려 겁에 질린 채 얼어붙은 먹잇감을 향해 돌진하는 오빠처럼 보였어. 결코 오지 않을 남자를 미련 없이 기다린 걸까? 폭풍이 밀려들고 있는 데 손을 놓고 있는 건 재난을 고스란히 당하겠다는 거와 다를 바 없지. 정말 이건 지독한 경험이었다. 오빠 옆에 다른 여자가 서 있다니……

오빠 이름 옆에 내 이름을 써 보았지만 전혀 닮은 것 같지 않았다. 이민혁! 도대체 이 사람이 어떤 사람이길래 날 이토록 힘들게 하지.

인생이란, 예측 불허. 오빠는 절대로 여자 문제로 나를 괴롭힐 거라고 생각해 보지 않았는데……. 이제는 외롭다는 생각을 지나서 정말 혼자였다는 말이 실감이 되어 버렸다.

후회는 화가 되고 눈물이 되네. 내 눈에서 흘러내린 눈물이 책상

위에 떨어져 그 흔적이 사라졌다는 사실 밖에는…… 이렇게 운다고 해서 달라지는 게 하나도 없는데, 그저 흘러내린 내 눈물이 불쌍할 뿐이지.

이 세상에서 사랑하는 사람이 다른 여자랑 안고 있는 장면을 보았을 때 다른 여자들은 어떻게 할까? 내 눈 앞에서 이루어진 그의 부정을 눈감아줘야 하는지……. 서서히 미쳐 버리는 내 머리는 이런 경우에는 어떻게 해야 하는지 모르는 치열한 전투가 시작되었다.

"머리가 너무 아파……."

그렇게, 마치 넋 나간 사람처럼 난 책상에 팔꿈치를 괸 채 머리를 숙이며 울고 있었다.

그리고 책상 앞에 앉은 난 꺼진 핸드폰을 보면서 첫 번째 책상서랍에서 반지 케이스를 꺼내 열어…… 광채가 나는 약혼반지를 끼워 보았다.

사랑도 일종의 전쟁과 같은 거……. 한 사람을 쟁취한다는 거……. 그리고 그 사람을 계속 생각한다는 건 무척 용기가 필요한 일이야. 사랑하는 오빠가 나를 싫어하게 되면 어떻게 할까 하는 생각에 두렵고 사랑한다고 말을 해주지 않으니 항상 머릿속에 걱정이 가득 찼었지. 이렇게 표면적으로 나타나기까지 말이야. 하지만 아무리 오빠의 존재를 무시하려고 해도 이…… 이끌림은 사랑이야. 그래 나…… 정말 오빠를 사랑해서 죽을 것 같아.

그래서 오빠는 내 거야. 나만 봐야 돼. 다른 여자는 절대로 안 돼. 정말인데…….

갑자기 또 눈물이 멈추지 않는 건…… 아마도 눈에 뭔가 들어 간 거겠지. 내가 너무 욕심이 많은 걸까? 정말 아직까지는 아무 일도 일어나지 않았는데, 미리 지레 겁을 먹고 이 난리를 떨고 있는지도 모를 일이었지만…….

내 눈에는 눈물이 그렁그렁 매달려 있고 입은 자꾸만 그 울음소리를 토해 내려고 용을 쓰고 있었다. 어둠 속에서 반짝이는 다이아의 광채가 나의 맘을 시리게 했다.

"너…… 왜 이리 반짝이니? 내 맘 아프게 우리 관계는 빛을 잃어 버렸는데."

약혼식 날…… 내 손에 살포시 끼워준 반지. 아까워 많이 끼지도 못했는데…….

맞아! 언젠가는 꿈에서 깨버리는 게 아닐까 하는 불안감이 내내 내 마음속에 잠재하고 있었어! 그러니 맨날 나만 죽고 못 살았지 언제 나이트에서 보여준 끈적한 포옹해 준 적 있냐구! 그럼 하다 못해…… 흑흑! 어렴풋한 감촉이라도 기억나면 좋으련만…….

이젠 다 끝이야. 그래, 어차피 젖비린내 나는 어린애 취급받느니 내 또래의 남친을 만들어……. 만들면 그 다음엔 뭘 하지……. 난 신경질적으로 반지를 손에서 빼내어 다시 책상 서랍 속에 툭 던져 넣었다. 이렇게라도 화풀이하고 싶어.

그리고 난 화장지를 확 잡아 당겨서 코를 세차게 풀어 쓰레기통에 던지고는 침대에 누워 버렸다. 하지만 누워서 눈을 감아도 떠 보아도 보이는 건 오빠와 그 여자의 모습…….

이제는 아예 깊은 키스를 나누려고 분위기를 잡는 모습이었다. 굴욕감이 칼끝처럼 가슴을 찔렀다. 제발 날 떠나지 말아요.

"싫어, 싫어……."

파혼하자고 오빠 머리에 추태를 보이고 왔어도 난…… 자꾸만 헛된 망상에서 벗어나지 못했다. 나에게도 꿈이 있었단 말이야. 언제쯤 오빠의 신부가 될 수 있을까? 언제쯤 사랑한다는 말을 들을 수 있을까?

아기는 몇 명이나 낳을까? 그런 생각만 하면 가슴이 터질 것 같아서 오빠를 제대로 쳐다보지 못했던 이 어린 나의 마음을 알기나 해! 이 바보야! 당연히 몰랐겠지

"이렇게 보고 싶은데…… . 흑흑흑…… ."

그때 내 망상을 깨뜨리며 밖에서 대문 두드리는 소리가 크게 들렸다. 왜 이리 시끄러운 거야! 어두운 밤 매너도 없게시리…… . 하지만 그 소리는 나를 부르는 소리였다.

"민다빈…… . 민다빈! 나와! 빨리! 아니면 문을 열란 말이야."

술에 쩔어 혀 꼬부라진 소리로 내 이름을 불러대는 목소리에 엄마와 난 잠옷 차림으로 그 이방인을 집으로 맞아들였다.

"윽…… . 혈압 끓어오르는 소리 들려! 진짜 이 남자 무슨 배짱으로 술 먹고 왔대."

"너 이 서방한테 무슨 말투가 그래?"

"엄마, 이 남자가…… 헉…… ."

내 말이 끝나기도 전에 날라 오는 울 엄마의 공포의 떡대손이 내 입을 더 이상 움직이지 못하게 만들었다. 안 그래도 난 정말 기가 막혀 더 이상 말을 할 수가 없었다.

오빠가…… 오빠가…… 정말로 이해가 되지 않았다. 속으로 덜컹 내려앉은 내 마음이 쉽게 제자리로 돌아오지 않았다. 오리지날 스탠다드가 웬일이셔! 아까 일로 머리가 잘못 되셨나?

엄마는 깜짝 놀라는 표정으로 오빠를 바라보았다. 평생을 사시는

동안 엄마 눈이 제일 커진 순간이였으리라…….

"이 서방, 술 먹고 여긴 웬일인가?"

엄마의 말에 오빠는 몸을 제대로 가누지 못한 채 말을 해 버렸다. 마치, 변명의 기회라도 주어진 듯 참 별꼴이야…… 민 다빈 절대로 넘어 가면 안 돼…….

"죄송합니다. 장모님. 다빈이가…… 속을."

엄마가 날 째림과 동시에 꽈당! 오빠의 몸뚱이가 마루에 충돌하는 마찰음이 들렸다.

에구! 이거 또 한 소리 듣겠네. 우리 엄만 따발총인데……. 하지만 들려오는 소리는 나를 더욱더 기가 막히게 만들었다. 이건 엄마의 계략 같은데…… 완전히 오빠가 뿌려 놓은 페르몬에서 엄마는 헤어나지 못하고 계시니까. 아니다 나도 마찬가지이구나.

"다빈아, 뭐 해! 빨리 니 방으로 끌고 가자."

"엄마, 지금 제 정신이유? 수빈이 방에 데려다 놓으면 되잖아. 하필 왜 내 방이야."

"수빈인 고3이잖아, 그리고 약혼한 사이끼리 내외하냐!"

"우씨! 그래도 아직 결혼도 안 했…….."

내 입은 이미 한 발 나왔고 난, 한 소리해 버렸다. 하지만 돌아오는 건 쌩 하는 매 맞는 소리였다. 두 번째…… 퍼억! 맞았다. 이 공포의 손맛은 맞아본 자만이 아는 슬픔이지. 근데, 왜 방금 전 때린 데 또 때리지! 이건 고의성이 다분해.

"엄마, 내가 동네북이야? 잘못한 것도 없는데 왜 자꾸 때려."

"그럼 안방에 끌고 가리? 너가 말도 안 되는 소리를 지껄이니까 그렇지. 빨리 들어. 오늘따라 이 양반은 왜 이리 늦는 거야."

에이쌍! 가뜩이나 꼴 보기 싫어 죽겠는데 내 방에서 재우라니. 입이 울었던 내 눈보다 더 튀어나온 채로 질질질 내 방으로 오빠를 끌어 침대에 눕히고 엄마는 야멸차게 나가 버렸다.

이 남자…… 아까 그 남자 맞어! 술 먹고 뒈져야 할 사람은 난데…… 왜 지가 술 먹고 쳐들어 왔어! 내 투정에도 아랑곳없이 오빠는 물을 찾아 내 이름을 불러댔다.

"다빈아, 물…… 좀…… 물."

골고루 다 찾아 드시겠다. 옛날 같으면 님을 향한 사랑에 나뭇잎이라도 띄워 보이련만 콱 먹고 체해 버려라.

"잠깐만, 기다려요."

투덜대며 방문을 여니 역시나 꿀물을 들고 계신 엄마가 보였다. 안 그래도 사위사랑은 장모라는 걸 알고 있을 거유!

"엄만 오빠가 어디가 예쁘다고 꿀물을 줘! 그냥 물을 주면 돼."

"꽉! 이 지지배가 또 맞고 싶나, 너 주제에 저런 일등 신랑감을 어디서…… 찾는다고. 이 서방…… 이거 먹고 편히 쉬게."

아예 꼴아 떨어진 오빠에게 양념의 인사말까지 잊지 않았다.

"저렇게 정신없는 사람이 엄마 말을 어떻게 알아들어."

"이게 그래도."

"엄마, 나 진짜 엄마 딸 맞아? 왜 이리 구박해."

"너 조용히 해…… 우리 이 서방 깰라."

난 엄마의 입에서 우리라는 단어를 듣자마자 문을 쾅 닫아버렸다. 더 이상 엄마와 대화한다는 건 벽에다 대고 말하는 것과 똑같지 뭐!

"아주 열렬한 팬 하나 두신 소감이 어떴수!"

난 내 침대에 누워 있는 오빠에게 기어코 한 소리를 한 후에야 침대가로 와서 오빠의 몸을 겨우 일으켜 입에 넣어 주었다.

"진짜 짜증나……."

꿀물을 먹은 오빠를 그냥 내 손에서 떼어 버렸다. 그러자 침대의 스프링 소리가 요란하게 들렸고, 오빠의 몸이 한번 통 튕기더니 삐걱 하는 소리와 함께 침대에 눕게 되었다.

"그거 쌤통이다. 이래 봐도 이 침대는 10년이 넘은 고물이란 말이지. 졸업하고 결혼하면 어차피 새 침대 사는 데 그때까지 참으라고 안 사준 울 엄마에 대한 복수야……. 오빠의 괴로움이 곧 엄마의 괴로움이란 말이지."

하지만 고물 침대인 내 침대를 지 침대인 양 오빠는 아주 편안하게 대자로 누워 버렸다. 내 말을 완전히 씹었다. 이거지! 누워 있는 오빠를 보니 얼굴이 절로 짜증이 나는 게 돌아버릴 것 같았다. 저 넥타이로…… ㅋㅋㅋ! 단 한방에 보내, 그래 보내 버려…….

근데…… 아무런 걱정 없이 편안하게 자고 있는 오빠를 보고 있으려니 화가 풀리는 느낌이 드는 건 웬일일까? 아까의 그 기세론 이미 술 취한 사람이더라도 밖으로 끌어내 보냈을 텐데. 참…… 나도 모질지 못해. 오빠한테만은……. 그렇게 사랑의 힘에 어쩔 수 없이 난 굴복하고 말았다.

"세상에서 가장 어려운 남자야! 제발 내 속 좀 그만 썩여."

04

방금 전까지 성난 암탉처럼 씩씩거리던 나는 언제 그랬냐는 듯 아주 조용히 침대 가에 앉아 어두운 방안에 누워 있는 오빠를 보면서 난 절로 나오는 한숨 때문에 심각해지기 시작했다. 저렇게 자면 불편할 텐데. 어쩌지…….

"옷은 벗겨야 하나? 에휴! 양말은…….."

욱신거리는 관자놀이를 지그시 누르고 짜증이 나 오른손으로는 코를 막고 왼손으로, 왼쪽 양말을 벗기려는데 원래 남자들은 양말에서 꼬락내가 있어야 하는 거 아닌가?

근데 왜…… 향긋한 냄새가 날까! 잠깐…… 조용히 침대 위로 올라가 겉 상의를 벗기니 옷에서는 심한 술 냄새가 진동을 하는 것이었다. 술꾼인 내가 보기에는 이건…… 뭔가 냄새가……. 킁킁! 내가 오빠의 가슴 주위에서 냄새를 맡고 있는데 오빠의 목소리가 들려왔다. 아주 또렷한 목소리로…….

"이 바보야, 이제 알았어?"

“뭐…… 깜짝이야! 오빠.”

난 눈이 동그래진 상태로 그 목소리의 주인을 쳐다보았다. 날 보고 빙그레 웃으며 누워 있는 오빠. 그리고 날 끌어당겨 안아버리는……. 와! 이거 완전히 새 돼 버렸어……. 그런 오빠의 행동이 나 자신을 너무도 화나게 만들었다. 정말 이 사람이 누굴 놀리나! 정말 난 고민하고 또 고민해서 한 행동인데.

“뭐야, 일부러 술 취한 척한 거야? 어디서 술 취한 척 행패야. 당장 나가. 빨리 나가란 말이야. 창피 떨고 나가고 싶지……. 엄마.”

나를 안고 있던 오빠의 손목을 꽉 깨물고 벌떡 일어나 허리에 양손을 얹고 째려보기 시작했다. 이런 개 같은 경우가 어디 있어?

“아야, 아무리 밉다고 이렇게 무력을 쓴다는 건 좀 그렇지.”

“무력? 그럼 아까 한 오빠의 행동은 뭐야! 그런 게 사람 죽이는 무력이라고 하는 거야, 모르면 말이라도 안 하면 밉지나 않지.”

“너 나한테 단단히 화났구나. 그래도 아픈 걸 어떡해.”

“아픈 게 뭔데……. 그까짓 깨물린 손목이 아프면 난, 난…… 이미 죽은 목숨이야.”

“……”

난 더 이상 말을 잇지 못했다. 여기가 너무 아파…… 심장이 너무 쪼그라 들었다가 펴는 바람에 미치겠다구! 그리고 난 기가 막혀 문을 향해 나가라고 악을 써버렸다.

“나가! 나가! 빨리 나가란 말이야. 더 이상 염장지르지 말고 나가!”

간신히 가라앉혀 놓은 마음이 오빠의 장난 때문에 또다시 일어나기 시작하자, 난 더 이상 말도 제대로 나오지 않았다. 그러자 오빠는 자신의 손가락을 입에다 대고 쉬~ 하는 제스처를 보였다.

"조용히 안 해! 아무리 그래도 장모님 여기 안 오셔. 너 목소리가 더 시끄럽다. 어쨌든…… 난 여기서 오늘 자고 갈 거야. 그러니 내 옆에서 자든 말든 너 마음대로 해."

"뭐! 지금…… 날 물로 보는 거야? 씩씩! 그 잘난 여자한테나 가보시지 왜 왔어. 역시, 남자란 동물들은 뻔뻔함의 대명사라고 하더니."

난 계속 씩씩대며 억울함을 감추지 못했다. 하지만 오빠는 방방 뜨는 날 보고 더 웃으며 내 신경을 건드렸다. 이런 주변머리가 있었나?

"너가 내 머리에 맥주를 붓는 바람에 이 밤에 씻느냐고 시간 좀 걸렸다."

"난 잘못한 거 없어. 그 자리에 똥물이 있었다 해도 들이 부었을 테니까……."

"말 너무 심하게 하는 거 아니야? 그래도 엄연히 난 네 남편 될 사람이라고!"

"그럼 아내 될 사람 앞에서 그 무슨 횡포이실까?"

"아까 그 여자 신경 쓸 여자 아니야. 이번에 전문의 따서 개업한다고 해서 축하주 마시러 간 것뿐인데…… 술 먹고 그런 사고가 있었던 거야. 너가 이해해."

그 말에 난 더욱더 길길이 날뛰었다. 이해하라고? 뭘…… 이해해. 사람 다치게 해 놓고 살릴 수 있는 의사라고 지금 튕기는가 본데 어림없지! 암…….

"아무 사이도 아닌 사람이 그렇게 끈적하게 안아요? 더 이상 내가 어리다고 놀리지 말아요."

내 말이 미덥지 않은지 오빠는 얼굴에 약간의 변화가 오기 시작하면서 화를 삼키고 있었다.

“내가…… 언제 너가 어리다고 했어? 나도 화나기 시작한다.”

“오~~~ 노~~~ 더 이상 신경 쓰고 싶지 않아요. 난 오빠같이 점잖은 사람이 그런 행동을 했다는 게 더욱 믿어지지 않으니까요!”

“나다운 게 뭔데…….”

“그건…… 알잖아요?”

“뭘 말인지 알아야지. 말해 봐.”

“……우리 마지막으로 키스한 지가 언제인 줄 아냐구요!”

“응!”

“지금 응이라는 대답이 나와요, 기가 막혀서.”

“그럼, 넌 내가 널 진짜로 안아주길 바란다는 거야?”

“그런 건 아니지만 어쨌든 우리 약혼한 사이라구요. 근데 이건 결혼한 지 10년 된 사람보다 더 미지근한 게…….”

순간 난 내 입이 이상한 방향으로 흐르자 오빠는 나를 쳐다보더니 아주 희한한 표정으로 바뀌었다. 이제까지 한 번도 보여주지 않은 내 몸 구석구석을 애무하듯이 바라보는 시선에 말문이 막혀버렸다.

“그렇게 보지 마요!”

“다빈아, 이리와 봐…….”

지금 오빠의 눈은 피자에 달라붙은 치즈처럼 뭔가…… 느끼해 보였다. 머릿속엔 이미 경고 벨 음이 울리기 시작했지만 내 몸은 오빠 품속에 정중히 안겨 있었다.

“포옹에는 말이야…… 잠깐 서 봐.”

오빠는 살며시 날 일으킨 후 다시 안아 버렸다. 아주 약하게…….

“지금 우리가 안은 A자 포옹……. 즉 상체만 살짝 안은 포옹. 그리고…….”

오빠의 팔에 힘이 들어가며 내 몸을 오빠 몸에 완전히 밀착시켰다. 순간 하체에 느껴지는 움직임이란……. 움찔하는 내 어깨의 흔들림과 달리 처음 느껴보는 감촉에 정신이 번쩍 들었다.

"이게 보통 사랑하는 사람들이 하는 완전한 포옹이라고 하지, 아까 너가 본 건 후자지만 내 마음은 아니었어. 날 사랑한다면서 못 믿는 거야. 우리 다빈이 바보야……. 하지만 선배니까, 술 먹고 흐트러진 여자를 그냥 둘 수 없었다구. 미안해. 그런 상황인데도 파혼하자는 얘기가 그렇게 쉽게 나오니? 너 정말……."

"오빠가 내 입장돼 봐요. 그런 말 안 나오게 생겼나!"

"하긴 그렇네. 그래서 사과하려고 내가 왔잖아. 미안해……."

"미안하다는 말로 모든 게 다 정리되면 우리나라에 범죄가 없겠네요."

"다빈아, 그만 화 풀어……. 어?"

나에게 자꾸 화 풀라고 하면서 날 점점 세게 안아 버리는 오빠 때문에 난 정신을 차릴 수가 없었다. 이 방엔 오빠와 나뿐인데……. 이러다, 이러다…… 아니나 다를까, 내 생각대로 오빠의 입에선 아주 유혹적인 성향의 말이 나와 버렸다.

"너 술 먹고 다른 남자에게 안기면 어떻게 되는지 알지? 내 거는 절대 안 돼. 근데…… 다빈아, 나 기분 이상하다."

그때 나를 지탱하고 있던 오빠의 손길이 끈적해 옴을 알고 난 얼른 몸을 뒤로 빼 버렸다. 나를 바라보는 오빠의 눈이 내 눈에 마치 먹잇감을 앞에 두고 있는 그런 맹수같이 보이기 시작했다면…….

화들짝! 위험해!!! 얼굴이 이렇게 홍당무가 되면 어쩌자는 거야.

난 한번도 느껴보지 못한 오빠의 육체적 접촉에 마치 내가 이제까지 기다려왔다는 반응을 보이자 너무 당황스러웠다. 그 행동에 오빠는 껄껄 웃으며 날 다시 안아 버렸다.

"걱정하지 마. 너가 그렇게 날 잡아 잡수슈 하고 봐도 아직은 안 잡아먹을 테니까."

아직은 안 잡아먹는 다고! 말도 참 희한하게 하네. 평소에는 점잖은 사람이 오늘 왜 이러지? 나한테 약점 잡혀서 그런가? 휴~ 덥다.

오늘따라 우리 집 두 남자들은 왜 이렇게 늦지? 이거 짜고 고스톱 치는 거 아냐. 수상해. 아무리 머리를 굴려 봐도 이건 조작의 가능성이 있어. 그러면 뭘 해! 이미 내 몸은 모든 말초신경에 전류를 연결해 오빠가 N 극 난 S극이 된 것 같아 견딜 수 없는 걸……

"오빠…… 여기서 자요. 아빠가 아직 안 오셨으니까 엄마 방에 가서 잘게요."

"잠깐! 너가 안방으로 가면 우리 사이 더 오해하실 거야. 아무 짓도 안 할 테니까, 그냥 여기서 같이 자자."

"……"

"같이 안 자면 너 자꾸 미팅한다고 이른다!"

"우씨! 언제는 관심이나 가졌어요? 알았어요. 대신…… 내 몸에 손대면 최소한 사망이예요."

"은근히 바라면서…… 내숭떨긴. 하긴 그런 여자가 더 예뻐 보이는 법이지, 남자의 눈에는."

그런 거였어요! 이걸 어째!!! 사실 오빠가 한번 하자고 다시 말하면…… 할 의사는 있었는데……. 내가 내 발등을 찍는 신세가 되었네. 하지만 오늘…… 오빠 행동은 너무 Shocking한 거 알아요? 이런 점도 있다는 사실이 좋아요. 한 5년은 젊어 보이는 행동이예요.

이날 밤 두 달 만에 찐한 키스를 한꺼번에…… 아니다, 몇 달치 키스를 한꺼번에 몰아서 하고 텔레비전에서 보여주는 사랑하는 사람들의 포즈처럼 잠이 들었죠. 요즘 세상에 자랑은 아니지만……. 아니면 바본가? 이제 피장파장이죠. ♥

오빠의 달콤한 미소는 내 마음속에 남아 있던 앙금을 지워버렸다.

그리고 역시 오빠의 키스는 나에게 만병통치약이야. 다른 건 생각할 수 없게 만드니까……. 내가 아무리 발버둥쳐도 오빠는 날 손쉽게 제자리에 갖다놓는 힘이 있으니까……. 울다가 웃으면 똥꼬에 불 난다는데……. 헤헤!

05

창가에 햇살이 간간이 비추어…… 날이 샘을 알렸다. 이렇게 빨리 날이 새지 않아도 되는데…… 여름으로 가는 길목의 햇살은 참 쉽게도 빨리 자신의 위치를 찾기 시작했다.

침대 자락에 걸려 그 해는 나 자신을 비추기 시작하면서, 난 그 햇살이 다빈이의 얼굴에 비추지 않도록 다시 몸을 돌려 그녀를 안아 버렸다. 다빈이와 처음 같이 맞는 아침인데도 아주 익숙한 것처럼 편안해. 그래 이 어린 여자에게서 느껴지는 이 편안함……. 안식처를 찾아 두려움에 떠는 큰 새를 이 작은 새가 포근하게 감싸주었어.

다빈이를 만나면서 옆에 없어도, 만나지 않아도 그녀는 내 옆에 항상 있을 것이라는 엉뚱한 자만에 빠져 있었다. 늘 그녀가 먼저 전화하고 그런 그녀의 행동들을 보면서 난 마치 어린아이처럼 웃을 수밖에 없었어. 하는 짓이 너무도 스물두 살이나 먹은 처녀의 행동이라고 볼 순 없었으니까. 그런 그녀에게 내가 오히려 어리광을 부리고 싶었고, 안식을 찾았다고 하면 모두들 웃겠지. 하지만 그녀가…… 그녀가 어제 처음으로 나에게 자신의 감정을 드러내는 일을 해 버렸어. 사랑이라는 감정을 너무 절제해 왔었다는 나 자신을 비웃기라도 하듯이 그녀는 날 한없이 서글퍼지게 했었다. 그녀를 만나고 난 후 처음으로 외롭다는 생각이 머릿속에 꽉 차 버리자, 선배를 집으로 데려다 주곤 난 집으로 왔지만 도저히 그냥 있다가는 다빈이가 나를 버릴지도 모른다는 생각에 발걸음을 이쪽으로 돌려 버렸다.

이제까지 서른 해를 살면서 이렇게 머리가 비상하게 돌아가는 건 아마 처음일 거야. 진심으로 그녀를 놓치면 안 된다는 생각에 엉뚱한 연극을 해 버렸지만, 그 결과 그녀는 이렇게 내 옆에 누워 있잖아. 그거면 되지 더 이상 뭘 바래…….

이민혁……. 넌 진짜 사랑을 하는 거야. 새벽 5시가 넘은 시각, 멍하게 있기엔 시간이 너무 길고, 또 사랑을 나누기엔 어중간한 시간이잖니? 특히 이 초여름에는 희미한 어둠 속에서 능청스러운 어린애 같은 모습으로 쌔근쌔근 자고 있는 그녀를 보면서 난 아주 조심스러운 감정이 몰려오는 것을 느끼고 이불을 꼭꼭 눌러주며 엄마 같은 어투로 말했다.

"그래. 잘 자거라, 애야."

휴~~ 이로써 1회전은 끝났다. 땡땡땡!!!

여기에 있다간 2회전 라운드를 거치지 않고는……. 윽! 하지만 이불 속에 고이 있던 그녀의 팔이 어느새 내 허리를 두르고 있었다.

"음냐, 음냐……. 오빠…… 나만 사랑해야 돼! 사랑해."

잠꼬대를 하면서도 사랑한다 말하는 다빈이, 난…… 그 달콤함이 너무 강렬한 탓인지 현기증이 나서 잠시 눈을 감았다가 눈을 떴다.

잠든 그녀의 모습을 한참이나 지켜보았다. 애는 지금 뭘 믿고 이렇게 잘 자고 있을까?

"여자 앞에서 이렇게 위축되긴 처음이야. 벌써 시간이 꽤 흘렀지만 날 아무것도 할 수 없게 만들어. 이 귀여운 것!"

물끄러미 그녀를 바라보니 웃음이 절로 나왔다.

"어떻게 하면 피부가 이렇게 하얗고 통통할까?"

난 잠시 장난감을 누르듯 그녀의 볼을 꾹 눌러보았다. 아주 촉감이 좋은 게 자꾸만 손이 가게 만들었다.

"와! 방금 나온 따끈따끈한 순두부처럼 말랑말랑하네. 그렇구나. 넌 아직 영계지. 내가 그 사실을 잊고 있었다."

또 어디를 만져 볼까나……. 어휴, 내 장난감.

내가 넋을 잃고 좋아할 만한 저 잠옷 아래에는 무엇이 있을까?

"흠! 생각보단 큰데? A컵? B컵?"

점점 두근거려지는 내 심장과 머릿속에서는 만져보라고 아우성 댔다. 왜 이리 참는다는 게 힘이 드는지.

"이민혁! 너~~ 아주 나쁜 버릇이 있어. 자는 여잘 두고 무슨 짓을 한다고……. 아니야, 이건 당연한 거야. 다빈이는 내 약혼녀니까. 하지만 오늘따라 내 숨통을 꽉꽉 막히게 하는 이유가 뭐야? 뭘까?"

평소에 느끼지 못했던 여자임을 더욱 느끼게 되자 잠시 내 몸은 아릿해지는 느낌에 눈을 감아 버렸다. 이런 게 사랑이겠지. 소중히 아끼는 사랑…….

"남의 말도 안 들어 보고 여자다운 맛은 눈을 씻고 찾아봐도 없는 너가 왜 이리 좋지? 다빈아, 넌 내일 세상 종말이 온다고 해도 절대로 우울해 할 것 같지 않아. 대신…… 이런 말을 하겠지. 이 세상 모든 사람들이 다 한꺼번에 죽는다는데, 오늘 한번 나랑 하고 싶은 거

다 해보고 오빠 팔 베고 같이 죽을래요. 너의 그 앞뒤 생각 안 하고 하는 행동…… 너무 매력적이야."

1. 2. 3…… 10초 정도의 시간 동안…… 그저 가만히 그녀의 입술에 대고 그녀의 입술을 가볍게 문질렀다.

"다빈아, 넌 돈을 들이지 않고도 날 기쁘게 해주는 선물 같은 존재야, 날 믿어주었으면 좋겠어."

행여나…… 잠이 깰까 봐, 아니 그곳에 더 있다가는 그녀를 깨우지 않고는 견딜 수 없는 충동에 엉뚱한 짓을 할까 봐 조심스럽게 일어나 옷을 챙겨서 아직도 주무시고 계실 장모님 장인어른께 넙죽 절하고 대문을 나왔다.

조금 맑게 느껴지는 새벽공기가 내 마음을 시원하게 해주었고 나는 두 팔을 벌려 그 공기를 마셨다. 어제 선배를 만나면서 다빈이를 염두에 두지 않았다는 나의 죄의식을 조금이나마 씻어주고 있었다.

그리고 그녀의 이층방 창문을 보면서 작은 사랑의 맹세를 하기 시작했다. 어제처럼 창피를 당해도 난 하나도 창피하지 않았어. 너가 받은 상처에 비하면 아무것도 아니겠지.

163cm, 50kg 밖에 안 되는 여자가 참 당돌하지만 날 힘들게 하는 파워는 대단해. 지금 가장 하고 싶은 건 너를 빨리 내 품에 마음대로 안아보는 거야.

"다빈아, 이제부터 오빠가 잘해 줄게, 사랑한다는 말도 해주고 자주 만나자, 알았지."

그 말을 하고 나니 그녀 곁에 잠시 더 있고 싶은 생각이 간절해졌고 난 더 이상 가던 걸음을 걷지 못하고 대문 앞 작은 계단에 앉아 담배를 하나 꺼내 물고 그때를 회상해 보았다. 아직까지도 내가 차인

이유를 몰라. 그게 너무 분해…….

구약성서에는 인류의 첫 번째 여자는 아담의 갈비뼈 한 개를 뽑아 만들었다고 씌여 있다. 자고로 여자는 남자의 한 부분이라는데…….

그러면 하나님은 결국 도둑이라는 얘기가 아닌가? 이렇게 얼키고 설키게 만들어 놓은 인간관계……. 과연 누구를 원망할 것인가? 한마디로 말도 안 되는 트집을 잡고 있었다. 내 입장이 이렇다고 하소연할 데도 없고…….

난 있지, 여자는 옆에 있다가도 언젠가는 꿈에서 깨면 도망가는 그런 사람으로 밖에는 생각되지 않았어. 일종의 불안감이라고 해야 하나? 사랑한다고 고백하면 사라져 버릴 것 같은 그런 존재……. 하지만 그녀를 만났을 때 난 깨달았지. 엄연히 그녀와 넌 다른 존재라는 걸……. 6년 전 그날, 사랑이 몹시도 사람을 아프게 한다는 것을 몸소 체험한 날이었다.

그날은 내 인생에서 지워버리고 싶을 만큼 나에게 치욕스러운 느낌을…… 사내로 태어난 것을 후회할 정도로 기억하고 싶지 않은 날이었다.

김수정이란 2년 선배, 나의 첫사랑이자…… 첫 동정을 바친 여자. 배신이라는 단어를 처음 알게 해준 여자였다. 모든 것이 첫 번째라고 할 만큼, 내게 있어 그녀는 잊을 수 없는 존재였다. 90년대 초 대학가에서도 아직 연상연하 커플이 별로 없던 시절, 선배와 난 C.C였다. 그녀는 세상 모든 남자가 꿈꾸는 아내, 모든 남자의 이상형이었다.

어릴 적 여자 아이들이 가지고 놀았던 허리 잘록하고 머리 긴 인형 같았다. 피부도 어찌나 깨끗한지 입술은 하얀 눈 위에 떨어진 핏방울 같은 백설공주였다. 키스 이상을 허락하지 않았던 새침떼기 선배의 모습이 더욱 내 눈에 아른거렸고 독차지하고 싶은 내 마음은 날로 늘어만 갔다. 여자는 숨겨야 제 맛이라는 말이 피부에 와 닿았다고나 할까? 습관이라는 게 무섭지. 난 거의 그 선배의 강의실에 살다시피 하였다.

옆에서 다른 남자들이 집적거리는 것도 고통스러웠고, 확 내 것으로 만들어 버려야 안심할 수 있다는 게 내 지론인 만큼 난 그녀에게 온통 정신을 팔고 지냈던 것 같다.

내 마음을 하나도 남김없이 뿌리 채 가지고 갔다고 해도 과언이 아닐 정도로 난 그녀에게 사랑한다고…… 그녀만 내 눈 앞에 있으면 사랑한다고 말하고 있었다.

그날은 선배의 졸업식 날……. 연인인 우리는 당연히 같이 술을 마시게 되었고, 분위기 탓인지 자연스레 호텔이라는 곳에 들어가게 되었다. 몇 번이나 안아보고 싶은 충동을 억눌렀는지 모른다. 나의 모든 것은 그녀를 향해 볼 수밖에 없는 장전된 사이버 인간 같았다. 그녀만 보고 느끼고 사랑할 줄 아는…….

술에 취해 선홍빛 얼굴로 다가오는 선배의 모습은 더 이상 내 자신을 누르기가…… 아니 참기가 어려웠다. 처음이라 모든 게 떨리기는 했지만 처음엔 키스로 시작했다. 하지만 점점 시간이 흐를수록 전세가 뒤바뀌는 느낌이 들었다. 너무도 적극적인 그녀……. 내 몸은 이미 그녀 밑에서 헤매고 있었다.

위에서 움직이는 그녀의 몸을 보면서, 난…… 반대로 플라스틱을 만지는 딱딱한 느낌을 버리지 못했다.

첫 경험의 신비함도 짜릿함도 느낄 사이가 없이 어쨌든 행위는 끝나고 누워 있는 그녀를 보면서 있어야 할 혈흔은 보이지 않았다. 없을 수도 있지만, 물론…….

난 그녀가 처녀가 아니라도 사랑했을 것이다. 그만큼 선배의 존재는 나에게 컸었으니까. 잠시 내 눈이 흔들리는 것을 느꼈지만 아니지, 머리가 이게 아닌데…… 했나?

내 모든 걸 가진 여자가 당연히 처음이었으면 하는 바람은 당연한 거였겠지. 그러나 그런 그녀도 내 눈엔 사랑스러워 보였다.

헌데…… 그때 선배가 던진 말이 송곳처럼 내 가슴을 찔러 버렸다.

"너도 내가 처녀가 아니라 실망했니?"

"아니. 난…… 선배가 내가 처음이었으면 더욱 좋았겠지만 괜찮아. 난 선배 사랑하니까."

"이래서 한국 남자들은 내숭 떠는데 일등이지. 좀 솔직해져 봐. 그 동안 내가 보여준 행동들이, 가식으로 느껴지고 있지?"

"선배, 난 아니야. 진심으로 하는 말이야!"

"과연 그럴까? 항상 나이 있는 사람들과 하다가 연하는 어떨까 하는 느낌에 사귀었는데…… 넌 역시 어린애야. 1년 동안 고작 키스가 뭐니? 그렇다고 날 조신한 애로 보는 널 실망시키고 싶진 않고 말이야. 오늘 일은 1년 동안 꾹 참아준 너에 대한 선물이야. 기분나쁘지는 않지?"

뭐! 1년 동안 사귀어준 나에 대한 보답이라고! 선물이라고! 어떻게 나에게 이럴 수가 있지? 난 이미 제 정신이 아니었다.

선배를 향해 돌진하는 내 손을 더 이상 거역하지 못했으니까. 난…… 쫘악! 하지만 뺨을 맞고도 너무도 당당한 그녀에게 질렸다.

"후훗~ 이제야 본심을 내 보이시겠다. 이때까지 어떻게 참았어?"

"미안해, 선배. 내가 제 정신이 아닌가 봐. 선배를 때리다니."

　그녀의 붉어진 뺨을 만지려고 다가가는 나에게 그녀는 고개를 돌려 버렸다.

　"아니, 미안해 할 필요 없어."

　"선배! 지금 날 놀리는 거지? 선배도 날 사랑했잖아. 왜 그래!"

　"사랑? 물론. 하지만 이젠 달라. 어린 너하고는 사귈 마음이 없어졌어. 이 순간부터 내 비밀을 알아버린 너니까."

　뒤도 돌아보지 않고 나가는 그녀의 뒷모습을 보면서 난 입술을 꽉 다물었다. 나에게 남자라는 자신감을 없게 한 선배……. 남자도 이런 일 당할 수 있구나, 하는 생각에 난 그 추운 겨울에 찬물을 머리부터 뒤집어쓰면서 생각했었다.

　목소리 톤 하나 바뀌지 않고, 얼굴 표정 하나 변함없이 나에게 줄줄이 말을 토해 버리던 그녀의 목소리가 나의 분노를 절제 못하게 막으며 이미 바닥으로 내던져버린 나의 마음이 끝없이 추락의 길로 떨어져 온몸을 부들부들 떨게 만들어 버렸다.

　후!!! 뚝뚝 떨어지는 눈물을 참으며 다신 사랑을 안 하리라…… 마음먹었는데. 사람이라는 게 참 간사하지. 민다빈……이라는 어린 여자가 내뿜는 엉뚱한 마력 때문에 난 그 금기사항을 잊어버리곤…… 8살이나 어린 그녀가 끊임없이 풀어내는 유혹의 거미줄에 걸려 약혼을 하게 되었다. 하지만 한번 성적으로 상처 입은 마음은 어린 그녀를 쉽게 안을 수가 없었다. 약혼자라는 떳떳한 입장에서도…….

　하지만 그녀는 전문의가 되어 내가 근무하는 병원의 과장으로 다시 돌아왔고, 그 오만한 암캐는 날 다시 유혹하려고 하고 있었다.

　그녀를 다시 만났을 때…… 역시 미움도 사랑의 한 종류였나 보다. 내 옆에 다빈이가 있는데도 그녀를 볼 수밖에 없었다.

그치만…… 난 다빈이를 정말 사랑해. 그건 확실해.

그녀가 내게 사랑이라는 감정을 함부로 입으로 나오지 못하게 한 장본인이었지만 떨려오는 감정은 숨기기가 어려웠다. 남들이 말하는 잊을 수 없는 첫사랑이라는 게 이런 것이었나…… 할 정도로 말이야.

그녀가 할 말이 있다고 나이트에 가자고 했을 때, 다빈이의 얼굴을 잠시 잊어버렸다면 이런 마음 이해가 될까?

그러나 지금 내가 사랑하고 있는 그녀에게 맥주세례를 받고나자 이런 감정 또한 나만의 허례허식이란 걸 느끼게 되었다. 다빈이에겐 우선 같은 병원에 있다고 말하기 어려워 거짓말을 해 버렸다. 첫사랑 선배 때문에 신경 쓰이게 하고 싶지 않아.

난…… 이번엔 절대 그녀의 노리개가 될 수 없어. 사실 마음이 아무렇지도 않다면, 말이 안 되겠지. 그렇지만 절대 안 되지! 사랑스러운 나의 약혼녀가 있으니까…….

가끔은 너가 그리워 잠 못 이루기라도 했다는 걸 알까? 아직 연인다운 일을 아무것도 못해 봤는데. 후후후! 이제 슬슬 한 단계 더 발전해도 될 거 같다.

다빈아…… 사랑한다.

어제 그 선배를 보고 나서 널 더욱 사랑한다는 걸 깨달았다. 눈은 잠시 돌아갔지만 내 맘은 여전해 한 곳에 못 박혀 있으니까 걱정 안 해도 돼. 다만 내가 걱정되는 건…… 휴!

대학생활을 더욱 즐기라고 미팅은 눈감아 줬는데 이젠 절대 안 돼. 앞으로 너한테 접근하는 남자가 있으면 누구든 제삿날이다!!

민다빈, 넌 내 거야. 나만의 여자야! 사랑한다……. 언제까지나 행복한 미래를 함께 걸어갈 수 있다면 좋겠어…….

06

다음날 난 학교 잔디밭에 누워 어제 일을 떠올려보았다. 깨어나 보니 오빠는 없었지만 내 옆에서 잔 흔적이 그대로 남아 있었다.

"이로써…… 꺄아~ 우린 동침을 한 거야."

동침이라는 말에 나의 뇌파가 부지런히 작동을 하더니, 나를 다시 성적인 기대감으로 요동치게 만들었다. 이 세상 누구보다 치명적인 매력을 지닌 남자를 그냥 보내다니.

"우씨! 아깝다. 밑져봤자 본전인데, 한번 해볼 걸."

하지만 님 떠나간 뒤 혼자서 북치려고 하면 누가 장단 맞춰준대? 정말 아깝다.

난 그 마음을 다시 느껴보려고 살며시 손바닥으로 구겨진 시트를 만지며 오빠의 체취를 찾아보았다. 확실히 내 남자의 체취야. 아가들은 엄마의 지친 숨소리와 체온을 느끼며 잠들 때가 제일 행복하다고 하던데, 난 역시 오빠의 심장소리와 숨소리면 돼.

하지만 정말 어제는 너무도 쇼킹한 하루였어. 열길 물 속은 알아도 한길 사람 속은 모른다더니, 오빠가 그런 짓을 할 줄이야. 울 엄마 뒤집어지는 표정을 오빠가 봤어야 했는데, 아직까지 오빠는 나에게 바위같이 안정감을 주지는 못하지만 나의 소유욕을 불러일으키는 유일한 존재니까. 오빠가 그 여자를 만난다는 생각만으로도 견딜 수가 없어. 그리고 이제는 확실히 인식시켜 주어야겠다는 다짐을 다졌다.

오빠의 약혼녀는 딴 사람의 두 배나 되는 질투를 갖고 있으니 후회하는 일은 만들지 말라고 말이야.

학교에 오니 떨리는 심장 때문에 수업을 받기 어려웠다. 확실히 이건 어제의 후유증이야. 마치 오빠가 내 가슴을 졸이게 한 대가로 자신의 사랑을 듬뿍 담아 나에게 뿌리고 있는 것 같아서 말이지.

"음, 지금 내가 누워 있는 이곳이 어제의 그 장소가 틀림없지. 근데 오늘은 왜 이리 기분이 좋을꼬."

어제의 기분에 취해서 난 얼굴에 미소를 계속 뿜어내고 있었다. 그때 누워 있던 나의 핸드폰이 지랄 맞게 울려댄다.

"어, 오빠."

핸드폰을 받는 내 표정은 굳이 말할 필요 없겠지. 그리고 잠시 후 내 눈에는 작은 이슬이 맺혀졌다.

"오빠, 오늘 저녁 8시. 알았어, 나도 사랑해."

내 자신의 표정이 이렇게 다양해질 수 있다는 게 너무 웃겼다. 처음 하는 통화도 아닌데. 사랑한다는 말을 들어서 그런가? 우쭐해지는 여자의 마음을 어디에다 비할까?

사랑해, 라는 그 말 한마디가 얼마나 소중한가를 오빠도 느꼈겠지. 오빠를 사랑했던 게 결국 헛된 게 아니라는 증거, 사랑해란 말을 듣고 나니 난 온몸이 100% 업되는 기분에 정신을 차릴 수가 없었다.

하늘 위에 떠있는 해는 오빠의 얼굴이요, 두둥실 떠도는 구름은 내 마음이야. 그렇게 한동안 기쁨 속에서 헤어 나오지 못하고 있는데 아니나 다를까. 나의 BF인 이미경 여사의 째지는 목소리가 들려왔다. 그래, 넌 역시다.

"민다빈. 너…… 죽었쓰……."

미경이의 악쓰는 소리에 난 천국에서 빠져 나올 수 있었다. 하지만 나의 빨개진 얼굴 때문에 그 소란함이 잠시 멈칫거렸다.

"다빈아, 왜 그렇게 얼굴이 빨개. 너 좋은 일 있어?"

난 우아한 얼굴로 내 친구인 그녀를 바라보았다. 마치 구름 위를 거닐 듯 난 말했지.

"어……. 오빠가 나한테 사랑한다고 말해줬어. 너무 기뻐서 눈물이 나오려고 해."

내 말이 너무 웃긴지 그녀는 꽤 오랫동안 정숙하고 있었다. 이건 전혀 그녀와 어울리지 않는 컨셉인데, ㅋㅋㅋ.

"미친……. 꼴갑을 떨어요. 잘 됐네, 후! 어제 일 때문에 걱정 많이 했는데. 어떻게 풀었어?"

심각하게 눈을 가까이 갖다대는 그녀를 잠시 놀려줘 볼까 하는 생각에서 그녀 방식대로 말을 꺼내버렸다. 같이 잔 건 확실하니까.

"어제 같이 잤어?!?! 우리 집에 왔더라고! 밤에……."

"뭐! 그게 정말이야?"

내 말에 그녀의 번쩍 뜨인 두 눈의 쌍거풀이 보이지 않는 걸로 보아 엄청 놀랐나 보다. 하긴 어제 죽을상을 하고 헤어진 나였으니까.

"어."

"얌전한 고양이 부뚜막에 먼저 올라간다더니 있는 내숭 없는 내숭

다 떨고는. 소감 좀 말해봐? 어때? 아팠어?”

난 웃으며 고개를 양쪽으로 도리도리해 버렸다. 그러자 그녀는 그런 내가 이상해 보였는지 의아해하는 표정으로 다시 물었다. 그래, 당연한 반응이지.

“그 말 정말이지, 정말 아프지 않았단 말이지?”

“어……. 전혀.”

“그럼 너 처음이 아니었냐?”

그제서야 난 배를 잡고 껄껄 웃기 시작했다. 난 우리 둘이 손만 잡고 잤다고, 그녀의 손을 잡고 자는 시늉을 해보였다. 그 순간 갑자기 허벅지에 세찬 아픔이 느껴졌다.

그녀가 잡고 있지 않은 다른 손으로 나의 허벅지를 때려 버린 것이었다. 자신의 손이 얼마나 큰 무기인 줄 모르고. 그리고는 잡혀 있던 손을 뿌리치고 일어나서 검지 손가락을 머리 위쪽에서 돌렸다. 뱅그르르.

그런 그녀의 행동을 이미 알고 있었다는 듯 난 말했다.

“하여튼 너 머릿속에 뭐가 들어 있는지 해부해 보고 싶다. 찐한 키스 몇 번 하고 그냥 손만 잡고 잤어.”

“헷! 썰렁한 개그하지 마. 아무래도 노땅과 넌 저 언덕 위에 하얀 집으로 가봐야겠다.”

“그게 무슨 말이야?”

“약혼한 사이가 한 지붕 아래 한 이불 속에서 손만 잡고 잤다는 게 정상이니? 하얀 집 가면 지들끼리 쎄쎄쎄 하고 놀고 있잖아. 완전 그 수준이라니까. 그리고 너 바보냐? 그 좋은 찬스를 놓치고 말이야.”

“그럼 어떡해. 오빠가 아직 날 안 잡아먹겠다는데.”

"그 노땅이 그런 상스런 말도 쓰고, 내 말이 맞네. 거의 갈 데가 정해져 있구만."

"야! 그래도 정신병자는 너무 심했다. 세상엔 우리보다 더한 커플도 있다고. 왜 뗐냐?"

"사랑한다는 말에 감격해서 눈물을 흘리지는 않았냐? 이참에 개그맨으로 나가보시지 그래?"

"그런 넌 사랑한다고 말해 주는 남친 있냐?"

"아, 맞다. 그게 어제부로 나 남친 만들었다. 오늘 여기로 오기로 했는데."

"축하한다. 둘 중에 누구야? 아 참. 너가 어제 작업 걸었지."

"그래 이제 그걸 알았냐? 그놈의 사랑타령 때문에 분위기가 이상해져서."

"미…… 미안해. 나중에 내가 한번 쏘지, 뭐."

"그렇지 않아도 내가 그럴 거라고 양해를 구했어."

"이름이 뭐야? 너의 손아귀에 걸린 사람이."

"머리에 브릿지 약간 넣은 김도훈. 어제 너가 그렇게 가서 미안하다고 오늘 우리 학교로 찾아오면 술 한 잔 쏜다고 했어. 그 옆에 있던 친구랑 같이. 어때, 잘했지?"

"어떡하지? 오늘 8시에 파라다이스에서 만나기로 했는데."

"갑작스레 노땅이 왜 그런대? 충격 좀 받아 머리가 돈 걸 거야. 사랑한다 말도 하고 어제 만났는데 또 만나자고 하고. 하루아침에 그렇게 바뀌었다는 건 필시…… 잘된 것 같긴 한데 분명 여러 가능성이 숨겨져 있을 거야."

미경이의 말에 참 뭐라고 대답할 수도 없으니 답답했다. 그 동안 보여준 오빠와 나의 사랑법이 하루 만에 돌변했으니 당연하겠지.

"못 살아, 정말 내가."

"아니야! 난 그 노땅이 땅에 뿌리를 박고 서 있는 전봇대인 줄 알았다니까."

"너의 언어구사력은 어디가 끝인 줄 모르겠다, 진짜."

"그러니……."

하지만 미경이의 말이 끝나기도 전에 핸드폰이 울려댔다. 다행이야. 얘가 꼬리에 꼬리를 물고 늘어지면 난 감당이 안 되거든.

"여보세요. 아, 도훈 씨. 학교 앞 엘프라고요. 알았어요. 옆에 있어요. 같이 나갈게요."

핸드폰을 끊자마자 미경의 입에는 미소가 걸려 있었다.

"어쭈리, 표정관리 좀 해라."

"못하겠다, 오버. 그 동안 외로움을 너무 참고 살았더니 군침이 막 난다야."

"미친……. 가슴 시린 사랑이 어쩌고저쩌고 고독을 즐기는 것처럼 말하더니 너도 역시 여자였어."

"그럼 내가 남자냐?"

"어휴. 근데 벌써 왔대? 겨우 4시밖에 안 됐는데."

"오히려 잘됐지. 지금 만나 사과하고 8시에 노땅 만나러 가."

"넌 다 좋은데 왜 자꾸 노땅 노땅 해. 내가 보기엔 아직 20대 후반 같구만."

그러자 역시 내 말을 한 방에 보내게 하는 말이 바로 튀어나왔다.

"지랄도 적당껏 해라."

난 그녀의 말에 욕도 못한 채 그냥 그녀의 뒤를 따라나섰다. 아, 신경질나. 하지만 여기서 욕해서 모처럼 데이트하는 사람 기분 망치게 할 수 없지, 사랑의 선배로서 말이야.

마지못해 따라가는 난, 정말이지 나오는 건 한숨밖에 없었다.

이러니 내가 딴 남자에게 눈길을 돌릴 수가 없지. 오빠 말고는 내 흥미를 유발할 수 있는 남자가 이 세상에는 없으니까. 쉴없이 재잘거리는 수다 커플과 조용히 주스만 홀짝이는 침묵 커플. 저 둘은 참 잘 만났어.

"민다빈, 너 좀 얘기해라. 여기까지 오시게 해놓고 손님대접이 이게 뭐냐?"

어이구, 저 년은 꼭 나 물 먹이려고 태어난 사람 같애. 미경을 향해 눈을 째려보지만 그녀는 아랑곳없이 옆에 앉은 사귀기로 했다는 남자랑 수다 떨기에 여념이 없었다.

난 그저 애꿎은 주스 빨대만 질겅질겅 씹고 있는데, 그때 내 눈과 내 옆에 앉은 남자의 눈이 부딪히면서 드디어 남자가 말을 꺼내기 시작했다.

"다빈 씬 제가 불편한가 봐요. 전…… 다빈 씨가 좋은데요!"

그 소리에 난 주스가 목에 걸려 기침을 해대기 시작했다.

풋풋! 헙! 켓켓!

"어, 죄송해요."

"괜찮아요. 첫 만남이 꼭 아름답다고 좋은 건 아닌 것 같아요. 그렇게 다빈 씨가 가시니까 제 마음이 더 아픈 거 있죠?"

"그 문제라면 죄송하구요."

"오늘 얼굴 보니 잘 해결된 것 같네요. 전…… 안 되길 바랐는데."

이 남자 무슨 엉뚱한 말을 하는 거야. 난 당신의 이름도 모르는데.

"제 이름…… 안태경이라고 해요. 이름도 모르셨죠. 그럼 이제부터 기억하시기 바랍니다."

기억하기 싫은데 어쩌죠? 전 이미 임자 있는 몸인데. 난 그 남자의 말을 씹어대고 싶었다. 하지만 절대로 말로 표현할 순 없지. 아주 정중히 말해야겠다는 생각에 경어를 쓰면서 말했다. 당연하지. 내 마음 같아선 벌떡 일어서고 싶은데 어제 일도 있고 해서 참고 있었으니까.

"제가 지금 어떻게 돌아가는 상황인지 잘 몰라서 드리는 말인데 전 약혼한 몸이라고요."

"아직 결혼한 것 아니잖아요."

"미경아, 너가 말 좀 해줘."

더 이상 얘기해 봤자 말이 통하지 않을 것 같다는 생각에 난 미경이에게 도움을 청했지만 미경이는 어찌된 심산인지 계속 모른 척하는 것 같아 보였다. 할 수 없이 내가 그녀의 허벅지를 꼬집고 나서야 나를 쳐다보는 시늉을 했다.

"왜?"

"뭐라고 말 좀 해보라고."

그 남자와 나의 대화에 전혀 관심 없는 듯하던 미경도 사실은 다 듣고 있었나 보다. 내가 구원의 눈초리로 자신을 향해 말하자 성격에 맞지 않게 아주 심각하게 말을 꺼내놓기 시작했다.

"사실 어제 널 처음 보고 반하셨다고 하더라. 그래서 오늘 너가 술 한 잔 대접할 거라고 했어. 난 당연히 너가 끝~~."

자신의 목을 손으로 쩍 긋는 시늉을 하면서 나를 애절한 표정으로 쳐다보는 그녀에게 난 아무 말도 할 수 없었다. 어제의 정황으로는 당연한 결과였기에. 후~~ 다 내 탓이지 뭐. 난 그녀의 말에 얼굴이 찌푸려지면서 다시 미안하다고 말했다.

"미안한데요. 전 정식으로 거절합니다. 치마만 두르면 사족을 못 쓰는 그런 분은 아닌 것 같으니."

"전…… 다빈 씨 좋아할 겁니다."

"저의 반경 5m 이내에는 접근하지 않는 게 좋을 거예요. 우리 오빠가 싫어하거든요. 경고했어요. 그럼 오늘도 제가 먼저 나가죠. 약혼자와 약속이 있어서요. 차값은 제가 내고 가도록 하죠. 그리고 태경 씨가 저랑 안 되는 가장 큰 이유 말씀드릴까요?"

"……예?"

"그건 저랑 동갑이기 때문이에요. 난 8살 차이 나는 남자랑 살아야 행복하게 산대요."

"말도 안 되요! 그건."

옆에 있던 남자는 내 말에 전혀 개의치 않는 듯 또 말했다. 너무 끈질기게 구네, 짜증나게. 이러면 당신이라는 남자의 턱을 날릴 수도 있다는 걸 알아줘야 할 텐데 말이지.

"다빈 씨. 그래도 포기 안 할 거예요!"

"제가 이곳에 더 있으면 안 되겠네요. 그럼 안녕히 가세요."

난 아주 매몰찬 목소리로 얘기하고 미경이의 얼굴을 잠시 쳐다본 후 그 커피숍을 나와 버렸다. 엘프 문을 나와 시계를 보니 6시밖에 되지 않았다. 남는 게 시간이야. 이걸 우째!

"참, 어쩌지 그래! 모처럼 오빠 병원에 가볼까?"

고백을 받은 탓일까? 괜히 머릿속이 멍해지는 기분에 난 천천히 산책을 하는 기분으로 병원 쪽으로 사뿐히 걸음을 옮기기 시작했다. 하얀 건물이 보이면서 기쁜 마음으로 출입구 쪽으로 걸어갔다. 퇴근시간이 다 된지라 밖으로 나오는 사람들이 보이고 그 뒤로 어제 그 여자랑 천천히 뒤를 따라나서는 오빠가 보였다. 핸드폰의 버튼을 누르면서…….

그런데, 오!! 저런. 저 여자가 왜 이 병원에서 나오지? 아니 왜 오빠하고 저 여자가 같이 나오는 거야. 둘이 같이 나오는 모습을 목격한 나는 고집스러운 소유욕이라고나 할까. 평소의 두 배 이상이나 화가 치밀어오름을 느낄 수 있었다.

"뭐야. 나한테 거짓말한 거야?"

그때 울리는 핸드폰. 직감적으로 오빠임을 알고 플립을 열었다. 참이 짓도 못하겠다. 뻔히 보고 있으면서 말이지. 하지만 난 이미 이성이 조금씩 마비되기 시작했다.

전화를 한 이유는 보나마나 뻔하겠지만 난 그 부탁을 순순히 들어줄 맘이 전혀 없다는 걸 나 자신이 잘 아니까 부르르 떨리는 이를 꽉 다물고 아무 일 없는 듯 태연하게 말을 했다.

"오빠, 왜?"

"다빈아, 오빤데. 오늘 약속 취……."

조금 떨리는 목소리로 말하는 오빠의 말소리에서 난 불안감을 떨쳐버릴 수 없었다.

화해한 지 얼마나 됐다고 또 오해를 만드는 거야, 지금. 어제 한 화해의 달콤한 키스의 느낌이 아직 사라지지 않았는데. 아니 처음으로 내게 사랑한다고 고백해 놓고 이게 무슨 추태냐구! 뭐라고 설명할 수 없는 감정에 휩싸여서 오빠의 말이 채 끝나기도 전에 말해 버렸다.

"나, 지금 오빠 보고 있는데 혹시 그 여자 때문에 약속 취소하려고 하는 건 아니겠지?"

　오빠는 내 말에 충격을 받았는지 플립을 닫아버리고 주위를 두리번거리다 나를 발견하곤 얼어붙은 몸으로 나를 쳐다보고만 있었다. 나도 그냥 보고 있었다. 방금까지 느꼈던 그리움과 보고픔을 깡그리 머릿속에서 지우려고 바쁘게 작동하고 있는 나의 뇌를 더 이상 거부하지 못하고 원망의 눈초리로 그 두 사람을 보고 있었다.

　늦봄의 푸르름 속에서 세 사람은 멍하니 서로 보고 있었다. 삼각형처럼.

　그때, 맑았던 하늘에 우리들의 만남을 경고라도 하듯 갑자기 회색 먹구름이 끼기 시작했다. 나 몰래 지들 마음대로 돌아가고 있는 이 상황에 기분이 멍해져서 전혀 맥을 못 추는 나 자신이 원망스러웠다.

　그냥 달려가서 오빠의 뺨을 때려버리는 건데. 가을 하늘과 여자 마음은 언제 바뀔지 모른다더니! 그거 다 거짓말이야. 지금은 아직 가을도 아니고 오빠는 남자란 말이야. 난 그 여자의 아름다움을 시샘하는 듯한 눈으로 여자를 살펴보기 시작했다.

　자꾸만 그녀가, 아니 그 여자가 우리의 삶에 집요하게 밀고 들어오는 느낌 때문에 좋게 보이지가 않았다. 게다가 우리의 미래에 대한 두려움까지 조금씩 스며들고 있었기 때문이다. 저게 사람의 몸이냐? 딱 내가 어릴 적 갖고 놀던 인형 체격이라 어디 한 군데 흠잡을 데 없는 그녀의 모습은 도저히 사람같이 느껴지지 않았다.

　사람이 아닌 너, 오빠를 꼬시려는 여우지? 그 몸에 웃고 있으니 꼭 구미호 저리 가라다 야! 그래. 내 눈에 비친 그 여잔 영락없는 커플 파괴자의 모습이었다. 마치 오빠가 자기 남자인 듯이 간, 쓸개 다 뺏어 먹으려는 모습으로 서 있는 그 여자는 우리 둘 사이의 재앙덩어리가 될 거라는 걸 난 알 수 있었다. 감히 내 남자를 꼬셔내!

"어, 다빈아."

오빠는 약간 당황한 듯 이맛살을 찌푸렸지만 그렇다고 물러설 내가 아니지. 난 자신도 모르게 오빠의 팔짱을 끼는 대담함을 보였다. 현 시점에서 필요한 것은 이것 밖에 없어 두 눈 멀쩡히 뜨고 당한다면 너무 억울해서 못 살 것 같아…… 금방이라도 숨이 끊어질 것 같았지만 덤덤한 척 애를 쓰며 말을 해 버렸다.

"오빠, 소개시켜 주셔야죠!"

"어, 여기 내 약혼녀…… 민다빈. 그리고…….."

한 마디로 왕재수다! 튀김 똥 재수바리다! 흥! 얼굴로 지금 밀고 들어오겠다는 얘기인 것 같은데…… 우리 오빠 그런 사람 아니야…….

하지만 오빠의 시선이 날 자신 없게 만들어 버렸다. 나를 제대로 보지 못하고 내리까는 시선. 뭔가 자신 없을 때 하는 행동이잖아.

"민혁이, 너 취향 많이 바뀌었나 봐! 연상에서 마치 교실에서 공부하는 여고생을 사귀는 거 같은데."

뭐시라! 여고생이라……. 쩝! 젊게 봐 주는 건 좋은데…… 아니지, 난 엄연히 스물두 살, 대한민국에서 법적으로 인정한 성인인데. 나이 많다고 어른 대접 좀 해줄려고 했는데 안 되겠어.

난 오빠의 물 같은 태도에 화가 나 당돌하게 말해 버렸다.

"안녕하세요? 민다빈입니다. 그리고 말씀이 너무 지나치신데요! 저 이래 봬도 이번 대통령 선거에 투표권을 행사한 성인인데요."

내 말에 기가 막힌 듯 웃어 보이는 그녀……. 넌 절대로 내 적수가 될 수 없어. 나이로 보나……, 음…… 얼굴로 보나……. 에구, 얼굴은 안 되겠다.

"……후후후, 제법이네! 그래야 재미있지."

대체 무슨 사연이길래 오빠가 쩔쩔매는 걸까? 계속되는 혼란 속에, 차가운 눈빛으로 오빠를 바라보았다. 마치 출장 간 남편이 바람을 피우다 아내에게 들켜서 어쩔 줄 모르는 것 같이, 오빠가 너무 저 자세로 아무 말도 못하는 게 꼭 나에게 승산이 없는 싸움은 하지 말라고 말하는 것 같았다. 뭐야! 눈빛이 왜 그래. 이 여자가 오빠에게 어떤 의미인데 아직까지 감정의 찌꺼기가 있다는 눈빛이야. 이해할 수 없어. 순간의 눈빛만으로도 오빠의 마음이 표현 되는 거야! 어떻게 해야 내가 오빠의 여자라는 걸…… 확신시켜 주지. 그래, 내가 먼저 선수쳐야 돼. 이럴 땐…… 조용히 있다가는 당하기 십상인 걸. 만만치 않아 보여…….

"오빠, 오늘 약속…… 이 분 때문에 취소하려고 한 거예요?"

다시, 이 여자의 유혹에 빠지기 전에 내가 먼저 물어보았다. 그러자, 오빠는 너무도 당황한 듯 말을 얼버무리기 시작했다. 이거…… 내가 어떻게 받아들여야 하는 거지…….

이제는 내가 폭발하는 방법밖에 없다는 결론인가?

"어, 과장님과 볼 일이 갑자기 생겨서……."

"그런 거였어? 그럼 진작 전화하지 그랬어?"

하지만, 내 눈에는 오빠가 숨기고 있다는 게 확실히 보여. 도대체 무슨 사연인지 알아야 내가 대처를 할 거 아니야……. 하지만 잠시 고민 중인 나의 정신을 번쩍 차리게 하는 그녀의 말이 날 대담한 여자로 만들기 시작했다. 아니 내 거 지키기 상륙 작전 도래…….

"둘이 나가면 연인 사이라기보다는 남매로 보겠어? 안 그래?"

남매라……. 그런 당신은요? 같이 나가면 제일 큰 누나 뻘인 줄 알겠네요. 어차피 내 얼굴에 저기압이라고 써 있는 이상 내 진면목을 보여 줄 거야.

"오빠, 나 좀 봐."

왜,라는 표정으로 날 보는 오빠를 그냥 내 입을 오빠의 입술로 가져가 버렸다.

"……읍!"

난 적당이란 걸 몰라. 이제야 오빠가 날 사랑한다고 말해 줬는데……. 그렇게 그 여자 앞에서 객기를 부리듯…… 살풀이 대작전에 돌입하기 시작했다. 다행인 건…… 오빠가 거부하지 않고 같이 키스를 나눴단 말이지. 젖비린내 나는 아이가 이렇게 찐한 키스하는 것 봤어! 못 봤지!

"봤죠? 오빠와 키스할 수 있는 사람은 나예요."

난 자신 있게 찌푸러져 있는 그 여자의 면상에 침을 튀기며 말해 버렸다. 그제서야 낄낄거리며 웃는 오빠는 나를 끌어안아 버렸다. 진작 그럴 것이지.

"선배. 아니 과장님, 보셨죠? 전 이 애를 사랑해요. 간혹 가슴이 철렁할 만큼 대담하게 어른스러운 소리를 하지만 그 상대가 나라면 좋아요."

인간의 감정이라는 것이 얼마나 변덕스러운 것인지……. 방금까지 우수에 어린 눈으로 그 여자를 본 오빠…… 맞아? 오빠! 나에게 더 이상 많은 걸 바라면 안 될 것 같아! 나를 사랑한 게 처음은 아니지만 마지막이 될 거라는 그 달콤한 유혹도 하지 마. 더 이상 그런 어리숙한 유혹에 혹할 내가 아니란 말이야. 그 짧은 시선이 오빠의 마음을 표현하고 있으니까. 오빠 침묵 속에 담겨진 많은 의미를 난 읽고 있으니까.

"솔직하지 못한 것도 병이라던데 안 그래? 이 애가 오기 전까지 나랑 데이트하려고 했던 거 아냐?"

"그건…… 꼭 물어봐야 할 게 있어서. 하지만 오늘은 안 되겠네요, 과장님! 다빈아, 가자. 그럼."

갑자기 돌변한 오빠의 태도에도 그녀는 전혀 동요하지 않았다. 무슨 말을 해도 씨가 안 먹혀……. 게다가 저 깊이를 알 수 없는 여유는 뭘 믿고 나오는 걸까? 진짜로 아직도 오빠가 자신을 사랑하고 있다고 착각하고 있는 걸까? 난 떨려 죽겠는데 저런 게…… 연륜이겠지.

"오랜만에 쓸 만한 적수를 만났어. 민혁아 내일 병원에서 보자."

그녀는 나에게 쓸 만한 적수라는 말로 인사를 하곤 또각또각 구두 소리를 내며 사라져 버렸다. 그리고 아주 귀에 거슬리는 웃음소리를 남기면서……. 꼭 마귀할멈 웃음소리 같아. 육감적인 히프와 날씬한 허리선을 자랑하며…… 걸어가는 그녀의 뒷모습을 멍하니 보고 있으니 세상이 너무 불공평하다는 생각이 들었다.

어찌 신은 저 여자를 저런 얼굴로 태어나게 만들었을까? 그리고 의사라는 직업에 어느 것 하나 흠 잡을 수 없게 만들어 놓았는지 난 점점 세상이라는 게 내가 생각한 것처럼 돌아가지 않음을 알게 되었다.

이제까지 사랑이라고 믿었던 오빠가 점점 타인으로 느껴지기 시작하면서 평소의 내가 아닌 오빠의 여자로서 그 불안함은 말할 수가 없었다. 한 번도 오빠 옆에 다른 여자가 서 있을 수 있다는 생각은 해보지 않았으니까.

"그렇군. 그러니 어린애라고 놀리지, 참."

난 더 이상 그 자리에 서 있을 수가 없었다. 그 여자가 가고 나자 서늘해진 바람 탓에 한기가 든 때문인지 몸이 갑자기 움츠러들기 시작했다. 이곳을 빨리 빠져나가야겠다는 생각에 매몰차게 몸을 돌리는 순간 나의 팔을 잡는 오빠의 손길을 느낄 수가 있었다. 거부하고 싶어. 밤도 아닌데 왜 어둠 속에서 혼자 있는 것처럼 외롭지…….

"다빈아, 얘기 좀 하자."

"싫어. 변명 따윈 듣고 싶지 않아."

싫다는 내 말은 아예 듣지도 않은 채 표정을 읽을 수 없는 얼굴로 날 끌고 젤 먼저 눈에 보이는 커피숍으로 들어가 버렸다.

"이거 놔! 이 팔."

"다빈아, 다 말해 줄게. 앉자, 우선……."

가슴이 심하게 고동치고 있었다. 그건 예견된 두려움의 공포였으리라. 오빠가 그 여자를 아직 잊지 못한다는…… 자리에 앉았지만 난 가시방석에 앉은 느낌이었다. 오빠…… 오빠가 지금 분명히 내 앞에 앉아 있는데 왜 이리 보고 싶을까요? 너무 그리워요…….

미워해야 할 사람을 미워하지 못하고 있다는 사실에 나의 마음은 더욱더 무표정으로 오빠를 볼 수밖에 없었다. 감정을 속이려고 미치도록 발악하는 사람처럼…… 하지만 나의 마음을 더욱 갈갈이 찢어 놓기에 바빴다, 오빠는.

"그 선뱀…… 내가 예전에 사귀었던 사람이야. 첫사랑이었어."

난 그 말에 전혀 눈빛의 동요가 없이 좀더 큰 소리로 말해 버렸다. 첫사랑…….

그럼 난요. 오빠가 첫사랑인데 첫사랑은 절대로 이루어지지 않는다는 걸 증명하고 싶어요. 이미 내 마음은 산산조각이 나 버렸는데 뭐가 두려워서 내가 말을 못 하겠어.

"그 정돈, 눈치로 알아요. 내가 궁금한 건 아직도 그 여자를 보는 오빠의 눈이예요. 아직도…… 그리고 내게 거짓말한 그 이유를…… 듣고 싶어요."

난, 오빠에게 하고 싶은 말을 하면서 이런 마음을 알아달라고 떼쓰고 있었다.

마치 괴로워서 미칠 듯한 눈으로, 덫에 걸려 고통받는 듯한 연약한 동물의 모습으로 오빠를 바라보았다. 그런 내 눈을 오빠는 정면으로 보지 못하고 고개를 돌렸다. 그 눈에는 어리지만 자기에 대한 소유욕이 선명하게 보임을 알고 피식 웃고 있었다.

"웃지 마요. 그 여자가 날 여고생으로 본다고 해서 오빠까지 날 그렇게 보는 건 아니죠? 만약에 이때까지 날 그렇게 생각했다면 원조교제한 심정이 어땠을까요? 짜릿했어요? 아니다…… 성적 접촉이 없었으니까 짜릿했다는 말은 취소하죠, 뭐."

"다빈아, 말이라고 함부로 하는 거 아니야."

"그럼 오빠는 말이라고 내게 거짓말했나요?"

“그건 너가 그런 일도 있었는데 신경 쓸까 봐 그랬어. 내가 사랑하는 건 너야, 다빈아.”

“그럼 그 눈빛은…… 무얼 의미하는 거예요? 미련, 사랑, 증오?”

난 오빠의 말에도 자꾸 집요하게 묻기만 되풀이했다. 그런 나를 보면서 오빠는 갑자기 일어나 벽에 머리를 박는 시늉을 하더니 자신을 믿어 달라는 눈치를 마구마구 나에게 던지고 있었다. 내가…… 뭐 포수인가? 마구 받아주게. 가끔 밖으로 새는 볼이 더 경각심을 불러일으켜 주는 거야. 오빠의 그런 행동도 내 눈에는 자극제가 되지 않았다. 그냥 석상처럼 굳어져 보고 있을 뿐이었다. 그런데 왜 눈물이 안 나오는 걸까?

“지금 내 심정…… 벽에다 머리라도 박고 싶은 심정이야. 아니라면 아니야. 날 믿어주면 안 돼?”

“언제…… 오빠가 나에게 믿음을 주는 행동을 하신 적이 있어요. 명색뿐인 약혼녀잖아요. 만나주는 것도 내가 전화해야 만나주고, 이런 병신! 이런 남자가 뭐가 좋다고 이 자리까지 와서 앉아 있지?”

“너에게 변명같이 들리겠지만 그 선밸 많이 사랑했기에 배신감도 컸고 여자에 대한 환상이 많이 깨진 상태였다.”

“그럼, 왜 나하고 약혼했어요? 여덟 살이나 어린 여자가 줄기차게 쫓아다니는 게 불쌍해서요?”

“그건…… 너를 거부하기엔…… 너가 너무 좋았어. 너 때문에 선배를 잊을 수 있었거든!”

“그것, 참 재미있었겠네요. 실연의 상처를 덮어준 은인이라…….
아니지, 대타군. 대타치곤 어때요. 그 여자보다.”

“비꼬지 마. 내 맘은 진심이야.”

“그 여자는 100점 난 50점……. 웃겨.”

“너 진짜 이렇게 막 나갈 거야?”

“막 나가는 게 뭔지 보여드릴까요?”

“제발, 진정해.”

“아무래도 우린…… 안 되겠죠.”

“그게 무슨 말이야 너. 또 파혼하자는 얘길 하려고 한다면 절대로 안 돼.”

“파혼이라……. 내가 파혼한다고 하면 더 좋아해야 맞는 거 아니야. 그래야 둘이 옳다구나 하며 만나죠. 내 눈치 볼 필요도 없이.”

내 말에 아예 지친 표정을 하는 오빠를 더 이상 마주보고 있는 건 나에게 있어 고문이었다. 하지만 내 진심은 이게 아니라는 걸 알아주었으면 하는데, 그때 정말 기가 막히게도 눈물이라는 놈이 뒤늦게 흐르기 시작했다. 지금까지 참았던 눈물이 그제야 나오는 건 뭐야 참 타이밍도 절묘하게 맞추네.

“두 사람이 서로 좋든 싫든 얽혀 있잖아요. 아까 물어보고 싶다는 얘기 꼭 물어보고……. 흑흑…….”

왜 갑자기 눈물이 나오는 거야. 이런 동정표는 싫어. 얘기를 하다 흘러나온 눈물이 너무도 싫었다. 민다빈, 이러면 안 돼. 오빠 앞에서 나도 어린애가 아니라는 걸 보여 주어야 하는데 우는 건 어린애가 하는 짓이잖아. 난 눈물을 소매로 쓱 닦은 후에 오빠에게 내 마음을 다시 말했다.

“오빠, 정말 날 사랑하긴 사랑하나요?”

“무슨 말을 그렇게 해! 그것까지도 의심한다는 건…….”

“모르겠어요, 정말…….”

"너가 모르면……."

"하지만 이건 확실히 말할 수 있어요. 마음의 정리가 다 돼서 내게 오면 난 오빠를…… 물론 오빠가 먼저 절 잡는다는 조건이예요."

"꼭 그래야만 돼."

"여자의 마음은 여자가 안다고……. 흑흑! 그 분은 아직 오빠에게 미련을 갖고 있는 거 같았어요. 그러니 전 오빠의 몸과 마음을…… 다 소유한 상태로 결혼하고 싶어요. 결혼한 다음에 이런 마음이 계속 된다면 서로가 힘들어지니까요!"

"우리 다빈이…… 이제 다 컸네."

오빠는 일어나서 내 옆으로 와 이마에 입을 맞추려고 상체를 숙였 지만 난…… 이미 고개를 돌린 뒤였다

이런 상황에서는 그 무엇도 반갑지가 않아. 뽀뽀도 하기 싫어. 그 어떤 접촉도 싫어. 그리고 난 과감히 일어서 버렸다. 오빠 앞에서 자 신 있게 한 마디 던지고서 말이다.

"오빠, 나 먼저 나 갈게요."

하지만 먼저 나온 밖의 세상은 나의 슬픈 마음을 아는 듯 울고 있 었다. 밖에는 아까 하늘에 있던 검은 먹구름이 비가 되어 내리고 있 었다.

후두둑! 후두둑! 떨어지는 빗소리는 갑작스레 이 세상에 나 혼자 내던져진 느낌에 사로잡히게 만들었다. 근데 비 소리가 왜 이리 크게 들리지. 나 혼자 있어서 그런가?

난 내가 나온 그 커피숍 출입문을 보다가 오빠에게 하지 못했던 말 을 중얼거리기 시작했다.

아니, 너무 힘들어 전혀 밖으로 나오지 않고 목구멍에 걸려 있는

말 들을…….

　오빠, 이제까지 나 혼자 한 사랑의 열병을 오빠에게 전염시키고 싶어. 나 때문에 힘들어도 해 보고 울어도 보고 먼저 전화도 해 봐. 받지 않은 심정 오빠가 알기나 해. 이제나 저제나 전화 올까? 화장실에 갈 때도 핸드폰을 가지고 가는 내 마음 이해할 수 있냐구!

　나 이때까지 너무 힘들었다구……. 그리고 이제 꿈에서 깨어나야 하겠지.

　오빠, 산타클로스 할아버지가 실존 인물이 아니라는 걸…… 8살 때 그 꿈에서 깨었지. 너무 늦었나? 그리고 백마 탄 왕자님의 꿈을 꾼 것은 스무 살 때였어. 바로 오빠였어. 그 꿈에서 깨어나지 않도록 날 잡아 줄 거지. 이제는 내가 먼저 손을 내밀게 안 해줄 거지…….

| 08 |

봄비가 하염없이 내렸다. 어두워진 하늘은 이미 비로 가득 찬지 오래다. 난 어디가 어디인지 모른 채 정처없이 막 돌아다녔다. 오빠가 나 몰래 뒤로 호박씨를 까고 있었다고 생각하니 제 정신으로 돌아다니기가 어려웠다. 마치 무슨 공포영화처럼 머리 풀어헤친 여자가 한을 품고 여기저기 돌아다니는 꼭 그 몰골이었다. '나'와 '너'가 만나 '우리'가 되었지만 이제 우리는 없다. 내 마음 속 깊이 뿌리내린 상처는 치유할 방법이 없었다.

오빠가 날 사랑한다는 그 확신도 아무런 힘이 되지 못했다. 사랑이 이렇게 사람을 아프게 하는 거라면 난 더 이상 지탱할 자신이 없어. 내 숨을 너무 조이고 있으니까. 봄바람은 매서운 칼바람으로 바뀌었고 집에 도착했을 때 난 온몸이 만신창이가 되어 있었다.

"다빈아, 뭐야. 비 쫄딱 맞은 거야?"

비 맞고 집에 온 나를 엄마는 이상한 눈초리로 보았다. 하지만 난, 이미 쓰러져버릴 듯한 기분이 되어 손으로 가슴을 쥐어보였다.

"엄마……. 나, 나 여기가 너무 아파."

난 그렇게 가슴을 쥐며 풀썩 쓰러졌다. 그제서야 문제의 심각함을 느낀 엄마가 쓰러진 나를 보면서 급히 어디에다 전화를 하셨다.

그게 내가 완전히 정신을 놓기 직전에 본 엄마의 모습이었다. 오늘 이 순간 행복하다고 생각하시는 분들, 내일도 행복할지 장담할 수 있을까요? 매일 아침 당신의 하루를 위해 아침을 준비하고 하루 종일 당신을 생각하는 곳, 우리의 아이들이 뛰어노는 곳, 오늘보다 더 행복한 내일을 꿈꾸며 사랑을 준비하는 곳, 난 이런 평범한 가정을 꿈꾸었는데 그게 너무 큰 욕심이었을까요?

사랑하기에 1초라도 더 오래 함께 있고 싶고 그러기 위해서 사랑하는 사람들은 결혼이라는 절차를 밟는다. 하지만 내 사랑은 그 결실을 이루기도 전에 나에게 커다란 상처를 주었다. 결국 이제까지 사랑 하나로 지탱할 수 있었던 내 몸이 그 기운을 다해 버린 것이었다.

얼마의 시간이 흘렀을까?

깨어났을 때, 나의 눈에 보이는 것은 엄마의 걱정스런 얼굴이었다.

"다빈아, 깨어났어?"

"엄마. 여기가…… 어디야?"

"어, 병원. 급성폐렴이래. 열이 너무 높아서 당분간 입원하기로 했어. 숨차니까 말 조금만 해."

"그럼……."

엄마는 당연하다는 듯 웃으며 다시 수건을 물에 담가 짠 뒤 나의 이마에 올려놓았다.

"이 서방이 있는 병원이야."

당연한 걸 물어본 내가 바보인가? 오늘은 오빠를 보고 싶지 않았는데. 결국 난, 오빠의 손바닥 안에서 논 거 밖에는 안 되는 건가.

"오빠가 왔다 갔어?"

"이 바보야. 당연하지, 주치의인 걸?"

그래 엄마 나 바보야. 바보여도 좋으니 오빠가 내 곁에만 있었으면 좋겠어.

난 그렇게 오빠를 사랑했었어. 내 자신을 모두 오빠에게 던져주고 싶을 만큼 그렇게 사랑했는데 이게 뭐야! 나에게 돌아온 건 결국 아픔이야.

몸이 아픈 것보다 난 지금 살고 싶은 의지가 없다는 게 더 아파와. 오빠 앞에만 서면 내 이성이 대책 없이 무너졌었다고. 하지만 난 오늘 알았어. 일방적인 감정은 오히려 그 사람에게 부담이 된다는 것을 말이야.

오빠가 주치의라는 말을 들은 난 감정의 기복을 어떻게 할 수가 없었다. 이런 내 마음의 1/10만 엄마에게 투자했으면 효녀 소리 듣고도 남았을 텐데. 속마음을 숨기지 못하는 나의 얼굴을 보면 엄마가 걱정하실 것 같아 난 고개를 창문 쪽으로 돌렸다. 차마 엄마 얼굴을 보지 못하고. 이런 날 엄마는 이해하지 못하실 테니까. 난 이 병원에 입원했다는 게, 아니 오빠가 내 주치의라는 게 마음에 들지 않았다.

오늘 하루는 무슨 일이 있더라도 오빠를 다시 보고 싶지 않았기에 엄마에게 어이없는 말을 해 버렸다.

"엄마, 나 다른…… 병원에 입원하고 싶어."

엄마는 내 말에 어이가 없는지 기가 막힌 얼굴로 되물었다.

"도대체 너희들 무슨 문제 있어? 말해봐."

문제라. 문제는 내가 오빠를 너무 사랑한다는 게 문제지. 아니야,

아니야. 엄마, 나 지금 정말로 내가 오빠를 사랑했는지조차 의심이 돼. 그래 맞어. 그게 문제야.

이런 마음으로 오빠 옆에 있는다는 건 너무 힘들어. 좋아한 것도 내가 먼저고 키스해 달라고 조른 것도 내가 먼저야.

"아니야. 그냥 폐 끼치는 게 싫은걸?"

"그렇지 않아도 이 서방이 와서 그러더라, 졸업할 때까지 못 기다리겠다고 올 여름방학쯤 결혼하는 게 좋겠다고. 난 찬성이야. 그만한 신랑감 어디서 구한다고."

말도 안 되는 애길 꺼내고 계시는 엄마를 보면서 난 오빠의 그 야비함에 질리기 시작했다. 흥! 미운 아이한테 떡 하나 더 주겠다는 심보인 것 같은데 어림도 없어!

그리고 엄마는 왜 자꾸 딸을 낮추는 거야. 그렇게 딸에게 자신이 없는 이윤 뭐야. 그럼 난 뭐야. 찍소리도 하지 말고 따르라는 말이야? 그렇게는 못해. 나도 대학 졸업하면 좋은 신부감이 될 수 있어. 오빠보다 더 좋은 남자 선택할 수 있다고. 엄마, 나 토익 점수 꽤 높아, 엄마 딸 너무 무시하지 말라고! 난 머리를 엄마 쪽으로 다시 돌려 부정의 뜻으로 도리질을 했다.

"난…… 싫어. 엄마 오빠 오면 그렇게 전해줘."

힘도 없거니와 내 마음과 달리 오빠와 멀어지는 느낌을 받게 되는 건 말로 설명해도 모를 감정이다. 그 까만 머리, 남자치곤 예쁜 눈, 오똑한 콧날, 선홍빛이 감도는 입술, 그 모든 것이 이제는 완전히 내 꺼가 아니야. 난 어느 누구하고도 오빠를 공유하고 싶지 않은데 왜 자꾸 꼬이는 걸까?

"그래. 그건 나중 문제고 우선 너부터 나아야지."

“…….”

엄마는 눈치를 대강 챈 듯 아무 말도 없이 나를 바라보고 있었다. 그런 엄마의 눈빛이 부담스러워 난 다시 창가 쪽으로 고개를 돌려버렸다.

밖에는 아직 비가 많이 오는지 창문을 때리는 빗소리가 들렸다. 눈꺼풀이 너무 무거워 그냥 감겨졌다. 내가 잠시 또 잠이 들었나 보다. 하지만 창문을 때리는 빗소리에 다시 눈이 떠졌다. 아니 고인 눈물 때문에 어쩔 수 없이 떠진 눈. 눈이 원망스러웠다.

보고 싶지 않은 얼굴이 내 눈에 보이자 내 눈은 거부하고 싶었나 보다. 다시 감아버렸다.

분명히 엄마가 있었는데 방금 그 얼굴은 뭐지? 뭐야. 내 이마에 수건을 올려준 얼굴, 분명히 내가 잘못 본 거야. 환시는 아닌 것 같은데. 하지만 잠시 후 내 귀를 때리는 목소리는 분명 오빠였다.

“울고 있었던 거야? 바보같이. 많이 아파서 운 거야?”

“엄마는요?”

“내가 가시라 그랬어. 어차피 내가 있어야 하니까.”

“지금 오빠 얼굴 보면 더 아프다는 걸 모르세요?”

“알아. 하지만 내가 있어야 할 자리는 너 옆인 걸.”

“기가 막히는군요? 아픈 사람 두고.”

“내가 어떻게 해주면 좋겠는지 말해봐.”

결국 그 말밖에 나에게 할 말이 없죠? 이해해 달라고 하기 전에 먼저 그 여자를 만나려는 마음을 가진 거에 대해서 나에게 미안해하는 것이 도리이거늘.

오빠는 늘 이런 식이었어요. 날 만나면서도 늘 눈은 딴 곳을 향해 있는 것같이. 하지만, 그런 오빠를 보면서도 내 맘을 닫지 못한 게 여기까지 온 이유였어요.

아무리 내 맘에 자물쇠를 채워도 사랑이라는 감정은 한 곳만을 향해 흘렀으니까요. 이런 나를 위해 무릎을 꿇으라면 꿇을 건가요? 아니면 날 위해 목숨을 버리라면 버릴 건가요. 날 위해 무엇을 할 수 있다는 그런 말은, 그런 아부성 발언은 하지 말았으면 좋겠네요. 아직은 오빠를 이해할 수 없는 게 내 진짜 속마음이니까요.

"난 그저 쉬고 싶어요."

내 말에는 묵묵부답인 채로 오빠는 조금은 떨리는 손으로 내가 입고 있는 환자복의 단추 하나를 풀기 시작했다. 순간 숨이 멎어버리는 느낌이 되어 나는 오빠에게 소리쳤다.

"뭐, 뭐 하는…… 짓이에요!!!"

"열이 너무 높아서 옷을 벗기는 것뿐이야. 설마 내가 이런 너를 덮친다고는 생각하지 않겠지, 쉬고 싶다며. 빨리 열부터 내려야 하는데 젠장 왜 열이 빨리 안 떨어지는 거야."

"오빠가 돌팔이니까…… 그렇죠!"

"하긴. 내 맘의 병도 치료 못하는 놈이 남의 병을 치료하겠다고. 웃기지. 그러니 아프지 마."

"물어봤어요?"

"응. 근데 대답이 너무 싱거운 거 있지?"

"질문이 뭔지 물어봐도 돼요? 나 너무 궁금해서 미칠 것 같으니까 얘기 좀 해줘요."

"지금은 때가 아니고 나중에 퇴원하면 그때 얘기해 줄게. 그리고 장모님께 말씀드렸어. 결혼하겠다고."

오빠의 자신 없는 말투에 난 내 의지를 보여 주어야겠다는 생각이 절로 들었다. 얼마나 듣고 싶었는데. 오빠 입에서 나오는 나와 결혼하겠다는 말을 말이야.

하지만 싫어. 억지로 날 좀 봐 달라고 투정하는 나에게 밥을 떠먹이려는 느낌 같아서 오빠의 청혼을 받아들이는 게 나에게 가치가 있다고 설득하려 하지 마. 그 여자가 이 세상에서 존재하지 않아야 한다는 게 성립되어야 할 테니까, 말하자면 우리의 결혼이 닭이 먼저냐? 알이 먼저냐? 하는 식으로 갈피를 잡을 수 없는 지경까지 왔다는 얘기야.

오빠가 청혼을 며칠 전에만 해줬어도 난 바로 얼씨구나 하면서 그 자리에서 승낙했을 거야. 하지만 지금은 눈에 보여. 어쩌면 오빠가 도망가려고 만든 구멍 같아서 싫어. 찝찝해. 오빠만 도망 갈 구멍을 만들어 놓으면 난…… 난 어떡하라고…….

"결혼은…… 서두르고 싶지 않아요, 난……."

"죄인이 무슨 할 말이 있겠어. 미안할 따름이지, 근데 너 가슴…… 되게 예쁘더라."

"……."

"장모님께서 연락하셨어. 아무래도 급성폐렴이 온 것 같았지. 딴 놈이 너 가슴 볼까 봐, 가슴이 조마조마하더라. 아직 나도 못 본 가슴을……."

"오빤 역시 직업정신도 없는…… 돌팔이 의사가 맞네요."

"맞아, 너한테만 그래. 그러니 빨리 나아, 알았지?"

오빠의 따스한 간호를 받으며 눈을 감았다. 하지만 하나도 반갑지 않아. 내가 보기엔 오빠는 마음의 짐을 많이 벗은 것 같아 보였다. 궁금한 걸 알아서 그런가?

"다빈아. 넌 여전히 내 약혼녀야, 앞으로 내 아내가 될 사람이구. 우리 아이의 엄마가 될 사람이니까."

글쎄요. 난 장담 못하겠는데요. 오빠와 나 사이의 보이지 않는 벽이 과연…… 허물어질까? 오빠가 먼저 보여줘요, 그럴 수 있다는 걸. 그럼 나도 대답해 줄게요.

난 오빠의 그 말이 전혀 실감나지 않았다.

그냥 가볍게 웃는 것으로 대답을 대신하고 아무 말도 하지 않고 있었다.

오빠의 눈을 피해 창문 쪽만 보고 있는 나를 계속 바라보고 있는 오빠가 너무 부담스러워 난 그냥 눈을 감아버렸다. 주위가 침묵에 잠겨 조용했다.

하지만 창문을 때리는 비와 바람 소리가 우리의 심정을 대변해 주고 있었다. 그런 표정으로 날 보지 말아요. 날 사랑한다는 표정으로 말이에요. 그런 표정을 지으면 나도 모르게 가슴이 두근거려 숨을 쉴 수가 없단 말이에요. 지금처럼 예민한 신경과 냉정한 마음을 녹여버리면 난 정말 오빠에게 아무 저항도 할 수 없잖아요. 나도 여자라는 걸 보여줘야 하는데. 결국 마지막에 우는 건 나라는 걸 왜 몰라요. 아무리 오빠가 지금 날 사랑한다고 말해도 난 믿을 수 없어요. 그러니 더 이상 날 보고 있지 말아요.

하지만 내 마음을 전혀 알지 못하는 오빠는 땀으로 젖은 나의 머리를 살며시 만져주며 결국 나를 울리는 말을 했다.

"다빈아. 내가 사랑하는 건 너야. 이것만은 진심이야."

"흑흑……."

오빠의 사랑 고백도 정성어린 간호도 지친 내 몸과 마음에는 별 도움이 되지 못했다. 다만 평행선을 유지하면서 더 이상 날 추락시키지 않을 뿐이었다.

어쩌면 오늘 하루가 너무도 길어서 짜증을 내고 있는 건지도 모르겠다. 사랑할 수 없는 내 맘, 아파서 너무 아파서 말을 못하는 이 맘, 오빠가 이해해 주었으면 좋겠는데.

일주일 후.

매일 밤 꼬박 옆에서 나를 지켜주는 나의 약혼자였다. 아무튼 신경 써준 거에 대해 조그마한 희망을 가져보기로 했다. 하지만 퇴원하는 날, 엄마가 퇴원 수속을 밟으러 나간 사이, 일은 터지고 말았다. 난 힘이 없는 상태로 의자에 앉아 있는데 노크 소리가 들렸다.

들어오라는 얘기도 하지 않았는데 이미 문을 열고 들어온 주인공은 어이없게도 그 의사라는 여자였다. 좋은 기분 다 잡쳤어, 에이쌍!

그녀는 아주 표독스러운 눈초리로 나를 빤히 쳐다보고 있다. 그 여자의 등장으로 나의 퇴원 날은 엉망진창이 돼 버리고 말았다. 이 병원 의사라는 사람이 환자에게 이런 퇴원 선물을 주다니. 어쩐지 이 병원 처음부터 마음에 안 든다 했어.

"믿고 싶지 않겠지만, 민혁인 나에게 모든 것을 주었지. 사랑한다는 말도 매일 해주고. 우린 부부나 마찬가지였어요. 그땐 몰랐는데…… 민혁일 보면 아직도 내 심장이 뛰는 걸 느껴. 난 그 사실을 감추고 싶지 않아."

이 여자, 지금 무슨 망발을 하는 거야, 아픈 거 어떠냐고 그거 제일 먼저 물어보는 게 인간의 정이거늘, 아니 의사의 도리이거늘. 그리고 부부라. 그건 뭘 의미하는 거야?

아직까지 오빠의 모든 것을 소유하지 못한 나를 비웃기라도 하는 거야! 그게 그렇게 대단한 거야? 아후 열받아!!! 그러나 그녀는 내가 더 열받길 바랐나 보다. 더 심한 말을 내 앞에서 아무렇지도 않게 하고 있었다.

"내가 보기엔 너가 민혁이 뒤를 쫓아다닌 것 같은데, 난 아니야. 민혁이가 나를 4년 가까이 쫓아다녔다고 얘기하든? 매일매일 사랑한다는 얘기, 귀에 딱지가 앉도록 들었어. 너는 어때? 민혁이가 많이 사랑해 주든?"

"그건…… 그래도 오빠는 지금 날 사랑해. 당신이 아니고."

"아마 민혁인 널 버리지 못할 거야. 그러니 너 스스로 민혁이와 파혼해, 그 길만이."

"아니야 절대로. 우린 곧 결혼할 거란 말이야."

"너보다는 내가 더 유망한 직업을 가졌다는 거 알겠지? 너 민혁이에게 병원 개업해 줄 수 있어? 모든 의사의 소망이 개업이라는 걸 알 턱이 없지, 안 그래?"

"자꾸 억지 부리지 마요! 아직은 돈 보다는 사랑이 소중한 세상이니까요, 오빤 나만 있으면 될 거예요."

"과연 그럴까?"

나를 보며 자신만만한 태도로 거칠 것 없이 말하는 그녀가 미웠지만 한편으론 너무 부러웠다.

나도 저 여자처럼 오빠에게 자신 있어야 하는데 난 자신이 없어. 다시 미로 속에 빠져 정신없이 길을 찾기 시작했다. 아니 수명이 줄어들어 버렸어.

"난 당신이 진심으로 연애를 할 수 없었던, 아니 그 나이에 아직 안주할 안식처가 없었던 이유를 알겠어. 한마디로 당신은 저질 중에 골수저질이야. 당신 맘대로 되지는 않을 거야."

"아니, 힘은 내가 더 있다고 보는데."

"당신은 사랑하는데 있어 아마추어고 난 프로니까 날 이길 생각하지 마."

너무 힘이 강하면 부러진다는 사실 모르나 본데, 흥! 당신을 두고두고 씹을 거야. 아니 되새김질까지 해서 존재의 흔적도 없게 만들어 버릴 거야. 오빠와 결혼 안 할 거라고 맹세했던 나의 이성은 날 미치도록 흥분시키는 호르몬에게 결국 굴복하고 말았다.

나 생각 바꿨어! 당장이라도 결혼할 거야. 두고 봐, 당장. 일단 오빠를 내 걸로 만들어놓고 승부수를 띄워야 해.

09

집으로 돌아온 나는 그 여자가 뱉은 말들이 쉽게 사라지지 않았다. 정말 그럴 수도 있을까? 오빠를 높은 위치에 올려다 놓을 수 있는 사람은, 그 여자가 맞을까? 내가 괜히 오빠를 잡고 있는 건 아닐까?

"왜, 우리 집은 이렇게 평범한 집일까? 부잣집 딸로 태어나면 좋은데……."

계속되는 물음표에 난 날 이 지경으로 만든 그녀에 대한 분노와 좌절감으로 그 여자보다 잘 나지 못한 나 자신을 학대하기 시작했다. 확실하지는 않지만 이미 그 여자는 오빠의 처음을 소유한 사람인 것 같아 잠도 잘 못 자겠고, 오빠와 그 여자가 엉켜 있는 이상한 상상에 나 자신조차 갈피를 잡지 못하고 있었다.

그 여자를 만난 후 이상한 콤플렉스까지 가지게 된 나는 심한 불안감과 우울증에 시달려 마음이 마치 딴 곳에 가 있는 사람 같았다.

오빠를 잡고 있는 내가 사치를 부리고나 있는 건 아닌가 하는 생각에 정말 오빠를 위한 게 무얼까? 고민을 아주 심각하게 했지만 역시

나 결론은 오빠는 내 거라는 것에는 변함이 없었다.

엄마와 결혼준비를 하기 위해 이곳저곳을 다녀도 꼭 이것이 내가 입을 옷이 아닌 것 같아 기쁘지도 않았다. 이 불안한 마음은 꿈에서까지 자꾸 나타나기 시작했다.

혼수 때문에 다리품을 많이 팔고 다녀서 피곤해서 그런가? 아니면 결혼을 앞둔 여자들의 이상한 마음인지 모르겠지만, 오빠와 결혼하는 그 상상은 아름답고도…… 잔혹했다.

결혼식 날 내 옆에 서 있는 오빠의 모습을 보면서 머리 위로 펼쳐진 드넓은 푸른 하늘에서 쏟아지는 햇빛을 즐기고 있는데, 갑자기 하늘은 시커멓게 변하기 시작했다.

그녀의 길고 숱 많은 검은 머리는 검은 망토처럼 하늘을 감싸 마치 흡혈귀와 같이 온통 암흑 속에서 자신을 비웃고 있었다. 무언가 잘못되고 있었다.

윽! 저 튀어난 광대뼈 봐. 저건 완벽한 화장의 기술이야. 꿈속에 나타난 그녀를 향해 난…… 쉴새없이 저주의 말을 퍼부어 댔지만 승리자는 그녀였다. 머리가 빙빙 돌고 그녀의 눈과 목소리에 드러난 확신이 나의 피를 얼어붙게 만들었다.

"민혁이와 같은 위치에서 무엇인가를 만들어 갈 수 있는 사람은 나라니까, 여기는 너가 낄 자리가 아니야. 너 주제를 알라고. 하하하!"

그 여자의 웃음소리가 메아리가 되어 울려 퍼졌다. 졸업의 마지막 장면의 반대로 신랑을 뺏기는…… 외톨이가 된 신부가 꿈 속에서의 내 모습이었다.

헉헉! 덥다. 너무 뛰어서 목도 마르고…… 속이 울렁거린다. 악!! 더 이상 못 뛰겠어. STOP!!!

“정신 차려, 다빈아.”

누군가가 나를 흔들어 깨우고 있다는 것이 느껴지자 그제서야 눈을 뜨고 어떤 인간이야, 하고 화를 내려다 내 눈에 보이는 얼굴이 내가 목숨을 걸고 잡고 싶어한 사람이라는 걸 알고 빙그레 웃어 보였다. 그리고 누운 채로 다급하게 오빠의 목을 안은 채 흐느끼는 신음소리를 내어버렸다.

“다, 다빈아.”

“오빠…… 날 버리지 않을 거지?”

“왜 그래…….”

“아, 아니야. 그냥.”

“싱겁기는…….”

어느 정도 마음이 안정이 되자 난 오빠의 목을 안은 팔을 풀었다.

“어, 언제 왔어?”

“온지 좀 됐어. 결혼문제로 상의할 것도 있고 해서 말이야.”

하지만, 오빠가 내 이마에 젖어 있는 머리칼을 살며시 올려주며 숨을 내쉬는 걸 보면서, 섹시해 보이는 오빠의 모습에 내 자신을 억제하기 시작했다.

“그럼 깨우지…….”

말을 흐리며 천천히 몸을 일으킨 나는 오빠의 얼굴이 은근히 달아올라 있음을 알고 의아해했다. 혹시 내 눈에 눈곱? 아니면 침이라도 흘렸나? 난, 얼굴을 한번 쓰윽 닦으며 궁금하다는 표정으로 오빠를 쳐다보았다.

“왜?”

“그리고 아무리 더운 여름이라도 그 옷차림이 뭐냐! 다 큰 여자가……. 팬티가 다 보여.”

6월 중순이 지나 하순이 되는 시점에서 덥다고 짧은 민소매 원피스를 입은 게 화근이었으리라. 그리고…… 꿈속에서 죽으라고 뒤쫓아 가느냐고 몹시도 발버둥을 쳤는지 치마가 다 말아 올라가 팬티가 보였음은 당연지사……. 헤헤!(이런 경험 많죠, 여름에 다들…… 은근히 섹시해 보이죠.) 에구, 쪽 팔려. 옆에 있던 얇은 이불로 급히 다리 쪽을 덮었다. 자극적인 욕망의 공기가 방 안에 가득 차 있었다.

이 순간 우리가 인정하는 게 공통된 일일 수도 있다고 생각하니 심장이 쿵 하고 내려앉는 것만 같았다. 숨을 쉴 수가 없었다. 이 남자가 주는 침묵의 마법에 빨려 들어가는 느낌이 들어 미세한 떨림이 시작되었다.

당연히, 그 주범은 오빠겠지. 나의 모든 감각들이 자동적으로 위험신호를 보내고 있었다. 그리고 오빠를 향해 강력한 고수의 째림을 던져 주었다. 그런 걸 보고 있던 사람이 누구지요?

“오빤…… 다 보고 있었어요? 치마 좀 내려주지. 변태.”

“됐다. 그러다 눈 찢어질라 치마 내려주는 게 더 떨릴 것 같아서 말이지……. 근데 너…… 무슨 나쁜 꿈 꾼 거야. 계속 헉헉거리더라.”

맞아. 나 지독한 악몽을 꿨어, 생각하기도 싫은 꿈, 아마 누군가를 너무 사랑하면 이런 꿈도 꿀 수 있겠지. 난 오빠가 이끄는 대로 가는 승객이야. 결혼이라는 웨딩카를 절대 버리고 가지 않을 거지? 오빠 절대 나 버리고 도망 안 갈 거지…….

“아니야, 그냥.”

하지만 나의 시무룩한 표정에 날 웃기려고 하는 건지 또 짓궂은 말을 던져왔다. 오빠 자꾸 그러지 마, 나 요즘 오빠 때문에 하루하루 놀라고 있어. 동전의 양면성 같다고 할까? 오빠 하는 말과 행동들이 말이야.

"아닌 거 같은데…… 무슨 에로틱한 꿈이라도 꾸셨어? 그 상대자는 누구야? 나?"

"오빠, 장난하지 마. 그런데 왜 왔어?"

"응. 결혼 전에 우리 매듭지어야 할 일이 있잖아."

"아, 맞다. 혼수 문제로 여기저기 신경 쓰다 보니……."

"피식! 이럴 때 보면 영락없는…… 아니다. 집은 답답하고 우리 나가자. 한강 유람선 타러 갈까?"

"좋지? 잠깐만. 밖에 나가서 기다려. 금방 나갈게."

나가라는 내 말에 겸연쩍게 웃어 보이더니 나를 뚫어져라 보면서 침대 가에 완전히 자리잡고 앉아 버렸다.

"팬티도 봤는데 그냥 갈아입지?"

"그럼, 그럴까?"

오빠는 과연 어떻게 나올지 보는 것 같았다. 내가 못 할 것 같아? 오빠의 시선이 나에게 서서히 꽂히기 시작하자, 난 형용할 수 없는 떨림이 느껴져 천천히 침대에서 나와 방바닥에 섰다. 그리고…… 속옷을 천천히…… 위로 올리는데 문 닫는 소리가 들렸다.

"ㅋㅋㅋㅋ! 결국은 나갈 거면서."

에헤헤헤! 내 알몸은 그렇게 쉽게 볼 수 있는 게 아닙니다요! 하지만 오빠에게만 그 권리는 줄게. 됐지?

10

여름밤에 사랑하는 사람과 한강 유람선을 탔다는 것은 생각만 해도 가슴 떨리는 일이다.

이게, 얼마 만의 데이트인지. 하지만 분위기 깨는 놈이 어디 가도 꼭 하나 있어.

"시원하고 좋다, 근데 이놈의 모기 때문에."

아! 따가워. 또 물렸다. 복수다, 복수. 나의 우람한 팔뚝에 바늘을 꼭 찌르다가 내 손바닥의 파워에 한방에 나가 자빠지는 모기를 한강에다 내던져 버렸다. 그런 내 모습을 보면서 배꼽 쥐고 웃는 오빠의 모습에 난 한 가지 희망이 생겼다. 그래, 날 보고 웃어주는 오빠는 그녀가 아닌 내 옆에 있는 걸!

"어, 나 코미디하려고 그런 거 아닌데."

"다빈아, 우리가 보는 보통 모기는 암놈이라잖아. 새끼들 키우려고 모으는 식량에 적선했다 치면 되지 뭐."

"오빠, 그 생각나? 어릴 적 모기한테 물리면 볼펜으로 누르고 그리고 침 발랐던 생각……. 그때가 그래도 재미있었는데…….”

갑자기 우울해지는 이유가…… 아무래도 머릿속에서 지워지지 않는 그 여자 때문이겠지. 문제는 오빠가 그 사실을 그다지 크게 인식하고 있지 않다는 게 문제야.

“왜? 지금은 재미없어?”

“어른이 되니까 생각할 것도 많고 좀 유치해지는 거 같아서, 나 좀 불안해.”

“그 선배일이라면…… 사실 다시 만났을 때 조금 가슴이 떨리던 건 사실이였어. 이런 얘긴 좀 웃기지만…… 내 동정을 받힌 여자였어.”

그 말에 피시식…… 하는 소리가 들렸다. 이건 내 가슴에 빵빵하던 바람이 빠지는 소리야. 혹시나 하는 환상이 여름 바람에 날려가 버렸다. 역시 내 생각이 맞았어.

그 여자가 내 앞에서 그리 당당할 수 있었던 이유는 자기는 몸과 마음을 다 소유했었던 사람이라는 자만심이었어. 오빠 옆에 2년이나 있고도 내가 하지 못했던 일을 그 여자는 했다. 왠지 이 말은 점점 날 저 깊은 수렁으로 빠지게 해.

“하긴……. ㅋㅋㅋ! 남자 나이 서른에 숫총각이라면 좀 웃기겠다. 하지만 좀 손해 보는 장사를 시작하는 것 같아…… 찝찝해. 헤헤.”

말은 그렇게 했지만, 난…… 오빠의 얼굴을 정면으로 볼 수 없었다. 너무 사랑하면 상대방의 모든 것들이 자신이 처음이길 바라는 이기심 때문이겠지. 그래서 그런지 눈가에 작은 액체의 성분이 내 뺨으로 무대포로 내려오려고 기를 쓰고 있었기 때문에, 오빠 몰래 손으로 살짝 찍어 버렸다.

“다빈아…….”

"난, 그런 거 별로 신경 쓰고 싶지 않아. 나 만나기 전 과거 일인데
뭐……."

별로 신경 안 쓴다는 목소리가 이 정도야!

왜 이래, 민 다빈…….

내 목소리가 풀이 죽은 목소리로 오빠에게 전달되었나 보다. 오빠
는 와이셔츠 위 주머니에서 담배 한 개피를 꺼내 불을 붙이더니, 어
두운 밤하늘 쪽으로 날려 보내고 있었다. 그 여자도 저렇게 보낼 수
만 있다면 얼마나 좋을까?

"답답했어. 너무도 너한테 미안하지만, 그녀를 다시 만나던 날 난
아무 생각도 할 수 없었어. 오로지 내 머릿속을 짓누르고 있던 그 궁
금증을 풀어야 한다는 생각밖에는 할 수 없었어. 다시 만나게 되면
꼭 물어볼 거라고 생각하고 있었거든. 그날 선배에게 바로 차이
고…… 왜 하필 그날 바로 차였을까? 그래서 물어봤더니…… 일종의
정당방위라 그러더라."

"정당방위?"

그건 법 쪽에서 쓰는 말인데……. 쩝! 별 데다 끼워 맞추는고만. 하
여튼 수단이 좋아 머리 좋은 여자란 말이야. 어리숙한 오빠를 그런
식으로 얼렁뚱땅 속이고 진짜 치사 반쓰다. 나의 이 애절한 마음에도
불구하고 오빠는 계속, 그 여자가 불쌍하다는 식으로 나에게 말해 버
렸다.

"몹시도 사랑했던 남자가 있었던 모양이야. 그런데 순결 바친 그날
바로 차였나봐. 안 됐지."

"좀 안 됐네."

안 되긴 뭐가 안 돼. 그런 여자는 아이구 좋네, 아이구 좋아. 얼씨

구다, 그러나 티낼 순 없지. 오빠 앞에서 역시 오빠는 그 여자를 잊지 못한 거야. 설마, 설마 했는데 오빠 눈동자에는 아직 그 여자가 존재하고 있어, 거부도 일종의 사랑이 아닐까? 난 알아…….

그게, 사랑인 것을. 하지만 난 오빠가 내 곁에만 머물길 간절히 기도해야 되겠지. 다시 찾고 싶은…… 그 여자를 만나기 이전의 감정으로. 근데 이런 감정 너무 지겨워. 이렇게 내 마음을 다스려야 하는 게 너무 싫어. 게다가 곧바로 내 귀에 들려오는 오빠의 말은 내 맘을 더 아프게 했다.

"그래서, 용서하기로 했어. 첫사랑은 마음속에 그냥 묻어두는 게 맞나 봐."

"그럼 난………."

"그게 무슨 말이야?"

"나에겐 오빠가 첫사랑인데 그냥 덮어야 할까?"

"넌 그러지 마."

넌…… 그러지 마, 라는 그런 억지가 어딨어! 내가 널 사랑하니까 내가 널 안 보내니까 그냥 넌 내 옆에 있어, 이런 식으로 말해야 내가 안심이 되는데……. 그리고 용서라…… 난 오빠의 용서라는 말이 가뜩이나 복잡한 나의 머릿속의 양분을 마지막 한 방울까지 사라져 버리게 했다. 충분히 예상했던 일이지만 충격이 꽤 큰데……. 그 반동으로 인해 내 복부에 잠시 찌르르 하고 열을 받았지만, 이제는 더 이상 상관하지 않으리라 다짐했다.

오빠를 너무 사랑하는 나의 죄로 받아들이기로 했어. 그래, 그게 정답이야. 잠시 침묵이 흐른 뒤, 난 오늘의 메인 주제를 바꾸기로 결심했다. 마음은 아프지만…….

“오빠, 우리 이런 칙칙한 얘기 집어 치우자. 결혼 앞둔 사람들이 이러면 쓰겠어?”

난 조금은 우울했지만, 이렇게 속시원히 털어준 오빠에게 고마움을 느꼈다.

하지만 현실은 나에게 그렇게 쉬운 문제가 아닐 거 같아. 난 한 번도 사랑의 쓰라린 경험을 한 적이 없어. 나의 청춘사업은 모든 게 오빠가 처음이었고, 나에게 있어 모든 게 처음이야.

오빠는 행운아인 줄 알아.

“오빠, 실연한 뒤 그 후유증은 어떻게 치료하는지 알아?”

“글쎄…….”

“의사가 그것도 몰라? 실연회복법이라고 다른 사람을 열심히 사랑을 하는 거야, 오빠 경우엔 나를 더욱 사랑하면 되겠지.”

“다, 다빈아.”

지구가 멸망한다고 해도 난 오빠를 내 옆에 두고 같이 죽을 거니까, 자꾸만 복잡해지는 이 상황을 잊어버리자. 괴롭히기 시작하는 모기는 더 극성을 떨고 있었다.

“우씨…….”

나의 이 답답한 마음이 알려졌을까? 오빠는 나에게 부탁이라는 말을, 강제성을 띤 이해라는 그럴싸한 말로 날 흔들어 놓고 있었다.

“어쩌면, 계속 부딪쳐야 할지도 몰라, 같은 병원에 상사로 모시고 있기 때문에, 그래도 이해해 줄 거지?”

“음…… 오빠 하는 거 봐서.”

사실은 너무 많이 걱정이 돼, 그 여자는 분명히 오빠를 홀리고 남을 여자야, 한번 갖고 싶은 건 무슨 수를 써서라도 갖고 마는 성질이야. 겉은 예쁜 장미이지만 손에 닿으면 남을 아프게 하는 가시를 지니고 있는, 여자라고……. 그런 여자에게 버티고 살아남을 수 있는 남자는 몇이나 될까? 오빠가 과연 버틸 수 있을까? 오빠도 남잔데. 갑자기 아찔한 상상이 떠오르기 시작하자 마치 나의 생각을 안다는 듯, 오빠는 서서히 나에게 점수를 따려고 선수를 치기 시작했다.

"어떻게 해주면 되는데……. 이렇게?"

오빠는 한 손으로 내 턱을 치켜들고는 눈 깜짝할 사이에 내 입술을 훔쳐버렸다.

이건 절대로 있을 수 없는 일이야.

오빠도 그 여자 밑에 있더니 여자 심리를 좀 알아가는 느낌이야. 이럴 때 나에게 키스하면 내가 더 이상 어떻게 못하잖아. 그렇지? 그래도 이렇게라도 나에게 해주니, 난 서운한 감정을 접으려고 무던히도 노력하며 씨익 웃음으로 보여 주었다. 선의의 웃음…… 물론 내가 슬쩍 침을 삼키는 모습은 못 봤겠지.

"오빠, 사람들 보는데……."

"둘러봐. 모두 키스하는 연인들 뿐이네, 뭐."

그렇구나. 여긴 정석적인 데이트 코스지. 내 자신을 엄습하는 날카로운 이 슬픔을 반대로 표현하려고…… 더욱더 오빠의 키스를 받아들였다. 혀가 입 천정에 둘러붙은 것처럼 짜릿한 쾌감의 여운을 느끼고 있는 중, 사랑하는 오빠의 말이 귓가에서 들렸다.

"너의 그 엉덩이가 나를 얼마나 괴롭힌 줄 알면…… 넌…… 나한테 잘 해야 돼."

| 11 |

"다빈아, 오늘 나랑 같이 있을래? 들여보내기 싫다."

유람선에서 내려 주차장으로 발걸음을 옮기는 순간, 오빠가 생각지도 않았던 말을 나에게 던졌다. 꼭 나를 시험하는 것같이. 오빠가 마치 최후의 카드인 양 나에게 던진 그 말에 어린 양은 이걸 받아 들여야 할지 아님 말아야 할지 갈피를 못 잡고 헤맬 수밖에 없었다. 조금씩 목구멍으로 뜨거운 덩어리가 올라오기 시작하자 난 침을 꿀꺽 삼켜버렸다. 그리고는 조용히 고개를 아래로 숙였다.

가슴속 깊이 응어리졌던 불안을 그 한마디가 서서히 녹여주고 있었다. 팔에 찬 시계를 보니 밤 11시가 넘은 늦은 시각이었다.

지금 이 말은 단순히 들어가지 말라는 차원을 넘어 남자와 여자로서 어떻게 해보자는 의미인데 지금 내 인생에 대혁명이 일어나고 있다면 믿을까?

너무 뒤늦게 찾아온 이 혼란을 어떻게 해결할지 몰라 난 너무도 당황스러웠다. 평상시대로라면 얼씨구나 해야겠지만 말이지.

“왜? 저번처럼 술 먹고 취한 척하지. 오빠는 배우해도 손색이 없겠어!”

“놀리지 말아. 나, 지금 심각하단 말야.”

“나 놀린 거 아냐. 진심이라고.”

내 말이 오빠에게 꽤 거슬렸는지 나를 쳐다보는 날카로운 시선에 질려 난 아무 말도 못하고 죄 없는 땅만 발로 툭툭 차고 있었다. 오빠는 굳은 얼굴로 핸드폰을 열더니 꾹꾹 눌러 어디론가 전화를 했다. 바로 우리 집으로.

“장모님, 저 이 서방입니다.”

뭐? 엄마!!! 오늘따라 왜 이래, 오빠!

오빠는 경험이 있고 남자라서 쉬울지 모르겠지만 난 아니야. 한번도 해보지 않은, 아니 상상으로만 펼쳐본 그 세계가 아직은 두려워. 갑자기 난 온 세상이 차단되고 오빠와 나 단둘이 있는 것 같은 아찔한 느낌에 빠져들고 있었다.

“저…… 오늘 다빈이와 같이 있고 싶은데요. 허락해 주세요.”

난 오빠의 팔을 잡고 핸드폰을 뺏으려고 껑충껑충 뛰어보았지만 아무 소용이 없었다.

“오빠, 미쳤어? 왜 그래?”

내가 이렇게 펄쩍펄쩍 뛰는 이유는 내 자신이 잘 알아. 우리 엄만 오빠라면 사족을 못 써. 당연히 오케바리란 말이야! 그리고 나 아직 마음의 준비가 안 되었단 말이야.

그러나 그 사이에 이미 오빠와 엄마의 대화는 끝나가고 있었다.

그 해답은 오빠의 환한 미소가 말해주고 있었다. 이제 어쩌지. 뭘 어쩌긴 어째. 얼마나 좋은 찬스야, 민다빈. 이럴 때일수록 정신 차려.

정신일도~~ 하사불성이라. 내가 바라는 대로 되는 건데, 오빠는 나의 남편이자 나의 아이들의 아버지가 되는 거야. 보란 듯이 그 여자 앞에 귀엽고 앙증맞은 오빠와 똑같이 생긴 아이를 만들어 기선을 제압하는 거야. 너무 많이 앞서가는 느낌이긴 하지만.

내게 다가올 극적인 순간을 예견하고 내 심장이 미리부터 춤을 추고 있었다.

난 오빠를 아주 부드럽게 쳐다보았다. 역시 난 이 사람에게 미쳐버렸어.

"예, 고맙습니다. 안녕히 주무세요!"

핸드폰을 끄고 날 바라보는 오빠의 눈동자가 너무 매력적이었다.

역시 오빠는 내 거야, 아암. 그래 오늘처럼 결단력 있게 행동해봐. 얼마나 보기 좋아. 오빠의 웃는 얼굴을 보면서 난 더 이상 저항할 수 없다는 걸 알았다.

"오빠, 갑자기 왜 웃는 얼굴이야?"

난 정말 누가 보면 얄미울 정도로 여우짓을 해 버렸다. 이럴 땐 완벽하게 시치미를 떼는 거야. 울 엄마 때문에 내가 미치겠다니까. 내가 심청이도 아니고 이렇게 어린 나이에 팔려가는 느낌으로 이래야겠어. 흐흐흐…… 완전 여우야, 난.

"ㅋㄷㅋㄷㅋㄷ! 울 장모님, 베리 나이스 짱이야!"

오빠의 그 말에 난 심기가 불편해졌다. 아니야. 그건 오빠한테만 적용되는 단어야. 난 주워온 딸이라니까.

"울 엄마가 뭐라 그러시는데?"

"그게…… 이젠 다빈인 이 서방 거니까 마음대로 하래. ㅋㅋㅋ."

"울 엄마 때문에 내가 미쳐. 그게 딸 가진 엄마가 할 소리야!"

말도 안 된다는 듯이 소리치며 오빠를 째려보는 나에게 오히려 큰 소리를 쳐버리는 오빠였다.

"뭐 어때서. 열흘만 있으면 넌…… 이씨 집 며느리가 되는데. 아싸! 기분좋고. 이 여우야, 너 엉큼한 거 좋아하잖아. 우리 어디로 갈까?"

"난 집으로 갈 거네요. 내가 엄마를 가만…….."

하지만 오빠에게 팔이 잡혀버린 지금, 오빠의 손가락이 거칠게 피부 속으로 파고드는 느낌이다. 아니 태양이 뜨거운 느낌이다. 달인가? 어두운 밤하늘이 붉은색으로 보이기 시작했다.

"오빠 오늘따라 왜 이래. 오빠답지 않게."

"나다운 게 뭔데. 나도 지극히 건강한 남자의 육체를 가졌어."

그런 사람이 이제까지 어떻게 참으셨수!

"나도 남자야. 이젠 감추고 싶지 않다. 너 오늘 집에 못 들어가! 그리고 그만 내숭떨어. 너 얼굴에 다 쓰여져 있어. 너 기분좋다고."

사실은 그 말이 정답이었다. 기분은 좋았지만 몸이 굳어서 움직일 수가 없었다. 목이 메어서 아니 마구 떨리는 심장 때문에…….

"이제야 너를 묶어놓게 되었네."

"그게 무슨 말이야?"

"네가 하는 짓이 꼭 생선가게의 팔팔한 생선처럼 어디로 튈지 모르잖아."

"우씨, 무슨 말을 그렇게 해. 그럼 지금 날 도마 위에 올려놓고 칼로 찔러보자, 이 심보야?"

"어."

난 영원히 질리지 않을 것 같은 짓궂은 웃음을 흘리고 있는 오빠의 가슴팍을 한대 때려버렸다. 하지만 내 손이 금방 오빠의 손에 잡혀버리는 바람에 오히려 스스로 안기는 자폭의 결과가 되어버렸다.

"뭐야! 날 놀리는 거야."

"아니."

"그럼."

"너에게 남자를 너무 몰아붙이면 어떻게 되는지 보여주고 싶어. 그러니 그냥 갈래 아니면 내 어깨에 짐 보따리처럼 메고 갈까?"

오빠의 진지한 모습에 난 더 이상 반박할 수도 내숭을 떨 수도 없었다. 그냥 서 있을 수밖에.

"가자. 뭐 해!"

내 어깨를 감싸안고 차 안으로 밀어 넣은 오빠는 흥분된 모습으로 운전을 하기 시작했다.

고로 난 오빠의 행동 때문에 한 여름인데도 덜덜 떨고 있었다.

"내가 무섭니! 다빈아?"

"……."

"내일 아침 눈을 떴을 때 널 제일 먼저 보고 싶다. 그래 줄 거지?"

끄덕끄덕하긴 했지만 내일 엄마 얼굴을 어떻게 보지? 쑥스럽게. 어쨌든 난 오빠의 손에 이끌려 호텔에 들어와 버렸다.

"먼저…… 씻을래?"

사실 이런 장면은 항상 그려오던 풍경이 아닌가? 하지만 이론과 실제는 다른 법. 정말 불과 30분이라는 시간이 이렇게 길었던가? 창피하면서도 기쁜 것 같은, 불안하면서도 마음속은 가벼워지는 듯한 이느낌. 부드럽게 흐르는 강물소리에도 마른 낙엽의 바스락 소리에도 웃던 나의 소녀시절은 이것으로 쫑 나는 순간이었다.

진정 사랑하는 한 남자의 여자로 탄생하는 순간이야. 책갈피에 표시를 해두고 두고두고 읽으면서 내 맘을 시리게 했던 사랑의 장면, 그 사랑을 현실에서 이루기 위해 난 그렇게 서 있었다. 이로써 한 남자의 여자가 되는 거지, 하지만 두려워. 두렵지만 어차피 거쳐야 할 과정이야. 여러분도 한번 나처럼 해보고 싶죠!

첫날밤을 치룬 모든 분들께 경의를 표하나이다. 그 순간 내 머릿속에 떠오르는 한 가지 생각이 잠시나마 마음의 평온을 가져다주었다.

아마 미경이 지지배 내가 오빠랑 잤다고 하면 믿지 않을 거야. 빨리 자랑하고 싶다.

그런 기분도 잠시, 떨리는 마음으로 서 있는 나를 오빠는 갑자기 팔을 세차게 잡아당겨 품에 안았다. 나의 연약한 몸에 닿은 오빠의 몸은 너무도 자극적이었다.

너무도 당황한 난 오빠를 뿌리치고 마음에도 없는 말을 내뱉고 있었다.

"아, 아파요. 아니 그냥. 이렇게 갑자기 제 몸에 손을 댈 거라곤 생각 못했거든요."

왜, 갑자기 존댓말이 나오는 거야! 이런 멍청이 같은 말이 어디 있냐고. 속으로 난 나를 질책하기 시작했지만 떨리는 마음을 억제할 순 없었다.

나의 상식은 첫날밤에 남자 앞에서 할 수 있는 만큼 최대한 그저 남자가 하는 대로 가만히 조용히 내숭을 떨어야 한다고 익히 알고 있었지만 직접 당하고 보니…… 한 발짝도 움직일 수 없는 그런 상황에 한 발자국씩 나에게 다가오는 발소리에 행복하게도 난 돌처럼 굳어 있었다. 그 돌이 오빠의 뜨거운 시선에 구멍이 나기 시작해서 탈이지. 그냥 눈을 감고 있어도 냄새만으로도 오빠를 느낄 수 있었고 그런 나를 오빠는 두 손으로 허리를 감싸안고는 움직이지 못하게 힘껏 깍지를 끼었다.

오빠는 침을 꿀꺽 삼키고 나서 환상을 완성시키기 위해 나의 입술에 키스하기 시작했다.

보기 좋은 광경을 만들어내기 위한 전초전이라 할까?

태어나 처음으로 엄마의 젖을 빠는 아가처럼 부드럽고 따뜻한 감촉이었다.

찐한 키스를 한 후 떨고 있는 나에게 오빠는 또 설명을 늘어놓았다. 이럴 때 보면 60대 할아버지 저리 가라야. 그 말들이 내 귀에 들어올 것 같아! 내참.

"다빈아, 성은 인간에게 3번의 기쁨을 준대. 우선 쾌락을 주고 사랑의 정도를 깊게 해주고 또 생명을 주시잖아."

"오빠, 은근히 웃긴 거 알아? 차라리 의사하지 말고 선생님하지. 저번엔 포옹에 대해 강의하더니!"

오빠 난 다 알지롱! 그건 다 접근하기 위한 수작이라는 걸. 그런데 오빠의 수작은 이제부터가 진짜였다.

"너 입술이 바싹 말랐네."

슬그머니 내 입으로 입술을 가져오는 오빠. 그것으로 우리의 사랑은 시작되었다. 그리고 오빠에게 안기는 순간, 오빠의 입술이 머리카락에 닿았다. 우…… 찌르르해. 내 가슴을 아주 살며시 쥐고는 날 침대에 눕히고 오빠도 내 옆에 맨몸으로 누웠다.

"너무나 오래 기다렸어. 이 순간이 오기를……. 꿀꺽."

"……."

오빠와 나의 간격은 빛 한줄기도 들어오지 못할 정도로 밀착되어 버렸다. 오빠의 손은 이미 내 가슴을 더듬기 시작했다.

"오빠."

"어. 꿀~~꺽."

"오빠 그 침 넘어가는 소리 그만 할 수 없어?"

"무슨 소리야? 꿀꺽."

"또! 오빠가 자꾸 꿀꺽 하니까. 내가 꼭 먹거리가 된 거 같아 기분이 나빠지려고 해."

"어어…… 미안. 그렇다고 지금 이 순간에 그게 할 소리야? 하여튼 넌 비밀에 싸인 여자야, 신기할 정도라니까. 하긴 이제 너의 모든 것이 곧 밝혀지겠지만."

오히려 내 기를 죽여 버리는 오빠의 말에 난 그냥 모든 것을 오빠에게 맡긴 채 눈을 감아버렸다. 내 귓가에 들리는 오빠의 신음소리가 곧 스트립쇼가 펼쳐질 거라고 유혹하는 소리로 들려 내 몸은 점점 열기로 가득 채워지고 있었다.

그래. 난 이미 오빠와 결혼을 약속한 사이니까 적절한 관계가 될 테니까 괜찮을 거야. 엄마 아빠, 정말 미안해요. 못난 딸 용서하세요.

그 생각 이후 난 오빠의 도전을 받아들였다. 처음이라 굉장히 떨리기는 했지만 비로소 한 여자로서 오빠에게 인정받는다는 건 예비 아내로서 떳떳한 일이라고 자부하면서.

태어나서 처음으로 보는 남자의 몸에 난 눈을 감아버렸다. 그리고 천천히 이때까지 억눌렀던 욕망을 주체하지 못하고 그렇게 우린 하나가 되었다. 이로써 난 오빠를 완전히 소유하게 되었다. 나도 그 여자랑 동등한 위치에 설 수 있어.

아니 한 단계 더 업그레이드되었다고 하면 맞겠지, 후후후. 너무 기뻐, 근데 왜 눈물이 나오는 거야. 오빠의 널찍한 가슴이 만족스러운 듯 숨을 내쉬고 있을 때 난 도대체 어떤 얼굴로 오빠를 쳐다봐야 할지 알 수 없었다.

사랑이 끝난 뒤 난 결국 울음을 터트렸다. 울음밖에는 내가 지금 느끼고 있는 고통과 최상의 기분을 달리 표현할 방법이 없었다. 한마디로 내가 여자임을 완벽하게 느끼게 해준 최상의 이벤트였다.

"많이…… 아팠어?"

우는 나를 달래주는 오빠의 음성은 너무도 부드러웠다.

"흑흑흑. 기분좋은 아픔이라고 할까? 괜찮아."

"그래. 이제부터 계속해야 되는데 면역을 키워야지, 안 그래? ㅋㅋ ㅋㅋ"

오빠의 품에 안겨 난 아직 식지 않은 사랑의 냄새를 맡고 있었다.

"그런데 너 살 좀 쪄야겠다. 너무 말랐어. 그래 가지고 내 새끼 낳겠냐?"

"다 오빠 때문이지, 뭐. 오빠가 나 속썩여서. 아, 맞다. 어쩌지?"

"왜 그래? 뭐가 잘못됐어! 다시 처녀로 만들기 어렵다는 건 알지?"

짓궂은 말만 골라 하는 오빠를 한번 째려보면서 난 걱정이 생겨버렸다.

"우리 피임 안 했어? 이러다 아기 생기면 어떡해."

"걱정도 팔자다. 한번 했다고 애기 생기면 우리나라 산부인과 재벌 되게?"

"그래두."

"또 생기면 낳으면 되지 무슨 걱정이야!"

“의사가 되서는 그게 할 소리야!”

“임마. 우리 열흘 뒤면 결혼해. 속도위반이라는 오명 때문이라면 걱정 마.”

“쳇. 내가 돌팔이 의사에게 무슨 말을 해!”

“너 뭘 잘못 알고 있는데 내 전공은 내과야. 이 참에 산부인과로 바꿔 볼까나?”

“…….”

“그러지 말고 우리…… 한 번 더 할까? 우리 고물고물한 것 좀 만들어 보자. 너 뱃속에.”

오빠와 함께 이렇게 있다는 사실이 너무 기분좋아. 아니, 익숙한 느낌이라고 할까, 처음인데도. 이런 걸 사랑이라고 하겠지.

“다빈아. 우리 행복하게 살아보자. 남들이 부러워할 정도로 진짜 행복하게 사는 거야. 너무 사랑한다. 사랑해.”

“나도 사랑해.”

오빠의 사랑해,라는 말이 귓전에서 쉽게 사라지지 않았다. 더불어 나를 다시 안는 오빠의 손길도. 오빠 나 지금 너무 행복한데. 너무 행복해서 두려워. 누군가 내 행복을 깰 것만 같아서……. 설마 아니겠지, 난 다시 한번 오빠를 쳐다보면서 느낀 대로 말을 해 버렸다.

아무것도 걸치지 않은 이 은밀한 행동은 뭐라고 표현해 봤자 쓸데없는 일이라는 걸 난 알게 되었다.

“오빠 새롭게 봤어요. 조용하고 진지한 겉모습 안쪽에 이렇게 저돌적이고 야성적인 면이 있는 줄 몰랐어요.”

“하긴 너 말이 맞을지도 몰라. 난 널 만나면서 항상 머릿속에 주입시키곤 했어. 오늘은 여기까지야 그래. 민혁아 넌 참아낼 수 있다고.

아마 그래서 그럴 거야."

"오빠."

"음, 너가 방금 나에게 했던 말 칭찬하는 걸로 듣겠어."

"오빠 고마워. 날 사랑해준다는 확신을 줘서."

"다빈아 우리, 정말 잘 살자. 두 배로 행복하게 사는 거야."

고개를 끄덕이며 난 오빠의 몸에 더욱 안겨 들어갔다. 그런 나를 오빠는 머리카락 한 올 한 올씩 쓰다듬어 주었다.

"이제 이번 겨울은 춥지 않을 거야. 이렇게 나를 따뜻하게 감싸주는 아내가 생기니까 말이야."

"치이."

"다빈아, 우리 서로에게 축하해 주자. 서로의 비밀을 알게 된 걸 말이야."

그래, 이제야 난 진정 오빠의 여자가 된 거야. 그 여자가 뭐라 해도 이제는…… ㅋㅋㅋ.

잠시 웃음을 머금고, 나는 옷을 주우려고 살며시 시트를 잡아당겼다.

"왜 그래, 추워?"

"아니요. 씻으러 가려구요."

간신히 입을 연 나의 말을 무시하고 오빠의 손이 내 허벅지를 쓰다듬으면서 내려가더니 다시 위로 올라와 씩씩거리기 시작했다.

"우리 너무 조급하게 굴지 말자. 난 이 기분 마음껏 만끽하고 싶어. 그리고 씻으러 갈 필요는 없을 것 같아. 이미 난 또 할 준비가 되어 있거든."

"오빠."

"암만 해도 내가 사랑하는 여자는 이 세상에서 가장 똑똑한 여자인 것 같아. 나같이 능력 좋은 사람을 남편감으로 골랐으니. 그런 의미에서 다시 한번 축배를 들자."

오빠의 입술에 짓궂은 미소가 번지자 난 분위기를 바꿔보려고 시도했지만 아무런 소용이 없었다. 은밀한 경험을 또 하려는 내 마음까지 합세하는 바람에, 나는 그런 내 맘을 들킬까 봐 그를 쳐다볼 수 없었다. 그런 나를 그는 자꾸만 자신의 팔로 안아주었다.

"난 행복해. 너 나랑 꼭 결혼하는 거지?"

오빠의 말에 난 말 대신 그의 가슴을 쓸어내리며 강하게 긍정하는 뜻으로 그의 품으로 파고들었다.

"널 너무 사랑해. 넌 영원히 내 여자야."

나는 나의 몸을 다시 탐사하고 있는 오빠의 격렬한 몸 움직임 말고는 아무것도 느낄 수 없었다. 그는 가장 원초적이고 에로틱한 방법으로 날 다시 흔들어 놓고 있었다.

그렇게 오빠와 나의 비공식적인 첫날밤은 가고 서서히 새벽이 밝아오기 시작했다.

12

"어머! 지지배 결혼 축하한다. 스물두 살 꽃다운 나이에 결혼하다니 좋겠다야."

결혼 일주일을 앞두고 벌이는 소위 말하는 '처녀 쫑파티'를 하고 있었다. 흐흐흐. 이미 난 처녀가 아니란 말씀이지.

모두들 있을 수 없는 일이라고 경악하고 있었다. 내가 오빠와 사귀게 된 히스토리를 아는 친구들이라 발뺌도 못하겠다.

"야! 대단해, 죽으라고 좋아서 쫓아다니더니 기어코 승리했구나. 승리한 소감 말해 봐."

"소감은 무슨 소감? 그게 다 인연이 되려니까 만난 거겠지 뭐?"

"인연? 그러니 네가 애 늙은이란 소릴 듣는 거야, 요즘은 필이 꽂혀서 결혼하는 거야! 현대인의 결혼 필수조건, Feel! You don't know??"

"알았어. 알았어. 너희들 충고 고맙게 받아들이지, 크크크."

내가 너무도 좋은 기분을 어찌할 수가 없어서 아마 계속 웃고 있었나 보다. 그걸 본 친구가 보다 못해 한마디 더 던졌다.

"젊디 젊은 스물두 살에 결혼의 사슬에 손과 발이 묶이면서 뭐가 저리 좋은지 모르겠다야."

"야, 그런 소리 말아. 난 너희들이 손에 똥 기저귀 들고 있을 때 우아하게 커피 마시면서 인생을 즐기고 있을 테니까."

"치이, 그래도 애 안 놓는다는 얘긴 안 하는구먼."

"야야, 절대 믿지 못할 거짓말이 있잖아. 장사하는 사람이 손해보고 판다는 말과 처녀가 시집 안 간다는 말, 또 뭐더라."

친구들이 충고랍시고 떠들고 있는데 드디어 참고 있던 미경이가 한마디 던졌다. 그 동안 입이 간지러워 어떻게 참았을까? 하지만 그녀가 던진 말은 완전히 핵폭탄이었다.

"놔둬라! 노땅에 미쳐서 20대와 30대는 밤일 하는 것도 하늘과 땅 차이란다. 에이그, 아직 그 근처도 못 간 주제에 저리들 난리 피우고 있다니까."

역시 미경이야. 근데 이것들도 그 말에 일리가 있다는 눈치네! 이것들이 우리 오빠를 물 먹이고 있어. 그래, 쬐끔은 부끄럽지만 진실을 말해줄 필요가 있어. 난 잠시 오른손을 입에다 대고 마이크처럼 흠흠거렸다.

"마이크 테스트 중. 모두 잘 들어. 오빠 힘 좋은 거 이 몸으로 확인했으니까, 쓰잘데없는 소리 말아."

내가 자청해서 말하고도 조금 부끄러운 건 웬일일까? 갑자기 분위기가 이상한 쪽으로 흐르더니 모두들 날 보며 웃고 있었다.

"드디어 성공했구나! 다빈아."

역시 젤 광적으로 넘어가는 건 미경이었다. 나의 뺨에 두 손을 갖다대고 꼭 자기 일처럼 흥분하고 있었다.

"그 노땅이, 이제야 정신차렸나 보다. ㅋㅋㅋ. 젊은 여자 데리고 살려면 잘 하라고 그래."

"미친……."

역시 미경이다운 그 말에 난 살짝 눈을 흘겨주었다. 이어지는 미경이의 귓속말 역시 정말 미경이다운 발상이었다.

"너 솔직히 말해. 일부러 거짓말하는 거지."

"너 지금 무슨 개밥에 물 말아먹는 소리하는 거냐?"

이게 아직도 날 안 믿고 있어, 산부인과에 가서 확인시켜줘야 믿나. 난 그 동안 우리 오빠를 나쁘게 말해온 벌로 미경이의 등짝을 미련 없이 세차게 때려주었다.

"아파, 왜 때려."

"그 동안 울 오빠를 노땅이라 부른 벌이야."

이로써 과거의 잘못을 깔끔히 청산해 주었지. 입이 이만큼 튀어나온 미경이를 보면서 난 정말 오늘처럼 기쁜 날만 계속되길 바랬다.

"야! 저 지지배 입 찢어지려고 한다. 꿰매 버려."

"나 행복한 게 배가 아파 죽겠냐?"

"미친……. 며칠 전까지 죽을상을 하고 있더니, 어쨌든 축하한다."

"어땠어? 어땠어?"

"뭐가?"

나에게 첫 경험의 소감을 진지하게 물어오는 친구들은 기대감에 두 눈을 동그랗게 뜨고 호기심에 찬 눈으로 나를 바라보고 있었다.

"몰, 몰라."

"봐, 봐. 거짓말치는 거라니깐."

"야! 정말이야."

"그럼 말해봐."

"아프다고는 말 못해, 그것보다는 또 다른 행복과 즐거움이었어."

"어머, 진짜인가 봐?"

"우리의 호프 다빈이를 위해서 건배!"

나를 위한 축하의 건배를 하면서 난 지금 맥주맛이 아니라 행복을 즐기고 있는 듯한 기분에 사로잡혔다.

난 너희들이 날 질투 어린 눈으로 쳐다볼 줄 알았는데, 너희들은 나의 진정한 친구들이다. 결혼의 첫 스타트를 잘 끊어야 한다고 모두들 격려해 주었다. 헌데, 이것들 오늘 술값…… 누가 내는 거지?

너무 들뜬 마음에 계속 술을 들이부었더니 머리가 요동질을 치고 있었다. 그래서 그런가? 갑자기 머리가 아프기 시작했다.

"미경아, 나 너무 마셨나 봐. 머리가 지끈지끈 아픈 게 밖에 나가서 바람 좀 쐬고 올게."

"너 혹시 술값 내기 싫어서 도망가는 거 아니지?"

"알았다. 너, 그러고도 친구냐! 이런 걸 내가 친구라고."

나는 가방을 미경이에게 건넨 후 핸드폰만 달랑 쥐고 나이트 입구를 나와 로비 한 구석에서 지나가는 사람들을 구경하며 앉아 있었다.

"어휴, 왜 다들 쌍쌍이지! 마음 심란하게. 괜히 오빠가 더 보고 싶잖아. 그런 의미에서 오빠에게 전화나 땡겨볼까? 총각파티한다고 했는데, 술 많이 먹으면 어쩌지?"

난 마치 벌써 오빠의 아내가 된 것처럼 괜히 챙겨주고 싶은 마음에 오빠에게 전화를 걸었다. ???♪(이선희-알고 싶어요)가 들리는 가운데 신호음이 한참을 울려도 받지 않았다. 역시 지하에 있나? 근데 왜 이리 가까이 들릴까! 갑자기…….

"여보세요."

끊으려는 찰나에 핸드폰을 받는 오빠. 하지만 그 목소리가 너무도 생생히 들렸다. 같은 장소임을 깨닫게 해주는 오빠의 목소리를 듣는 순간, 이미 내 눈은 오빠의 뒤통수를 향하고 있었다.

어딘가를 향해 바삐 걸어가는 내 남자의 뒤 모습을 본 순간, 내 눈은 잠시 움직임을 멈추었다. 몸은 이미 통제할 수 없을 정도로 떨리고 있었고 심장이 발작하기 직전이었다. 왜 여기에 왔을까? 무슨 이유로?

"오빠, 어디야?"

"어, 다빈이구나. 나 친구들하고 술 먹고 있지."

오빠, 술 먹고 있는 사람이 왜 이 호텔에 와. 거짓말하는 거 보면 아직도 우리에게 나눌 수 없는 비밀이 있는 거야?

"우리 잠깐이라도 좋으니까 만날까?"

"지금은 좀…… 곤란해. 오늘 밤에 전화할게. 너무 늦게 들어가지 마. 알았지! 끊는다."

곤란해? 당연히 곤란하겠지. 이미 난 오빠와 만나고 있으니까. 그리고 그리 가면 호텔 룸이잖아. 난 엘리베이터 앞에 서 있는 오빠를 넋을 놓고 쳐다보았다. 오빠, 왜 엘리베이터를 타는 거야. 내 발걸음은 너무도 다급해졌다. 섰다, 5층. 5층……. 그 엘리베이터에는 오빠 혼자 탔으니까. 나는 왼쪽 엘리베이터를 타고 5층에 내렸다. 내 눈앞에는 정말로 믿을 수 없는 일이 펼쳐지고 있었다.

오빠는 마치 불륜이라도 저지르는 사람처럼 룸으로 들어가지 않은 채 망설이고 있었다.

왜 저러지!!! 저 안에 누가 있길래? 혹시……. 아니야. 불안하고 초조해 보이는 듯한 오빠가 드디어 조심스럽게 벨을 누르는 모습이 보였다.

"선배……. 나예요!"

선배라면 남자 선밴가? 남자선배가 있는 방에 들어가면서 저리 초조할 수 있을까? 그럼, 지금 이 상황은? 그리고 귀에 익은 목소리가 들렸다.

"민혁아! 너가 올 줄 알았어! 어서 들어와!"

이거 도대체 무슨 상황이야. 내가 지금 꿈을 꾸고 있는 거지? 난 벽에 내 몸을 겨우 지탱시키고 서 있었다.

"그냥 여기서 얘기……."

하지만 오빤, 그 여자의 손에 이끌려 룸으로 들어가 버렸다. 어차피 들어갈 거면서 미리 들어가지 왜 내가 보는 앞에서 들어가는 거야. 분노와 극심한 상실감. 엄청난 배신감에도 불구하고 난 오빠가 금방 나올 거라고 믿으며…… 지금 보니 504호실이었구나. 그렇게 다리 아픈 줄도 모르고 운명의 숫자 504가 써진 문 앞에 쭈그리고 앉아 있었다.

이놈의 눈물은 왜 나오는 건지. 오빠를 믿는 마음 하나로 버티며, 다리가 저린지도 모른 채 흘끔흘끔 지나가는 커플의 시선을 받으며. 그래 너희들은 좋겠다.

오지 않을 사람을 기다리는 망부석처럼……. 다만 한 가지 틀린 점이 있다면 내 심장이 갈비뼈 밖으로 튀어나올 정도로 흥분되고 있다는 점이겠지.

아물게 하려고 애썼던 나의 상처는 이미 벌겋게 속살을 드러냈고 오빠와 그 여자는 거기에 왕소금을 빡빡 문질러 덧나게 하고 있었다. 근데, 이제 겨우 5분이라니. 초조하게 확인한 내 손목시계는 5분이 경과되었음을 말해주었다. 5분이라는 시간은 사람을 죽일 수도 살릴 수도 있는 어마어마한 시간이라는 걸 난 알게 되었다.

차츰 인내심이 산산조각 나기 시작했다. 이를 빠득빠득 갈면서 난 분노를 씹어버렸다.

벌떡! 확인하지 않고서는 오해만 더 늘어날 거야. 나도 찝찝하게 그냥 넘어가긴 싫으니까.

"민 다빈, 정신 차리고 확인해 보는 거야. 다른 중요한 일일 수도 있잖아?"

꽉 쥔 주먹을 504라고 씌여 있는 문에 갖다대고 두들겼다. 그러자 날카로운, 아니 듣기도 싫은 그 여자의 음성이 들리더니 문이 확 열렸다.

"누구야!"

지금 내가 잘못 본 걸까? 아니야 내 시력은 1.5, 1.5라구. 그럼 이 모습은? 두 사람은 의심의 여지가, 아니 재고할 가치도 없는 모습이었다. 오빠 입술에 선명한 붉은 립스틱 자국, 흐트러진 넥타이, 슬립만 입은 여자……. 그 여자는 거의 반라의 모습으로 서 있었다.

대단해. 역시나 이 둘은 내가 대적하기에는 너무나 강적들이야. 이거 지금 뭐 하자는 거야. 정말 끝까지 한번 가보겠다는 심보인 것 같은데.

내 눈은 동그랗게 떠진 채 그대로 멈춰 버렸다. 나도 여자야. 감정이 있고 내 남자는 내 거여야만 한다는 질투심이 있는 여자라구!

"다…… 다빈아. 오해야, 오해."

또 오빠의 목소리가 들렸다. 그의 목소리는 비수가 되어 내 가슴을 후벼 팠다. 진짜, 저 남자가 내가 사랑하는 그 사람 맞아? 젠장, 너무 기분나빠. 오해라니? 무슨 뜻이야! 이 세상에 사랑이라는 단어가 존재했었던가? 아니 배신이라는 말이 있었지.

그래…… 씨팔! 사랑 그거 다 집어치우라 그래! 몇 년간의 사랑의 확신이 단 몇 초 만에 무효가 될 수 있다면 그건 사랑이 아니지. 나의 완벽한 착각이었어! 이 불쌍한 민다빈!

난 오빠가 날 사랑한다고 믿었고 나에게 거짓말할 사람이 아니라고 알고 있었는데 이제는 그 무엇도 그 누구도 믿을 수 없어. 이젠 영원, 믿음, 사랑이라는 말은 그저 국어사전에만 있는 단어야!

다리가 후들거려야 하는데 난 왜 이렇게 다리 힘이 좋은 거야. 난 그 뒤 내가 어떻게 했는지 모르겠다.

난 그냥 무작정 달려 버렸다. 직감적으로 내 뒤를 따라오는 사람이 있다는 걸 알았지만, 저 뒤에 쫓아오는 놈은 이제 나랑 아무런 상관도 없어! 그래, 이젠 정말 싫어!

나이 서른 넘은 사람들이 막 자라나 일어서려는 풀을 쓰러뜨리자고 둘이 작당질해서 강풍을 날리는 것과 뭐가 달라. 내가 안전하게 쉴 곳은 이 세상 어디에도 없는 것일까? 이제 정말로 저 두 사람은 보고 싶지 않아. 경찰들은 뭐 하고 있는 거야. 저런 나쁜 사람들 안 잡아가고. 저것도 불륜이라면 불륜인데.

"다빈아~!!!"

날 부르는 소리에도 난 돌아보지 않았다. 급히 택시를 잡아탄 나는 핸드폰으로 미경이에게 전화를 걸었다. 떨리는 손은 핸드폰을 들고 있는 것조차 힘이 들어 전화를 받을 때까지 두 손으로 겨우 들고 기다렸다. 한숨을 내쉬며……. 이런 내가 이상해 보였는지 나를 빤히 쳐다보고 있던 대머리 운전사가 말했다.

"괜찮습니까?"

택시 운전사가 백미러를 통해 내 모습을 계속 쳐다보고 있었던 것 같아 불쾌감이 들었다.

"아저씨 면목동으로요."

왜 이리 빨리 안 받지. 받는 소리가 나자 난 바로 말을 해 버렸다.

"미경아, 난데 내 가방 갖고 와. 너희 집 앞에서 기다릴게."

더 이상 통화할 여력이 없어진 난 그냥 뒷좌석에 누워 버렸다. 내가 뭔가 불안하다 했어.

그러니 계속 달리는 꿈만 꾼 거라고. 내가…… 흑흑흑! 몸이 납덩이처럼 천근만근 무거워지면서 난 내 인생이 안개 속으로 빨려 들어가는 것을 감지해 버렸다. 그 여자 만나고부터는 되는 일이 없었어. 너무 숨막혀 죽을 것 같아. 질식사할 것 같아. 나 있지, 지금까지는 귀신이랑 쥐 이런 게 무섭다고 생각했는데 아니야……. 그게 아니었어. 이 세상에서 무엇이 제일 무섭냐고 누가 물어보면 난 당연히 오빠가 저 여자와 세트로 무섭다고 말할 거야. 날 지금…… 서서히 죽이고 있으니깐. 난 살고 싶어. 부탁이야 누가 날 좀 살려달라고! 그리고는 풀썩! 온 세상이 어두워졌다. 아무것도 보이지 않았다. 그렇구나, 나 죽었어.

13

지금 이 세상을 지배하는 가장 기본적인 법칙 중 하나인 관성의 법칙이 또 작용하려고 한다. 사랑이라는 것에까지 그 범위를 넓히다니 우쒸. 외부로부터 힘의 작용이 없으면 오빠의 마음은 변하지 않는데 계속 움직이고 있는 그녀의 꼬임에 오빠란 물체는 계속 따라서 움직이려 하고 그렇다면 중간에 낀 나는 도대체 어떻게 해야 하는 거지? 그냥 이렇게 힘없이 쓰러지는 일 밖에는 아무것도 할 수 없었다.

"정신 들었어?"

반쯤 뜬 눈 사이로 어렴풋한 빛이 보였지만 아직도 나는 어둠 속을 헤매고 있었다.

자신을 내려다보고 있는 친구의 커다란 얼굴이 둥근 달처럼 조명을 차단하고 있기 때문에 어두운 거라고 생각하고 싶었다. 그럼 밤인가? 분명히 밤은 아닌 것 같은데. ㅋㅋㅋ. 내가 참, 너 때문에 산다.

"도대체 여기가 어디야?"

"호텔. 택시 기사아저씨가 너가 기절하니까 핸드폰 재발신을 눌렀더라고! 그래서 다시 이곳으로 오게 됐지 뭐!”

“그래. 우리 여기서 얼른 나가자.”

난 겨우 몸을 일으켜 귀에 흩어진 머리카락을 쓸어올리며 베개를 지지대 삼아 일어나려고 했다. 하지만 내 몸은 친구의 힘에 눌려 다시 제자리로 돌아왔다.

나를 향해 소리치는 친구의 목소리는 너무도 슬프게 들렸다. 나의 잠자고 있던, 잊고 싶은 사랑의 뇌파를 흔들어 놓았다.

“바보야! 미쳤어. 지금 새벽 3시라구! 도대체 무슨 일이야. 핸드폰은 미친 듯이 울어대고 노땅은 너 있는 데가 어디냐고 제발 가르쳐 달라고 하고.”

그래 그런 일이 있었지, 참. 나도 죽을 때가 다 되긴 되었나 보다.

“그래서…… 가르쳐 줬어?”

“내가 너랑 한두 해 친구냐! 당연히 안 가르쳐 줬지. 아예 밧데리 빼버렸어.”

“그래 잘했다. 나 좀 계속 누워 있을게.”

“무슨 일이야! 나한테도 말 못할 비밀이 있는 거야!”

오늘 밤 이 일을 어떻게 하지? 친구에게 설명하기엔 너무나 복잡하고 정신이 없을 텐데. 역시 남자는 머리와 몸이 따로 놀 수 있는 것일까? 아무리 몇 번을 생각해도 이런 건 아니야. 이건 내가 원하는 결혼이 아니란 말이야. 내가 뭐야! 엄연히 예비신부는 난데 무슨 꼬붕처럼 아무런 대꾸도 하지 못하고 병신같이 쓰러져 누워만 있다니.

숨통이 콱콱 막혀 죽기 일보직전까지 왔는데 뭐가 겁나서 아무 말도 하지 못하고 있는 거야.

“미경아! 나…… 결혼하지 말까?”

“……왜?”

“오빠, 오빠가 그 여자를 깨끗이 머릿속에서 지울 수 없었나 봐!”

“…….”

“난 늘 배가 고팠다. 오빠를 만나도 채워지지 않는 욕구 때문에. 그러면서도 완전 무아지경으로 빠져버리는 내가 한없이 원망스러워서 그만 포기할까 다짐하고 나가면 오빠의 그 웃음이 내 맘을 다시 잡는 거야.”

“미친……. 너 그 노땅 안 보고 살 수 있어?”

오빠 없는 날 생각한다는 건 너무 힘들다. 날 이렇게 만들어놓고 책임 안 지고 딴 여자랑 뭐 하는 거야! 정말 지긋지긋해.

엄마는 남자가 여자일로 속만 안 썩이면 여자는 다 참고 살 수 있다고 했는데. 그럼 난 어떻게 해야 올바른 길로 가는 거야. 왜 하필 여자 문제야. 그건 너무도 참기 어려운 문제인데. 그를 마음대로 가질 수 없었던 그 동안의 일들이 새록새록 생각나기 시작해서 난 발작에 가까운 비명을 내질렀다.

“악! 아악!!”

“다빈아, 다빈아. 정신 차려.”

“예전엔 몰랐어. 오빠가 날 사랑한다고 말해주지 않아도 난 행복했어. 이렇게 마음대로 사랑할 수 있다는 것만으로도 감사했거든. 하지만 이젠 마음대로 상대를 사랑할 수도 없다는 게 얼마나 괴롭고 힘든지 아니까 난, 난…… 미치겠어, 아니 죽을 것 같아.”

“그럼 그 노땅 계속 사랑해. 너가 살 길은 그 방법밖에 없잖아.”

“자신 없어. 없는데…… 나 아니더라도 다른 여자가 대체할 수 있다고 생각하니 죽을 것 같아.”

“어떤…… 여자야?”

“나보다 훨씬 조건도 좋고 그 여자의 도발적이고 섹시한 몸을 만지고 싶지 않은 남자가 없을 거야. 죽은 시체가 아니라면 말이야.”

“그 정도야? 그래도 노땅이 널 사랑하잖아! 그거면 충분하잖아!”

“사랑. 글쎄……. 나 없는 인생은 살고 싶지 않을 정도로 특별하다는 게 사랑인가? 하지만 나 없어도 오빠는…… 살 사람이야.”

“그래도 너가 나은 점도 있을 거 아냐?”

그 말은 나를 더욱 비참하게 만들었다. 처음 그 여자를 만났을 때부터 머리를 짜고 쥐어뜯어도 찾을 수 없었던 것이기에…….

“아니 없어. 내가 가진 건 젊음인데 그 여자 앞에선 그것도 무색할 지경이니까.”

“야! 머릿속이 밀려오는 짜증으로 인해 터지기 일보 직전이다. 그러게 옛말 그른 거 하나도 없다니까. 자고로 여잔 지 좋다는 남자 만나 결혼해야 돼. 아무리 평등 어쩌고저쩌고 해도 여잔 남자 사랑 속에 있어야 행복하다고!”

“하하하하, 너 입에서 그런 말도 나오고 웃기다!”

“오늘처럼 너의 단순 무식함을 통감하기는 첨이다. 아까는 좋아서 입이 찢어지더니 지금은 왜 그래, 바보야. 그냥 쳐들어가서 내 남자에게 집적되지 말라고 큰소리 땅땅 쳐.”

그러면서 미경은 눈물을 닦고 있었다.

“그런 넌 왜 우냐? 내 일인데.”

“미친……. 너 일이 내 일이지. 내 우정을 의심하는 거냐?”

“그래 미안해.”

“결혼 자체가 모험이라고 그러더라. 잘 생각해. 이제 결혼 6일밖에 안 남은 여자 입에서……. 정말이지 난 너가 행복했으면 좋겠다.”

난 미경의 진심어린 말에 고맙다고 할 수밖에 없었다. 그리고 조용히 날 안아주면서 귀에다 넌지시 던지는 그 한마디가 나의 사기를 충전시켜 주었다.

“다빈아. 이런 널 보니 내 친구 다빈이가 아닌 것 같아. 두둑한 네 배짱으로 그 여자를 불도저처럼 밀어버려, 알았지?”

역시 너답다. 그래 나 적을 무찌르는 거야! 할 수 있어. 그래…… 첫술에 배부를 순 없겠지. 나도 뭔가 알려줄 필요가 있어.

“미경아! 고마워. 선택해야만 하는 상황이라면…… 내가 해야지.”

주섬주섬 일어나 밧데리를 다시 끼우고 한번 꾸욱 눌렀다. 신호가 한번 울리자마자 오빠 목소리가 들려왔다.

“다빈아, 너 거기 어디야!”

참, 여기가 몇 호지? 입으로 호실을 그려주는 미경을 보면서 난 오빠에게 호실을 가르쳐 주었다.

“여기 아까 그 호텔 709호실이야. 기다리고 있을게.”

뚝. 미련도 없이 당차게 전화를 끊어버린 날 보고 미경인 격려의 말을 던져주었다.

“잘했어, 나 가볼 테니까 잘해 봐.”

“미경아, 내 선택 믿어줄 거지.”

우정이라는 좋은 말도 있는데 난 왜 사랑이라는 거에 매달리고 집착했을까? 혼자 남은 호텔 방이라. 황급히 일어나 욕실로 향한 나는 매무새를 고치기 시작했다.

어쩌면 내 인생에 있어 역전 만루홈런을 칠 수 있는 기회일지도 모르니. 벨 소리를 들으며 서서히 난 내 앞날을 향해 걷기 시작했다.

 그리고 지금 내 눈 앞에는…… 마라톤이라도 한 듯 허리를 구부려 숨을 고르고 있는 남자가 보였다. 그는 지쳐 보였다. 안색도……표정도 내 기억보다 더 창백했고 이마엔 주름살까지 보였다. 당연히 그래야지.

 하지만 그런 모습도…… 나에겐 독이 될 수밖에 없었다. 이렇게 사랑하는 데…… 왜! 왜! 아까의 분노보다 내 자신을 더 이렇게 떨리게 하는 이 남자의 모습에, 다짐을 했지만 후들거리는 다리는 날 더 이상 지탱하기가 어려웠다.

 "괜…… 괜찮아. 다빈아?"

 "지금 그 말 날 놀리려는 말인가요?"

 "아, 아니야. 절대로 그런 건……."

 "들어오세요. 이, 이민혁 씨."

 이민혁 씨라…… 어감이 별로야. 역시 오빠가 좋은데. 하지만 이제는 나도 어린애가 아니라는 걸…… 마냥 좋은 동생이 아니고 분명히,

이민혁이라는 남자의 옆에 서 있는 한 사람의 여자라는 걸 느끼게 해야 돼. 이렇게 주저앉아 버린다면 난…… 안 돼.

난…… 순간 오빠의 눈과 마주치게 되자 무릎이 또다시 부르르 떨리는 걸 느꼈다.

내 다리에 부목을 대어도 이렇게 떨릴까? 내 유일한 즐거움…… 오빠를 보는 것이 이렇게 괴롭다면 차라리, 차라리 포기를 해 버릴까?

하지만 룸으로 들어오는 오빠의 발자국 소리를 들으며 숨을 깊이 들이마셨다. 한 방에 단둘이 있으니 그 남자의 당김은…… 내가 이길 수 없는…… 불가항력적이다. 이것이 너무 화가 나!!!!!! 왜!!! 싫다구, 이 남자를 끝내…… 내 맘에서 밀어내긴 너무 어렵다.

아직도 오빠 품에 안겼던 그날의 감정이 제대로 식지 않았는데……. 아니, 아직도 뜨거워 아무에게나 나 오빠랑 사랑했어요 하고 자랑하고 싶은데, 날 왜 이리 죽고 싶다는 생각이 들 정도로 만들어 버리는 거야.

"다빈아…… 그거 오해야. 정말로 마지막으로 만나달라고 해서 간 건데."

"좀더 그럴듯한 변병은 없어요? 미련이 남아서 갔다던가?"

"아아, 절대로 아냐. 난 그 여자를 사랑하지 않아. 내가 사랑하는 건……."

"알아요, 날 사랑한다는 건 알고 있고. 이민혁 씨…… 날 두고 그런 행동할 사람 아니란 것도 알고 있어요! 하지만 난 이제야 알았어요. 내 사랑이 우리 결혼을 돕는 게 아니라 오히려 집착과 방해물이 된다는 것을요. 그 동안 꽤나 무거우셨겠어요. 진작 얘기했으면 조금쯤은 덜어 드릴 수도 있었는데……."

“너 지금 그걸 말이라고 해?”

“당연하죠. 내가 이 순간에 장난할 어린애로 보는 거예요?”

갑자기 말도 안 된다는 표정으로 날 노려보고 있는 그의 시선에 몸의 전신이 얼어버렸다.

“다빈아, 그런 말 하지 마. 아니야! 난 널 진심으로 사랑해. 처음엔 장난 반, 재미 반으로 널 만났다. 하지만 만나면 만날수록 너에게 보호받고 싶다는 느낌을 받았어. 나이가 여덟 살 어린 너였지만…….”

그랬죠. 당연히 오빠는 처음에 날 거부했었으니까. 난 아니었는데…… 난 오빠를 처음 만났을 때 오빠를 곯려주고 싶다는 생각이 생기더라고요. 그게 치명적인 상처…… 사랑의 시작이었어요.

“난, 민혁 씨를 처음 보았을 때…… 마른 낙엽에 불이 붙듯 내 마음을 주체하지 못했어요. 사랑이 너무 쉽게 불이 붙어 버렸어요. 그래서 그런가…… 난.”

더 이상 말을 잇지 못했다. 이게 진정 나의 본 모습인가? 맑고 개구쟁이 같던 그 모습은 다 어디 가고, 애늙은이 같은 소리를 하고 있는 거야. 이건 다 저 사람 책임이야.

날, 날 그렇게 만들었다고. 오빠 때문에 난 얼마나 많은 변화가 있었는데, 이런 나에게 이런 고통을 주고 있는 거야.

“다빈아, 나 너무 무서워. 그리고 민혁 씨가 뭐야! 차라리 왜 그랬냐고 소리를 지르고 화를 내. 부탁이야. 화를 내라고!!!”

난 그 말에 고개를 세차게 흔들었다. 기가 막힌 건 난데 왜 저 사람이 소리를 지르는 거야. 무섭다구! 정말 무서워. 저 사람이 오빠가 맞는 거야? 이건 정말 나를 말려 죽이려고 작정한 거야, 뭐야?

“무서워요? 지금 나에게 무섭다는 얘기가 나오는 거냐구요? 난 너무 기가 막혀 내가 혹시나 헛것을 본 게 아닌가 하는데…….”

“제발! 다빈아.”

제발이라는 말에 난 코웃음을 쳐버렸다.

“지금 잘못했다는 건 알긴 아나 봐요. 이게 남자들 죄를 기록한 목록 제일 위에 올라간다는 거 아시고 이러시는 건가요? 이민혁 씨.”

“차라리 날 때려. 속이 풀릴 때까지. 그리고 이름은…….”

“그럼, 제가 이제까지 알고 있던 이름이 이민혁이 아니었던가요? 그것마저도 나에게 가르쳐 주기 싫었나 보죠.”

“다빈아…… 왜, 이렇게 삐뚤어졌어?”

“민, 민혁 씬, 지금 뭘 모르고 있나 본데요. 난 암 선고를 받고 아무런 힘도 없는 그런 시한부 사람 같아요. 소리칠 힘이 없다고요.”

“나…… 지금 기분이 무슨 불륜이라도 저지른 현행범 같은 대우를 받는 것 같아, 기분나빠. 너도 사랑이라는 걸 해 봐서 알잖아! 5년을 사랑하고 4년을 그 선배 환상에서 살았어. 그런데 다시 내 눈 앞에 나타났을 때 넌 그 기분 알어???”

“그런, 이민혁 씨는 지금 내 맘을 알기나 해요? 칼로 찌르는 것도 모자라 망치로 박고 있다구요. 지금 난 다른 사람의 감정은 별로 중요하지 않아요. 왜 나한테 이런 일이 일어나야 하는지, 내가 왜 이런 대우를 받아야 하는 건지…… 모르고 있을 뿐이예요. 지금 나한테 설교하는 거예요, 뭐예요? 나도 어린애가 아니예요. 언제까지 날 어린아이처럼 달래려고 하는 거냐구요! 그 말이, 그 맘이…… 날 말려 죽인다는 걸…… 민혁 씬 아냐고요??? 알아요?”

“미, 미안해.”

“사랑에 빠지는 건 사랑을 하는 것과 다르다고 했어요. 난 적어도 내 사랑에 책임을 지고 살았다구요. 이민혁 씨처럼…… 사랑을 우습게 생각하지는 않았다구요."

아무리 말해도…… 원점에서 뱅그르르 돌 뿐. 전에도 말다툼을 한 적이 있지만 이런 어두운 마음은 아니었는데, 울고 싶어. 하지만 그 것도 내 마음대로 되지 않았다. 너무 울어서 눈에 물이 말랐나. 가물 었겠지요.

며칠 동안 운 걸 다 합하면 1년치 강우량이니까, 난 점점…… 추락 할 곳이 어디인지 분간할 수가 없었다. 하지만 확실하게 종지부를 찍 어야 돼.

"아마도…… 내가 민혁 씨하고 결혼 안 할지도 모른다는 생각을 하 고 왔을 거예요."

내 말에 그는 어림도 없는 표정이라고 날 쏘아보고 있었다. 당연 할 거야. 오빠는 날 사랑하고 있다는 걸 난 알지. 그런데 왜 그 여자 를 놓지 못하는 걸까? 나의 모든 것을 가졌으면서도, 만족하지 못하 지? 이건 오빠의 욕심인가? 한 여자로 만족 못하는…… 난, 그런 생 각이 점점 머릿속을 파고들자 더 이상 서 있을 수가 없어 침대 가에 앉아 버렸다.

하지만 내 머리 위로 들려오는 오빠의 얄미운 목소리에 난 다시 일 어서 버렸다.

"난…… 너랑 결혼할 거야. 이 맘에는 변함이 없어! 근데…… 언제 까지 내 이름 부를 거냐구!"

"어련하시려구요. 당신이라는 남자는 내 삶에 끼어들어 괴롭혀야 직성이 풀리잖아요?"

"그래…… 맞아. 난 너의 삶에 끼어들 거야. 사랑하는데 이렇게 끝내기에는 너무 아깝지.”

“아까워? 그래 나는 더 아까워. 내가 쏟아부은 그 시간, 정성, 눈물에 비하면 당신은 나에게 아무것도 해주지 않았어. 키스도 선심 쓰는 척해 주고, 집에 날 데려다 주고 나서도 한 번도 돌아보지 않은 채 매몰차게 차를 그냥 몰고 가는 그런 아주 차가운 사람이었다고! 한번만 더 날 봐 주지. 나의 목마름을 한 번만이라도 아는 척이라도 해주지. 그런데 당신이 나에게 뭘 해주었다고 아깝다는 말을 써,”

“그래서 지금 싫다는 얘기야? 말해 봐. 말해.”

나의 몸을 흔들어대는 그의 강요된 몸짓에 아무리 애를 써도 목소리가 나오지 않았다.

난 오빠가 싫다는 소리가…….

“거봐…… 못하지. 나야말로 머리가 터져 버리기 일보직전이야! 그냥 내가 좋아하는 일하면서 너랑 결혼해서 알콩달콩 사는 게 꿈이었는데. 내가 싫은 여자에게 그런 행동 당하는 게 나는 좋아서 이러고만 있는 것 같아?”

“그럼 병신같이 싫은 일을 당하고 있다고 나에게 변명하는 거예요? 지금!”

난 벌벌 떨면서도 할 말을 다해 버렸다. 진정 이게 이때까지 참고 참았던 내 맘이었으니까.

“이제…… 속 좀 시원하겠네. 하고 싶은 말 다해서…….”

내 말에 떫은 감 씹는 얼굴을 하는 그에게 침이라도 뱉어 주고 싶었다.

심장은 이미 주체할 수 없는 정도로 나쁜 감정에 휩싸여 뛰고 있었다. 이 상황에서 침착하려고 난 무던히도 애쓰면서 결정타를 날리고 있었다.

"아니요. 내게도 욕심이 있어요. 아니 보상이라도 받아야 하는 거 아니예요? 그래도 한번은…… 이민혁 씨 부인이라는 명칭을 가져봐야 하지 않을까요? 이때까지 고생한 게 아까워서라도 말이죠."

웃음기 없는 차가운 얼굴로 쌀쌀하게 말하는 날 보고 다행이라는 듯 짧은 웃음을 내 보였다. 글쎄, 이게 다라면 내가 너무 억울하지요.

"그래, 결혼하자. 내가 잘할게."

"결혼하는 대신, 몇 가지만 나하고 약속해줘요. 우선…… 날 안지 말아요. 서로 각방 쓰기. 내가 떠날 때까지만 해줄 수 있죠? 그리고 나 공부하고 싶어요. 유학 좀 보내 주세요."

내가 보기에도 미친 것 같이 말이 술술 나와 버렸다. 민다빈……. 정말 너가 원하던 말이야? 대답해 봐. 기가 막혀 내 자신을 향해 걸어오는 그를 피해 난 몸을 돌려 버렸다.

그냥, 저 사람에게 결혼은 이미 우리에게 산산이 부서진 꿈이란 걸 가르쳐 줘야 돼. 그래 차라리 얼굴을 정면으로 보지 말고 있는 게 편해. 하지만 나에게 다가온 오빠의 목소리는 여지껏 내가 한 번도 들어보지 못한 그런 목소리였다.

"뭐? 그걸 지금 말이라고 하니? 그럴 바에 결혼은 왜 해!!! 날…… 아주 잔인한 방법으로 죽이려고 하는구나. 너? 남자를 너무 몰아치면 어떻게 된다는 걸 모르는 모양인데!"

"그래요. 난 남자란 사람들의 속성을 몰라요. 그래서 이렇게 당하고 있는 거 아니겠어요?"

"그렇게 아무런 감정도 없다는 얼굴 표정보다는 차라리 나에게 욕설을 퍼부으라고! 날 죽여보라고!"

"아뇨. 난 지금 이민혁 씨를 좀더 오래 살리기 위해서 이러는 거예요. 앞으로도 종종 멋진 구경시켜 주세요. 그 자리에 내가 있으면 더욱 흥분되고 그래야 밀회를 더 짜릿하게 즐기죠? 안 그래요."

아니나 다를까! 나의 양 어깨를 휙 돌려 버리더니 내 뺨을 때려 버렸다.

때리고 싶은 사람은 난데. 난 당신이라는 남자를 너무 사랑해서 손대기도 아까운데. 역시 오빠는 날…… 진짜로 사랑한 게 아니야.

찰싹! 빈 공간을 가르는 그 소리는 내 아픔을 더 가중시켜 버렸다.

차라리 내 심장을 때려서 고칠 수 있다면 그게 더 좋겠어.

"미, 미안해. 내가 너무 흥분하다 보니까, 많이 아프지? 하지만 때린 내 마음이 더 아픈 거 알아? 어떻게 하면 날 믿을 수 있어?"

"믿어요. 믿는다고요."

"이게 믿는다는 사람이 할 얘기냐고!"

"그 여자랑 내가 한 하늘 아래 있다는 게 싫어요. 그것뿐이라고요. 그 맘도 모르면서, 어떻게 날 사랑한다는 말을 해요. 내가 결혼해서도 더 비참하게 무너지길 바래요?"

내 말이 효과가 컸었는지 더 이상 오빠는 말을 잇지 못했다.

그 동안 둘의 관계가 너무 고요한 것이 문제였겠지. 그 여자가 나타나기 전에…… 고요한 바다 밑에 온갖 잡다한 망상들이 떠다니는 줄 모르고 말이야. 너무도 사랑해서 결혼한 사람들도 이혼을 밥 먹듯 하는 세상이 되어 버렸는데 우린 그 근처도 못 가면서 뭐가 대수야!

"알았어. 너가 해달라는 대로 해줄게. 하지만 널 사랑하는 내 맘까지…… 잊지는 마."

"고마워요. 나에게 환상을 깨게 해줘서, 아니 이제부터는 절대로 마음의 사치를 부리지 말라는 교훈을 주셔서.”

“너의 말솜씨는 정말……?”

“사랑에 치이다 보면 다 시인이 된다는 말 몰라요?”

“나 먼저 간다. 더 이상 날 물 먹이는 말은 하지 말아줘. 결혼하는 날 늦게만 나오지 마. 아마 늦으면…… 어디 도망이라도 갔을 가봐 두려워지거든.”

그리고 오빠는 나가 버렸다. 쾅…… 하고 닫히는 문소리가 나의 마음을 아프게 했다. 그의 마지막 말에 난 잠시 말문을 잃어버렸다. 그것이 오히려 긴장되어 있던 내 신경을 더욱 끌어당겨서 불안한 상태까지 올려놓았다.

그거 알아요, 오빠. 이제 난 오빠만 기다리는 그런 여자는 되지 않을래요.

난 오빠가 나로 인해 좀더 불행해졌으면 좋겠어. 날 마음속에 두고 괴로워하라고 날 위해 그런 친절을 베풀어준 오빠……. 정말 사랑해요…….

"야호! 나도 이제 대학생이다."

3년의 혈투 끝에 난 그 이름도 유명한 Y대 영어교육과에 입학을 열흘 앞둔 예비 새내기, 20살의 풋풋한 아가씨가 되었다. 움메 기 살아! 아직도 춥기 만한 2월이었지만 나의 이 기세는 추위를 녹여버리기에 충분했다.

어느 누가 날 막을 소냐! 그 막강하던 우리 엄마도 더 이상 내 말에 토를 달지 못했다는 말씀이지. 단 한 가지, 삐걱거리는 침대를 안 사주고 고수하는 그 정신…… 높이 사준다. 음! 19세 미만 금지 영화도 보고…… 온몸이 찌르르하다.

가끔 아버지 몰래 냉장고에 들어 있는 맥주를 훔쳐 먹었었는데 이젠 떳떳하게 먹을 수 있겠어. 그리고 찐한 사랑도 해볼 거야. 그러자면 립스틱도 장만해야겠다. 첫키스도 해봐야 하니까. 왜 이리 할 일이 많지? 그래, 여자 나이 스무 살이면 모든 게 시작되는 나이라고! 누가 나에게 스무 살이 되는 느낌을 말하라고 하면 이렇게 말해야지.

"음! 열아홉 살보다는 한참 많은 것 같고 스물한 살보다는 적은 나이에요."

그만큼, 길지 않은 인생에서 고난의 시간을 3년이나 보내고 난 후의 그 해방감은 말로 표현할 수가 없었다. 하지만…….

"아, 씨팔. 또 아퍼! 2, 3일 있으면 터지겠네!!!"

5년 동안 나를 줄곧 괴롭혀온 생리통. 그 전초전은 나에게 있어 여자로 태어난 것을 후회하게 만든다. 남자로 태어나신 분들은 좋게수! 그날도 그 다음날도 통증을 느끼면서도 당연스레 참아냈건만, 그러나 3일째 되는 날, 난 119 구급대에 실려 가는 신세가 되었다. 그날은 응급실도 한산한, 아주 조용한 밤이었다.

"학생, 어디가 어떻게 아파요?"

나에게 다가오는 한 남자. 가운은 꼬질꼬질하게 때가 묻어 흰 가운이라기보다는 달마시안 가운(?) 같았고 김치 국물이 턱에 묻어 있는, 한마디로 웃긴 모습이었다.

하지만 난 그 사람을 둘러싼 빛의 테두리 같은 걸 느끼고 순간 배가 아프다는 것조차 잠시 잊어버렸다. 그러는 와중에도 가운에 새겨진 그의 이름을 슬쩍 훔쳐보는 걸 잊지 않았다. 그 순간 내 입속에서 요동치던 것은 바로 달콤하게 와 닿은 그에 대한 내 마음이었다.

이민혁……이라. 게다가 저음으로 들려오는 그 목소리는 나를…… 희미한 안개 속에 빠지게 만들었다. 심장이 미친 듯이 갈비뼈를 두들겨대는 요란한 소리가 나기 시작했다.

"여……기요."

난 장난이라도 쳐볼 심산으로 거의 위험수준 바로 위를 가리켰다. 하지만 전혀 동요 없이 당당하게 내 거기 바로 위로 손이 올라왔고 오히려 난 처음 느끼는 낯선 남자의 손길에 당황해 버렸다. 아니, 가까이에서 그 반짝이는 검은 눈을 보자 심장이 욱신거리기 시작했다. 사랑은 운명처럼 다가온다고 했지, 아마? 그리고 내 얼굴에 간간히 느껴지는 그의 호흡은 그를 바라보지도 못하게 만들었다. 결국 그냥 눈을 찔끔 감아버렸지.

그의 손이 내 몸 이곳저곳을 돌아다닐 때 나는 마치 즐거운 꿈에 빠져버리는 것 같았다.

내 신경은 그의 손길이 닿는 곳마다 한꺼번에 몰려다니느라 아픈 것조차 느끼지 못했다.

"생리통이에요?"

하면서 내 배 이곳저곳을 통통 쳐보더니 다시 나에게 물어왔다.

"변비는 아닌 거 같은데, 혹시 며칠 전부터 체한 거 같고 배가 많이 아프지 않았어요?"

"예."

"이거 생리통이 아니라 맹장염 같은데요? 김 선생, 여기 CBC U/A 랑 Simple abd 좀 check해줘요. 혹시 밥은 언제 먹었어요?"

이 사람 도대체 무슨 소리야, 나…… 생리통이라니까. 사람은 좋은데 이거 완전히 돌팔이야. 생사람 잡으려고 하네.

"배가 아파서 오늘 하루 먹은 게 별로 없는데요?"

"그럼 됐고, 빨리 서두릅시다."

그렇게 난 검사받느라 이곳저곳을 끌려 다녔고 그러는 동안 내내 입은 생사람 잡는다고 한 발이나 나와 있었다. 결국 난 맹장염으로 결과가 나왔고, 때 아닌 밤중에 응급으로 수술에 들어갔다. 완전 무아지경 상태에 빠져 그 사람을 보는 것만으로 아픔을 잊은 채…….

| 16 |

"야! 이 지지배야. 어쩌면 그렇게 무식하냐?"

병원 침대에 누워 이리 누우면 덜 아플까 저리 누우면 덜 아플까 머리를 굴리고 있는 나에게 엄마는 꿀밤을 한 대 쥐어박으며 핀잔을 주셨다.

우씨! 정말 날 낳은 엄마 맞어? 세상에 태어나서 처음으로 몸에 칼을 대고 나니 온몸이 아프구만.

"내가 뭘……."

"너, 그 선생님 만나면 고맙다고 인사 드려. 조금만 더 지체했으면 복막염이 될 뻔했대. 생명의 은인이라고."

"당연히 생리통인지 알았지. 맹장염인 줄 알았으면 참았겠어?"

"맹장이 푹 익어서 짓무른 딸기 같았다고 하더라."

"엄만 표현도……, 웃겨."

"가스 나올 때까지 아무것도 먹지 마."

"나도 그 정도는 알아."

　병원에 누워 있는 동안 난 수술받은 자리보다 이상스레 가슴 쪽이 찌리리한 게 가슴이 더 아파옴을 느꼈다.

　병원 창문으로 보이는 헐벗은 나무가 너무 외로워 보였고 이틀 만에 먹는 밥도 나의 구미를 그리 당기지 못했다. 날 살려준 그 선생님이 보고 싶다. 어쩐지…… 너무 보고 싶다. 내 배를 통통 두드리던 그 감촉. 이런 게 사랑이라는 감정일까? 아, 신경질 나. 내가 언제 사랑이란 걸 해봤어야 알지.

　왜 가슴이 이렇게 두근거리고 숨이 막히는 것처럼 답답한 거지?

　이건…… 아무리 봐도 사랑의 시작이었다. 응급실에 혹시 그 선생님이 계실까 살짝 가봤지만 그 어디에도 보이지 않았다. 가슴이 너무 아파.

　그렇게 그날 이후 한번도 다시 보지 못한 그 남자에 대해 나는 이민혁이라는 이름 외에는 아무것도 알지 못한 채 퇴원을 할 수밖에 없었다. 그는 그렇게 나에게 또 다른 병을 심어놓고는 사라져 버렸다. 그 후로 내가 수술 끝 통증과 생리통을 동시에 겪었던 것은 두말 할 필요도 없다.

　하지만 학교에 다니면서 병원을 몇 번이나 갔는지 모른다. 남들은 신학기라 매일매일 미팅하느라 바빴지만 난 내 마음속의 그 왕자를 찾아서 얼마나 뛰었던지.

　내 친구 미경인 나 보고 미쳤다고 하지만 그런 나의 정성에 하늘이 감동했는지 결국 다시 만났을 때 그는 어엿한 레지던트 1년차로 줄래줄래 맨 뒤 꽁지에서 뛰어다니고 있었다.

　그리고 그날 밤 밤새도록 그를 위해 준비한 선물을 바라보며 얼마나 기뻐했는지.

근데 설마 결혼한 건 아니겠지? 결혼했다면 완전 도루아미타불인데. 그래도 일단은 부딪쳐 봐야 하지 않겠어?

다음날 난 우연을 가장하여 친척 병문안 오는 길에 잠시 찾아뵈었다는 식으로 그때 일 감사하다는 말로 그와의 첫 만남을 시작했었다.

지금은 비록 짝사랑일지 몰라도 곧 내 손에 넘어올 사람이라고 생각하며 난 기쁨에 어찌할 바를 몰랐다. 이 사람이 내 애인이에요 라고 말할 그날을 위해서 고군분투할 거니깐.

"선생님, 그때 너무 고마웠어요."

"누구신지……. 아, 그 생리통!"

"그래도 잊어버리진 않으셨네요? 이건 감사의 선물이에요."

난 밤새도록 준비한, 금박지로 싼 와인 병과 과일을 담아 리본으로 예쁘게 포장한 바구니를 그 사람에게 건네주면서 은근히 떠보았다.

"사모님이랑 같이 드세요. 근사한 밤 만드세요."

"어쩌지? 근사한 밤을 같이 보낼 사람이 없는데."

정말! 그럼 나도 가능성이 있다는 거 아냐! 이건 모든 게 내 뜻대로 되는 것 같은 느낌이 들어 난 가슴이 벅차올랐다.

"그럼…… 전 어때요?"

난 처음으로 입은 정장 치마와 구두를 그 사람 앞에서 보여주고 있었다. 얼굴에 화장도 했으니까 제법 예뻐. 이래 봐도, 34-?-34 거든. 나 예쁘죠? 이만하면 옆에 서 있어도 창피하진 않겠죠?

"푸하하하하! 스무 살도 안 된 영계라."

"저, 이래 봐도 Y대 96학번이라고요! 어엿한 숙녀라고요!"

"그래? 난 Y대 88번 학번인데, 대선배한테 이래도 돼? 이 꼬맹이 아가씨!"

"나이 많은 게 무슨 자랑이라고 그래요. 그러지 말고 나랑 술 한 잔 마시러 가면 어때요?"

내가 대학에 와 처음 배운 거라고는 주체할 수 없는 자유를 어디다 쓰느냐였다.

캠퍼스 내에서는 으례 한잔 마시러 가자는 식의 데이트가 이루어지는 것을 보고 얘기 한번 꺼내본 건데, 퉁……퉁…… 이게 뭐야, 나 지금 꿀밤 맞은 거야. 완전 애 취급이야.

"이름이……."

"민다빈요."

"민다빈 아가씨……. 이 아저씨는 바쁘니까 가봐요. 이 선물은 고맙다."

선물만 받고 쏙 빠져나가는 그를 잡아야 하는데, 난 그냥 그렇게 보내고 말았다. 이게 뭐야? 내가 쓴 시나리오는 이게 아닌데. 그래도 안 돼요.

이민혁 씬 저의 레이다 망에 걸려든 걸요? 저의 백마 탄 왕자가 되어주셔야겠네요.

오히려 날 어린애로 취급하는 그의 태도로 인해 더 화려한 환상에 빠져들기 시작한 나는 매일 병원으로 출근을 하기 시작했다. 자꾸만 찾아오는 날 처음에는 장난으로 생각하더니 어느 날 다시 오면 만나주지도 않겠다고 협박을 하는데 오히려 거기에 오기가 생기면서 그 모습조차 나의 어린 마음에 한 줄기 빛으로 다가왔다. 사랑하면 다 예뻐 보인다더니 진짜였다.

아무리 내게 핀잔을 줘도 그 모습조차 예뻐 보였으니깐. 여자답지 않은 여자가 있듯 남자답지 않은 남자가 있는 것도 괜찮을지 몰라.

　그 뒤 6개월간은 정말 인내심 키우기 강조기간이었다. 서서히 지쳐갈 즈음, 난 드디어 폭발했다. 내 인내심이 땅으로 꺼져버릴 것 같았다. 그에게 이별의 선물이라며 손수건을 휙 던져주면서 마지막으로 큰 소리를 쳐버렸다. 조금은 내 마음을 알아달라는 데모를 하면서…….

　"도대체 날 뭘로 보고 이렇게 무시하는 거예요? 내가 하늘의 달을 따다 달라고 그랬어요? 그냥, 날 좀 만나달라는 것뿐인데 그게 그렇게 어려워요? 남자가 좀 남자답게 굴면 좋잖아요. 선생님 고자예요? 연애하자는 게 어때서요. 혹시 자존심 상해서 그래요? 내 주위에 널린 영계들 다 놔두고 선생님을 좋아한다는 데 영광이잖아요."

　한참을 떠들고 난 후였을까? 내 앞에서 내 얘기를 듣고 있던 선생님은 아무 문제도 없다는 듯이 싱긋 웃었다.

　"다했니? 이제 속 풀렸어? 술 한 잔 사줄까?"

　어이없게도 우린 그렇게 친해지게 되었다. 뭐야! 지금 내 말이 씨가 먹혔다는 소리인데 우씨! 진작 이렇게 할걸.

　"선생님도 사실 내가 이쯤에서 그만 할 것 같으니까 선수치는 거죠? 그렇죠?"

　"……."

　내 말에 아무런 토도 달지 않고 그냥 시종일관 웃음으로 넘기고 있었지만 난 그래도 너무 행복했다. 항상 타인처럼 멀뚱멀뚱 걸어다니는 것에 과감히 종지부를 찍기 위해 내가 팔짱도 끼고 손도 먼저 잡고 해도 아무런 표정조차 없는 그의 얼굴에 서서히 지쳐갈 때쯤 그가 은근히 나의 감정을 떠보는 듯 검지 손가락으로 나의 손등을 어루만지면서 묘한 표정을 짓기 시작했다. 그 짧은 접촉에도 찌리리 전율이 느껴지는 건 기본이었다.

내가 원하는 건 이게 아닌데……. 빨리 나하고 키스하고 싶다고 말해요. 상상속의 키스는 이제 너무 지겹거든요. 하지만 그 사람의 입은 정말 조선시대 사대부처럼 무겁기 그지없었다. 결국 키스도 내가 먼저 말을 꺼내어 버렸다. 창피함도 모른 채.

"선생님, 우리 언제 키스해요?"

그런 말하는 나를 보며 그는 심각한 표정을 지었다. 어쩌면 나는 영원히 이 남자랑 키스 못하는 거 아닌가 할 정도로 몸이 달아 있었으니까. 난 정말 키스에 목말라 있었다.

남자랑 만나면 당연히 키스 정도는 기본이라고 생각했기 때문에. 묘하게 웃는 그 웃음 뒤로 서서히 내 얼굴 가까이 다가오는 얼굴, 옳거니! 이제 키스하는구나!!! 난 살며시 눈을 감았지만…… 그의 키스의 목표지점은 입술이 아니라 나의 이마였다.

"너가 성인되면 해줄게."

"우씨! 나도 성인인데."

"빨리 커라!!!"

키는 이 정도면 되는데 무슨 의미인지 잘 모르겠지만, 어서 빨리 나에게 새로이 찾아오는 아름다운 날들이 시작되길 바랐다.

| **17** |

그렇게 한 달이 또 흘렀다. 역시나 내가 먼저 만나자고 했고 그런 나에게 선심을 쓰는 척 만나준 선생님께 난 조금은 묻고 싶었던 이야기로 대화를 이끌어 나가려고 마음먹었다.

그래 맞아, 그날이 시발점이었는지도 몰라. 첫 단추를 잘못 끼우기 시작한 시발점 말이야. 나를 끝도 없이 빠져들게 하는 그 중독성의 사랑에 있어서.

"선생님, 선생님은 언제 첫사랑하셨어요?"

오늘도 난 줄기차게 따라다니면서 쫑알쫑알거리기 시작했다.

"……."

이상해! 뭐야! 내가 뭘 잘못 물었나? 얼굴이 왜 저래, ㅋㅋㅋ. 아무래도 실연 당했구만, 걱정하지 말아요. 이제부터 내가 책임져 줄게요. 차의 조수석에 타면서 난 뭔가 잘못 돌아가고 있다는 생각에 미안하다는 말을 건넸다.

"아, 미안해요. 하지만 첫사랑의 아픔을 잊어버리지 않고 끌어안고 사는 건 미련 곰탱이 들만 하는 짓……. 읍읍!"

지금 나 키스하고 있는 거 맞지? 내가 꿈꿔온 첫키스는 이런 게 아닌데……. 지금 내 앞에 보이는 이 남잔 아픈 마음을 이런 식으로 표출하는 것 같아서 내 마음이 아파. 이런 말하는 건 좀 웃기지만…….

난 첫키스를 당하면서 그 남자의 등을 토닥토닥 두드리고 있었다. 갑자기 입술이 떨어지면서 그 첫키스의 신빙성은 어디론가 사라지고 없었다.

"푸하하하하! 이봐 제발 날…… 그만 좀 웃겨줄래!"

내가 또 뭘 잘못했는지…… 완벽하게 무시당한 웃음이다. 그리고 그날따라 유난히 감정의 기복이 심한 선생님을 어떻게 감당할 수가 없었다.

"왜요?"

"나 정말 너 같은 애 처음 봐. 내 생각으로는 첫키스 같은데…… 어떻게 내 등을…….”

"그건 키스하는 선생님 얼굴이 너무 외로워 보여서 그랬죠. 그러게…… 누가…….”

"다빈아, 너의 그런 말 한마디, 그 행동들이 내 마음을 가볍게 해. 아무래도 내가 널…… 좋아하는 것 같아."

그 말은 그 동안 너무도 듣고 싶던 이야기였다. 이제야 해주는 것에도 감지덕지해야 하는지 모르겠네?

"치! 난 선생님 사랑하는데 선생님만 보고 있으면 사랑이라는 단어가 떠오르거든요. 우 와, 그래도 오늘은 운수 대통한 날이네. 첫키스도 하고 좋아한다는 말도 듣고. 근데 선생님 우리 키스 다시 해요."

"왜?"

“선생님 입술이 너무 예뻐요!”

“너 진짜 위험한 발상이야. 그런 말은 남자가 하는 거라구. 그리고 키스한 사이라면 이제 호칭은 좀 바꿔야 한다는 생각 안 들어?”

난 선생님이라는 호칭을 바꾸라는 그의 말에서 좀더 가까워진 우리 사이를 느낄 수 있었다. 아니 난 벌써 당신이라는 남자의 포로가 되어버렸는데, 이렇게 같이 있는 것만으로도 충분히 내 마음이 위험한 걸요. 강제로 내 맘대로 당신의 목에 내 팔을 걸게 될까 봐서요. 정말 사랑해요 사랑해. 나를 마치 동물원 원숭이 보듯 쳐다보고 있는 그 사람에게 이번에 키스하면 정말로 멋있게 하려고 그런다는 말은 차마 할 수 없었다.

이럴 줄 알았으면 있는 폼 없는 폼 재며 영화 속 키스 장면처럼 당해 보는 건데. 아깝다.

“그럼 우리 아이스크림 먹으러 가요?”

“뭐? 날씨가 제법 춥다고, 차라리 우동 먹으러 갈까?”

우동이라는 단어에 너무 거부감이 들었다. 열받아 죽겠는데 거기다 뜨거운 국물을 들이부으면 난 화상 입어요, 마음의 화상. 그러니 안 되겠죠?

“아니요?!!!! 나, 지금 몸이 너무 달아 있어서 식히러 가야 돼요!”

내 말이 너무 웃겼나? 선생님은 이번엔 아주 자지러지면서 웃기 시작했다.

“넌 참 별난 방법으로 사람을…… 더 이상 못 참겠다. 잠시만 여기서…… 웃고 가자.”

눈물을 찔끔 흘리며 웃어대는 선생님, 그 웃음이 얼마나 예뻐 보였는지.

은행잎이 솔솔 떨어지기 시작할 즈음에 내 생각엔…… 선생님이 날 좋아하기 시작한 것 같았다. 그래서 그해 겨울은 자주는 못 만났지만 행복했었고 발렌타인데이 때는 내 마음을 담은 초콜릿을 이 세상에 하나 밖에 없을 정도로 큰 바구니에 가득 담아주었다. 그리고는 한 달 뒤 이것보다 더 큰 선물을 받고 싶다고 협박 아닌 협박을 해버렸다.

드디어 화이트데이. 내 안에 늑대 새끼가 울부짖는 소리가 들리더라구. 오빠가…… 2월 14일 이후로 호칭이 바뀌게 되었다.

한 달에 한번 하는 키스는 감칠맛 나는 게 아무래도 화학적인 반응을 일으켜야 할 것 같아서 난 큰맘 먹고 면도칼을 들었다. 다리에 거품을 칠한 후 아주 조심스럽게 세이빙을 했다.

남들이 절 보면 미쳤다고 하겠지만 그만큼 나에게는 오빠를 내 것으로 만드는 게 절실했으니까. 제 생명이라고 하면 이해들 하실런지.

아직도 춥기 만한 그날, 용감하게 초미니 스커트를 입고 나갔다. 하지만 그의 손에는 아무것도 없었다.

하지만 날 만나주는 것도 황송해야 할 입장인데 뭘 더 이상 바라겠어? 매끈한 다리에 보일 듯 말 듯한 허벅지, 당연히 눈이 큭……. 그래, 도저히 오늘은 안 되겠죠? 키스하세요. 키스……. 난 오빠의 눈에서 살기 같은 게 뿜어져 나오는 것을 느끼곤 나도 같은 표정으로 오빠의 얼굴을 쳐다보았다.

난 단지 키스를 바란 것뿐인데 오빠의 입에서 나온 말은 제가 바랐던 것의 역효과와 200%가 넘는 말이었다.

"난 내 여자가 이런 옷 입는 꼴은 못 보는데 안 되겠다. 다시 생각해 봐야겠어?"

"내 여자? 그럼."

"아니 장난이야. 너무 예쁘다. 누가 채어갈 거 같아서 내가 먼저 선수쳐야 되겠는데?"

"도대체 무슨 말이 이랬다저랬다 해요?"

"다빈아, 우리 약혼할까?"

꿀걱! 침, 넘어가는 소리가 들렸다. 동공은 확대되고 몸은 놀라서 정지된 상태가 되어버려 난 아무 말도 할 수 없었다. 그냥 오빠가 그런 말을 했다는 걸 믿지 못하겠다는 표정으로 쳐다볼 뿐이었다.

"뭐야 내가 널 잡아먹니? 결혼할까도 생각해 봤는데 너가 너무 어리니까 졸업하면 결혼하는 걸로 하고. 너는 어때?"

"……."

"진짜 정신이 없나 보네."

"지금 날 놀리는 거라면."

"아니 너가 나를 낚아채서 다시는 자유를 맛볼 수 없게 하라고. 미끼가 너무 훌륭해서 행복하지?"

"오빠는 날 사랑한다고 한번도 말 안 했어요!"

"넌 나에게 있어 특별한 존재야. 사랑이라고 말하면 너무 흔하지."

그땐 그 말이 그 말인 줄 알았지. 화이트 데이날, 난 뜻하지도 않은 선물을 받고 잠 한숨 못자는 해프닝을 연출하기는 했지만 도저히 눈을 감고 있을 수가 없었으니까 당연한 거지. 온갖 사물이 이렇게 예뻐 보이는데 눈 뜨고 다 봐야 하잖아? 그리고 뛰는 이 심장을 어떻게 재우냐구! 특별한 존재라. 어쨌든 계산속이 밝은 우리 엄만 대환영이었고 안 그럴 줄 알았던 우리 아빠도 헛기침만 하시는 걸 보니 만족하는 눈빛이었다.

미래의 시부모님 만날 일이 걱정이었는데, 내가 누군가! 민다빈. 시아버님 정신을 쏙 빼놓고 시어머님은 괜시리 오빠에게 도둑놈이라 구박을 하시지만 며느리감을 꽤 마음에 들어하시는 눈치셨다.

우린 5월에 약혼을 했고 난 정식으로 성인식을 크게 올린 셈이 되어버렸다. 오빠의 왼손에 영원한 족쇄를 채워주었던 셈이다.

그리고 나의 왼손에는 번쩍번쩍 빛나는 1캐럿의 다이아가 꽝 박힌 반지를 끼게 되었는데 그 반지가 제 기능을 잃어버릴 정도로 약혼을 해도 달라진 건 하나도 없었다.

내가 뭘 바란 거는 아니지만 약혼녀라는 말이 무색해질 정도로 우린 또 그저 그런 사이일 뿐이었다. 오히려 나에게 더 무관심해진 것 같기도 하고, 자기 껄 만들어 놓았으니 안심이라는 애긴지 일부러 미팅한다고 선전 포고도 해봤지만 돌아오는 건 시큰둥한 반응보다 더 기가 막힌 말이었다.

"미팅, 재미있었어?"

오메 나 죽겠네. 약혼한 지 1년이 다 되어도 말이다.

옆에 있는 단짝 미경이는 노땅이라서 아직 널 처녀로 두는 거라고 놀리고……. 난들 왜 하고 싶지 않겠냐! 하늘을 봐야 별을 따지.

열 받은 김에 또 난 미팅을 나갔는데 거기서 내 인생의 전환점을 보았다. 맹목적으로 무조건 오빠만 사랑하고 믿었던 나를 360도 바뀌게 한 그 여자를 보았다. 그때까지도 그 여자가 나를 이렇게까지 만들 줄은 상상도 못했지만, 난 오빠가 날 사랑한다는 것도 알고 거짓말할 사람이 아니란 것도 알지만…… 그 순간부터 오빠와 내가 쌓아놓은 사랑의 벽이 힘없이 무너지기 시작했다.

와르르…… 공든 탑이 너무도 쉽게 무너져버렸다. 이 탑을 무너뜨

리지 않으려고 하면 할수록 난 말라죽을 가능성이 커지니까. 그런 우
리 사이는 도대체 어디까지가 진실이고 경계선일까.
　설마 오빠가 날 버리고 날개를 활짝 펴고 바깥세상을 돌아다니려
고 비상 준비를 하는 건 아니겠지?
　"제발! 진실을 알았으면 좋겠어."

결혼을 3일 앞둔 아침과 점심 사이, 난 지금 무언가에 열중하느라 내 뒤에 누가 온지도 몰랐다. 보고 있는 책에 사람의 머리로 보이는 그림자가 만들어지기 전까지는. 아니 내가 좋아하는 향수의 냄새가 전혀 느껴지지 않았기 때문이다. 하지만 들려오는 그 목소리는 내가 초대하지 않은 손님이었다.

"난…… 너가 이런 책을 읽는 줄 몰랐는데? 다시 봐야겠네. 〈내 남자 심리 읽기〉 중에서 우리는 과연 몇 단계일까? 후후후……."

내 어깨를 가볍게 쥐고 내 귀 가까이에 입김을 불어넣는 이 남자 때문에 잠시 주춤하는 자신을 느꼈지만 관심 없다는 듯 아주 냉정하게 표정관리를 하면서 난 어깨에 아직까지 놓여 있는 그 손을 내 양손으로 쳐버렸다. 사실…… 너무 뜨거워서 그랬어. 이런 내 행동이 맘에 들지 않아서. 난 투덜대기 시작했다.

"0단계라면 믿으시겠어요?"

"미래의 남편을 이렇게 푸대접해도 되는 거야."

난 오빠의 뻔뻔한 태도에 격렬한 분노가 솟아올랐지만 본심과는 정반대인 말을 꺼내버렸다.

"남편이 될지 안 될지는 그날 식장에서 봐야겠죠?"

하지만 내 말에는 전혀 관심이 없다는 듯 벌러덩 내 침대에 누워버렸다. 아! 짜증나.

"정말! 아휴! 피곤해. 나 잠 좀 자야겠다."

진정 내가 마음의 상처를 얼마나 크게 받은 줄 모른단 말인가? 정말 왜! 이렇게 해보고 싶은 맘 겨우 누르고 있었는데 날 떠보자는 심보야, 뭐야! 정말 못 됐어.

"이건, 약속위반이에요. 우리 결혼하는 날 만나기로 하지 않았던가요? 피곤한 사람이 여긴 왜 왔어요? 가서 주무시지."

"너 얼굴 보면 피로가 싹 가실 것 같아서, 그런데 우리가 겨우 0단계밖에 안 돼?"

난 무척 마음이 아팠다. 그 말은 보잘 것 없는 우리들의 데이트 히스토리를 다시 생각하게끔 하는 얘기였기 때문에. 아! 열받아. 지금이라도 저 남자를…… 시치미 떼고 누워 있는 저 사람을 때려서 내가 느끼고 있는 치욕감을 얼마간이라도 보상받고 싶었다. 젠장!

"지금 나의 아픈 상처를 건드리려고 작정했어요?"

"왜 그래, 난 진심으로 물어보는 건데."

"만나자고 한 것도 전화 먼저 건 것도 후~~~ 첫 데이트 하자고 한 것도 심지어 선물 주는 것도 다 여자가 하면 0점, 첫키스 하자는 것도 내가 먼저 꺼내고 전부 다 내가 먼저 하자고 한 것뿐이니."

"그래도 결국은 첫키스는 내가 먼저 했어! 좀 분위기가 이상한 쪽으로 흐르긴 했지만 좋은 추억이었어, 나에겐."

"나에겐 아주 기분나쁜 추억이었다면 어쩔래요?"

"추억이란 너 마음대로 떨쳐 버릴 수 있는 게 아니니까."

"그게…… 우리 만난 지 7개월 정도 되었나?

여기 있네요! 만난 그날에 했으면 10점, 일주일 이내면 8점, 6개월 이후는 0점……."

"……."

"그거 알아요? 우린 연애를 한 게 아니라 그저 서로 심심풀이 땅콩처럼 옆에 있어 주었다는 걸요. 이 기분, 풍선이 뾰족한 것에 찔려 팡 팡 터지면서 허공 저쪽으로 날려가는 느낌이에요……."

"사랑은 너가 먼저 했지만 어쨌든 청혼한 사람은 나야, 날 너무 못된 인간으로 만들지 말았으면 하는 바람이야."

"아! 맞다. 점수 합산해서 0점이 나오면 헤어져라 미련도 없이, 라는 말이 있네요. 결혼을 앞둔 사람이라면 차라리 동거를 해라, 그게 현명한 방법이다. 흠! 동거란 것도 있는데 왜 결혼을 선택했는지 몰라! 아니야 그냥 차버려야지, 내가 미쳤어! 여덟 살이나 많은 사람과 왜 살아, 많은 영계들을 놔두고. 으…… 미련퉁이! 그리고 뭔가 잘못 알고 있나 본데요, 청혼한 사람이 승자인 것처럼 얘기하지 말아요."

"너가 아무리 발버둥쳐도 난 너랑 함께하는 이 인생을 모험으로 생각하고 같이 갈 거니까, 마음대로 해."

"말이나 못하면 밉지나 않지. 입을 꿰매버리고 싶어."

완전……, 이건 확인 사살이다. 정을 떼기 위해선 이 방법밖에 없어. 하지만 이미 내 위장은 양심에 찔려 따끔거리며 쑤셔대기 시작했다. 저 사람 때문에 온몸이 만신창이가 되는구나. 눈은 마를 새 없는 눈물 때문에 힘들고 심장은 너무 많이 뛰어서 난리고 말이야.

"허…… 그래 너 정말 말 잘한다. 그 동안 어떻게 참았어?"

"사랑하기에 참은 거죠. 하지만 이젠 참고 싶지 않아요."

난, 내가 이런 거짓말이라도 하지 않고는 견딜 수 없다는 걸 그가 알아주길 바랬다. 그런 낮은 목소리로 비웃는 듯한 말을 하지 말고……. 그때 갑자기 내 어깨에 다시 차가운 손길을 느꼈다.

"아무리 너가 그래도 난…… 널 사랑해."

"똑같은 말을 해줄 수 없어서 미안하네요."

"너의 혀는 날 사랑하지 않는다고 말하고 있지만 너의 몸은 그렇지 않은 것 같은데?"

그렇다. 난 지금 잡힌 어깨가 너무 뜨거워. 아니 나에게 기대오는 남자의 느낌이…… 너무 힘들다. 더불어 내 등줄기를 따라 따끔거리는 감각이 심하게 번져가 이제는 내 심장까지 파고들고 있었다.

"이런 식으로 날 희롱하지 말아요?"

"지금 이 집엔 너와 나 단둘이 있어. 사랑 나누기엔 딱 좋은 시점이야. 역시 장모님은 눈치가 빠르셔. 내 눈엔 다른 여자들과는 대체할 수 없을 만큼 너가 매력적으로 보여. 어때, 진행할까?"

"소리지를 거예요! 당장 내 방에서 나가요."

내 얼굴엔 지독한 냉소가 어려 있었다. 결코 오지 않을 남자를 기다리고 또 기다리면서 마음의 병이 들어 웃고 싶지 않았다.

이 남자의 것임을 스스로 포기하는 권리를 행사하고 싶지 않았지만 너무 미운 걸 어떡해.

이 남자 정말 마음에 들지 않았다. 전혀 마음에 들지 않았다. 며칠 전에 내가 한 말을 어디로 들은 거야, 지나가던 개가 짖어도 이 정도 무시는 안 당하겠어. 난 너무 기가 막히고 화가 나서 입을 다물 수 없었다. 언성을 높이려고 입을 열려고 하는데 자신의 말을 비웃기라도 하듯 현명한 연설이 귀에 들려왔다.

"아니 난 여기서 자고 갈 거야. 내 옆에서 조용히 같이 누워 있던 지 아니면……. 이런 너를 떠올리면 가끔 음란하고 야한 생각을 하게 된다고! 그러니 책임을 지시던지. 난 후자가 좋은데."

온몸의 보호본능은 이러지 말라고 한다. 하지만 날 검은 시선으로 조용히 바라보는 오빠를 보자, 더 이상 대들었다가는 무슨 일이 생길 지도 모른다는 생각에 난 이 남자의 부탁을 들어주기로 결정을 했다.

"약속해요. 정말 옆에 누워만 있을 거예요!"

"좋아. 오늘은 내 베개만 해주면 돼. 결혼 얼마 안 남았다고 연이어 이틀을 당직했다고. 널 안고 싶어도 지금은 잠이 너무 많이 와."

이렇게 난 이 사람의 옆에 누워서 오지도 않는 잠을 청하고 있다. 옆에서 날 살짝 안고 세상 모르게 자고 있는 이 사람, 내가 밤마다 셀 수도 없이 보고 싶었던 사람이야.

정말, 그렇게 잘 생긴 얼굴도 아니고 턱에는 수염이 거뭇거뭇 났고 꽉 다문 입술에는 자제력 같은 것이 서려 있다고 할까?

역시 오빠는 30대가 맞긴 맞구나. 눈가에 주름이 짜글짜글하네. 하지만 군살 없이 단단한 어깨만은……. 정신 차리라구! 민 다빈. 이 젠 더 이상 끌려 다니면 안 돼!!! 정말이야. 하지만 이 남자가 어디에 있어도 내 눈 속에 항상 존재하고 있다.

이 세상 누구보다 큰 그 사랑이 나의 아킬레스건이라고 말할 수 있 을 정도로 이 남자에게는 약해져. 이런 내가 너무 싫어! 차라리 봉사 가 되어 이 남자를 볼 수 없다면 포기라는 단어가 쉽게 다가올 수 있 을 거야.

| **19** |

"너 어디 가?"

곤히 자던 오빠가 내가 옷 입는 소리에 눈을 떴나 보다. 눈을 비비며 흐릿한 눈길로 나를 보고 있는 오빠를 보면서 마치 내가 꿈꾸어온 익숙한 결혼생활의 한 장면 같았다. 하지만 현실은 아닌 걸.

"친구 만나러 가야 돼요."

"어, 그래. 나…… 깨우지. 다빈아, 잠깐만 이리 올래!"

"나가봐야 된다니까."

오빠는 어느새 침대에서 일어났는지 구부정하게 서 있던 나를 강제로 끌어당기더니 자신의 품속으로 넣어버렸다. 고로, 지금 난 이 남자가 벌린 다리 사이로 쏙 들어가 안겨 있고 오빠의 머린 내 가슴 계곡에 처박혀 있다. 이거 지금 뭐 하자는 심보야! 벌렁거리는 내 심장의 소리를 들으면서 그의 머리를 떼어내려고 할 때, 내 눈에 하얗게 보였다.

근데 오빠에게 새치가 있었나? 스트레스받으면 생긴다고 하던데 힘들긴 힘든가 보네. 그치만 하나도 안 불쌍해.

"난 너의 머리가 이렇게 흘러내린 것도 좋고 헝클어져 있을 때도 좋았다."

"그럼 머리카락을 아예 꽉 묶어버려야겠네요."

"남자는 기본적으로 다리를 벌리고 앉는 습관이 있어. 이유는 잘 몰라도 사랑하는 여잘 이렇게 안고 있으면 편해서 그러는 걸까?"

오빠는 아무리 봐도 이상한 취미가 있어. 그 이상한 여자랑 같이 있어서 전염이 되었나?

사랑하는데 뭐가 그렇게 이유가 많고 형식이 많아. 그냥 사랑하면 안고 싶고, 만지고 싶은 게 기본 이유인데 아직까지도 그런 말로 나에게 수작을 걸다니 이제는 안 속아!

"지금, 잠 덜 깬 상태에서 수작 거는 거예요?"

"지금 수작이라고 했니? 이래도!"

난 분명히 느꼈다. 부딪혀오는 오빠의 몸에서 느껴지는 열기를, 아차 싶어 몸을 빼려고 하는 순간 셔츠를 비틀어 올려 내 가슴을 더듬는 오빠가 보였다.

"뭐!!! 뭐 하는 거야. 이거 못 놔! 놔!!! 이거 놓으라니까."

오빠의 품안에서 발버둥치는 난 도대체 내가 왜 이래야 하는지 기분이 너무 다운되는 것을 느꼈다. 예전엔 그렇게도 원하고 원하던 일이었는데 내가 왜 오빠를 믿지 못하는 그런 사이가 되었을까? 마음이 너무 아파.

"너도 날 원한다고 말해, 빨리."

"싫어."

내 약혼자라는 사람은 내가 끝없이 저항하자 미간에 더욱 주름을 잡으며 내 허리를 꽉 잡고 사나운 기세로 입술을 빼앗아버렸다. 싫어! 정말 싫단 말이야. 그 입술은 나만의 것이 아니야. 그 여자에게 사랑한다고 말하고 그녀의 입술을 소유한 입술이잖아.

그의 팔에서 벗어나려고 발버둥쳤지만, 그 사람의 다리는 점점 더 나의 다리를 조여 오고 있었다. 오빠의 호흡은 이미 정상적인 사람의 호흡으로 보이지 않았다.

그리고 나의 등은 침대를 등지고 누워 있었다. 그제서야 난 지금 오빠가 장난으로 이러는 게 아니라는 걸 느꼈다. 내부에서 소용돌이치고 있는 흥분을 느끼고 내 입을 막고 있는 혀를 깨물어 버렸다.

"으……. 너 미쳤어!"

"나 미쳤는지 이제 알았어요? 그 여자와 부딪혔던 그 더러운 입술을 어디에다 대는 거예요, 그리고 지금 날 강제로 가지려고 해요! 당신 미친 거 아니에요."

"더러워? 미쳤어? 말이면 다 되는 줄 알아! 그리고 이건 수작이 아니라 너와 나 사랑하는 사람들끼리 할 수 있는 비밀이야. 알아들어!"

"도대체 나랑 결혼하려는 이유가 뭐예요?"

"사랑하니깐. 내 옆에 두고 떳떳하게 안고 싶으니깐."

사랑, 웃겨. 지금 그 사랑이라는 놈 때문에 날 죽이고 있는 그에게 아주 뼈저리게 아픈 말을 해주고 싶었다. 이보다 더한 말이 있다면 해주고 싶을 정도로…….

"나 없는 인생은 살고 싶지 않을 정도로 특별한가요?"

"어, 그런 걸 사랑이라고 하지."

"그럼 민혁 씬 아직 그 여잘 사랑하는가 보군요. 그런 비밀을 나에게 발각되었으니 분하겠죠. 충분히 즐길 수 있었는데. 나도 이 비밀을 민혁 씨 아닌 다른 사람에게도 알려줄까요?”

내 입에서 나온 말이라고는 전혀 상상도 할 수 없는 말들이 술술 튀어나와 버렸다.

그만큼 난 치유되기 어려운 상처를 받았으니까.

“결국 나 같은 인간하고는 침대에 갈 생각이 없다 이거로군! 알았어. 머릿속에 새겨두지. 나중에 딴 소리 하지 마.”

자존심 때문에 품위를 유지하는 건지 오빠는 날 쉽게 풀어주었다. 이미 오빠의 눈동자는 초점을 잃어버려 생명력이 없어 보였다.

“더 있다가는 아무래도 큰일 나겠다. 친구들 잘 만나고 결혼식 날 보자.”

어디에서 그런 미친 생각이 떠올랐을까? 다시 주워 담긴 힘들겠지.

하지만 난…… 억울해. 첫사랑의 상대자도 첫키스도 순결도…… 그 모든 것이 다 저 사람이 첫 번째인 게 분한데 어떡해. 이럴 줄 알았으면 고등학교 때 날 사랑한다고 고백하던 그 애와 사귀어 보는 건데. 어때요, 내가 지금 과민반응을 보이는 건가요?

아니죠. 정말 나 미쳐 돌아가시겠어요. 정말로 나는 우리 아빠보다 엄마보다 저 남자를 더 사랑하거든요. 하지만 그런 감정에 자신이 없어졌어요.

이런 나 너무 웃기기는 하지만, 사랑한다고 쫓아다닐 때는 언제고 지금은 사랑한다는 말을 들어도 기분이 하나도 즐겁지 않아. 오히려 내 숨을 조여 오고 있는 것 같아. 누가 내 맘 좀 풀어주었으면……. 원망과 야속함이 범벅이 된 얼굴로 나에게서 멀어져가는 오빠의 뒷모습을 멍하니 바라보고 또 보았다.

그 여자가 오빠와 사랑을 나누었다고 생각하니 도저히 오빠의 입

술을 받아들이고 싶지 않아. 그 입술로 나에게 하지 못했던 사랑한다
는 말을 밥 먹듯이 했다는 사실도 기분이 좋지 않아. 아니 아무런 감
정이 생기지 않아. 난 약혼한 지 1년이 지나서야 들었던 말을 그 여자
는 매일 하루에 수십 번도 더 들어다잖아. 부러워, 그 여자가 부러워.
난 외출 준비를 하다 말고 침대에 다시 누워 버렸다.

얼마나 울었는지 눈이 따끔거려 감지 않고는 도저히 있을 수가 없
었다. 깊은 마음의 상처는 광기 같은 사랑으로도 치유될 수 없음을
깨달은 날이었다.

이제 위장까지 따끔거리며 쑤셔대기 시작했다.

"결혼 한번 하려다 내 몸 다 망가지는 거 아니야? 도대체 나 결혼
해야 돼, 말아야 돼."

점이라도 보러 가볼까? 정말 저 남자가 나의 인연인지 아니면 인연
인 척하는 건지, 완전히 꼬여버린 이 매듭은 어떻게 풀 수 있을까?
그 방법 좀 누가 가르쳐 주세요.

별 진전도 없는 말싸움은 더 이상 하기 싫은데…….

"정말 너 결혼하는 거야? 다빈아?"

"응."

지금 내 앞엔 미경이와 그녀의 남자친구 김 도훈 그리고 내 옆엔 안 태경이라는 사람이 앉아 있다. 요즘 불안한 내 마음 때문일까? 나를 좋아한다는 남자를 만나니 조금 흔들리는 나 자신을 느낄 수 있었다. 지금이라도 늦지 않았어. 확 엎어버릴까?

밀려오는 짜증에 머리가 터지기 일보직전이었다.

"정말 섭섭하네요, 다빈 씨. 대쉬라도 해보려다 포기했어요. 떠나보내는 것도 사랑이라고 하잖아요?"

떠나보내는 것도 사랑이라는 말에 난 철렁 내려앉은 가슴으로 앞에 앉아 있는 그 남자를 쳐다보았다. 괴로워하는 내 마음을 질책하는 것 같은 그 말. 어쩌면 나에게 적용되는 말일지도 모른다는 생각이 들었다.

"태경 씨."

“그렇다고 미안해할 필요 없어요. 어차피 나 혼자 시작한 사랑인 걸요.”

“…….”

“야! 민다빈. 너, 안 태경 씨한테 미안한 마음 가져야 돼. 너 때문에 유학 간다고 그랬어. 가을 학기부터 한국에 없어.”

“정말이에요?”

“……겸사겸사요. 다빈 씨 행복해야 돼요.”

“행복은 얼어 죽을 행복.”

내 참담한 기분을 아는지 미경인 쉴새없이 마셔대더니 드디어 몸을 가누지 못할 만큼 인사불성이 되어 버렸다. 그런 친구의 모습을 보고 있자니 나오는 건 한숨뿐이오, 입으로 들어가는 건 술이었다. 아무래도 분위기가 너무 이상한 쪽으로 돌아가는 것 같아.

“태경아! 아무래도 미경이 집에다 데려다줘야겠어. 미안해요, 다빈 씨. 먼저 일어날게요. 그리고 결혼 축하해요.”

“그러지 말고 우리도 일어나죠. 결혼 앞둔 예비 신부가 외간 남자와 단둘이 있으면 오해받기 십상이거든요.”

이 남자, 생각보다 좋은 사람인 거 같아. 나는 왜 이런 사람을 좋아하지 못할까? 나도 참 별종이야, 그냥 오빠를 내 마음에서 풀어놓으면 될 텐데. 집 앞까지 바래다주는 그 남자에게 고맙다는 말을 전했다. 하지만 그는 오히려 나에게 이런 행운을 준 거에 대해 감사한다고 했다. 괜히 더 서먹서먹해지네. 이럴 줄 알았으면 택시 타고 혼자 올 걸.

“여기에요, 우리 집. 데려다줘서서 고마워요.”

“올 여름도 무지 덥겠는걸요. 12시가 넘었는데도 아직 덥다는 느낌이 드니……."

나를 좋아한다고 고백한 사람이라서 그럴까? 아니면 오빠와 사이가 좋지 않아서 그런 걸까? 보내는 내 마음이 이렇게 허전한 건 왜일까?

"유학, 어디로 가세요?"

"왜요? 따라오게요? 미국으로 같이 갈래요? 농담이에요! 제가 무기재료 공학과이니까 아무래도 미국 쪽으로 가는 게 이익일 것 같아서요."

"저도 유학 가고 싶다는 생각 많이 했는데, 지금도 그 마음엔 변함없어요."

내가 유학 가고 싶다는 말이 꽤 충격으로 들렸나 보다. 그 사람은 나의 눈을 똑바로 쳐다보더니 어이없는 듯 쓴웃음을 짓기 시작했다.

"왜 웃어요? 제 말이 이상하게 들리나요?"

"당연하죠. 결혼 3일 앞둔 신부가 외간 남자에게, 나 유학 가고 싶소 해봐요. 그 말은 결혼하기 싫다는 의미로 들릴 수 있어요."

"왜 그러면 안 되나요?"

"무슨 의미로 받아들여야 할지 모르겠는데요? 다빈 씨, 결혼하기 싫으면 지금이라도 늦지 않았어요. 겨우 스물두 살인데 자기의 인생을 한 남자에게 속박시키려고 하는 건 미련한 짓이라고요."

내 속마음을 훤히 들여다보는 그 남자의 말이 자꾸 마음에 걸리기 시작했다.

지금이라도 결혼하지 말자고 할까? 난 점점 내 자신이 두려워졌다. 정말 내가 원하고 있는 게 무엇일까? 사랑, 내 미래, 다시 그런 생각에 사로잡히자 난 더 이상 그 사람의 얼굴을 보고 있는 것조차 두려워지기 시작했다.

"태경 씨는 많이 배우고 오세요. 제 몫까지요. 가뜩이나 IMF 라 달러가 비쌀 텐데 어려운 결정하셨어요."

"하긴 이럴 때 간다는 것이 많이 부담스러워요."

"나중에 돌아와서 나라를 위해 쓰시면 돼요!"

"그런 의미에서 격려 좀 해줄래요?"

"지금 하고 있잖아요!"

"그거 말고…… 한번만 안아 봐도 돼요?"

뭐라고 대답하지? 당연히 안 된다고 말해야겠지. 하지만 그는 우물쭈물 하고 있는 나를 자신의 품으로 안아버렸다. 안겨서도 차마 거절하지 못하고 있는 내 자신이 이해가 되지 않았다. 어째서 평소에는 상상할 수도 없었던 행동을 하고 있는 건지, 왜 오빠가 아닌 다른 사람의 포옹에도 아무런 저항을 하지 않는 건지 도저히 이해할 수 없었다. 내 자신이 갖고 있던 도덕률이 겨우 여기까지인가. 아니지, 오빠도 했는데 왜 나는 안 돼? 괜찮아, 민 다빈.

"있잖아요. 다빈 씨 생각하며 타국에서 힘낼게요."

그리고 매력적인 그의 입술이…… 이마에 부드럽게 와 닿는 것을 가만히 느끼고 있었다.

오빠를 만나지 않았더라면 이 사람을 좋아했을 거라는 확신이 들기 시작했다. 그때 난 알아차렸다. 안겨 있는 이 남자의 어깨 너머로 어둠 속에 보이는 담배 불빛의 정체를. 순간적으로 느껴지는 강한 충동은 날 핑핑 돌게 만들었다. 아니 억눌려 있던 감정이 목으로 치밀어 올랐다고 해야 할까?

"잠깐만요. 그러지 말고 나랑 키스할래요? 다른 남자랑 키스하는 게 어떤 느낌인지 알고 싶어요. 너무 무리한 부탁인가요?"

"다빈 씨."

"유부녀가 되어서 하면 불륜이잖아요!"

입은 웃고 있었지만 얼굴은 굳었었나 보다. 당연하겠지, 난 지금 대단한 모험을 시작하려고 하는 중이니까. 오빠 아닌 다른 사람과의 키스라. 그녀와 오빠와의 그 장면을 본 뒤로 머릿속에 생각해 왔던 복수를 실천하려는 나의 엄청난 용기에 이 남자는 싫지 않았던지 아주 조심스럽게 긍정의 표시를 전했다.

"근데 얼굴이 너무 어두워 보여요. 하지만 전 하늘이 주신 기회라 생각할게요. 다빈 씨를 만나면서 제일 하고 싶었던 소원이었거든요. 다빈 씨의 입술을 느끼고 싶어요."

서서히 다가오는 그 남자의 입술을 차마 바라보지 못하고 난 눈을 감아버렸다. 난 그렇게 평정을 잃은 채 집 앞에서 안 태경이라는 남자의 입술을 느끼고 있었다.

입술 외에는 전혀 몸이 닿지 않는 부자연스런 키스, 그 남자의 입술은 너무도 뜨거웠지만 내 입술은 싸늘하게 식어 있었다. 너무 재미없어. 아마 엄마가 이 장면을 보았다면 날 죽이려고 하실 걸. 오빠도 역시……. 방종한 수녀가 된 느낌으로, 아니 순결한 부인이길 기대하지 말라는 의미로 난, 그렇게 연극을 해 버렸다. 마음만 먹으면 나도 할 수 있다는 걸 충분히 보여준 셈이다.

"역시 다르네요. 고마워요."

"다빈 씨."

안태경이라는 남자를 뒤로 하고 난 얼굴을 들 수 없어, 아니 뛰는 가슴을 잡고 집으로 황급히 들어갔다. 마치 도둑이 제 발 저리듯 이미 내 눈에는 눈물이 가득 고여 있었다.

결혼을 3일 앞둔 채, 난 새로운 경험을 했고 늦도록 오지 않는 나를 기다리던 오빠는 그 모습을 보고 뒤돌아 가버렸다. 너무 허탈하게…… 뚜벅뚜벅…… 그 모습을 이층 창가에서 내려다보는 난 머리가 쭈뼛이 서는 걸 느꼈다.

오빠, 나 용서하지 마. 일부러 그랬어, 오빠도 당해 보라고. 마음이 많이 아프지?

미안해. 이럴 수밖에 없는 날 많이 미워해.

그 여자는 나에게 나 자신을 돌아볼 시간을 준 것 같아. 그래야 내가 오빠를 미워하는 정당성, 아니 오빠가 그 여자를 이해했듯 날 이해해 봐. 그럼 쉽게 날 이해할 수 있겠지. 날 용서하는 건 쉽지 않을 수도 있겠지만.

　다음날이 되어도 그 다음날이 또 지나도 내 핸드폰은 울리지 않았다. 다만 안 태경이라는 남자에게서 결혼식을 보고 가지 못해서 미안하다는 말과 지금 공항이라고 보고 싶을 것 같다는 내용의 메시지만 있었을 뿐, 그리고 키스는 영원히 잊지 못할 거라고…….

　나도 못 잊지, 오빠 아닌 외간 남자와 키스를 해 버렸으니. 내가 무슨 짓을 한 건지, 결국 난 오빠와 똑같은 일을 저지른 꼴이 되었다. 그 결과, 다른 사람과의 키스는 재미없고 오빠의 키스를 더욱 간절히 원하게 되었다면 돌 맞을까?

　오빠의 차가운 눈빛과 빈정대듯 비틀린 입술이 너무도 생생하게 느껴졌다.

　전에도 우린 말다툼을 한 적이 있었고 냉각기도 있었지만 그때와 지금은 엄연히 다르다.

　오빠가 양심의 가책을 더 받으라고 한 짓이 결국 내 양심에 돌을 얹는 일밖에는 되지 않았다. 그렇게 결혼식 날이 다가왔다. 거의 한

숨도 제대로 자지 못한 채 불행한 날이 밝았다.

맑게 개었으면 좋으련만 하늘은 비가 올 듯 말 듯 검게 흐린 날 아침. 내 맘처럼 오락가락한 날씨였다.

드디어 오늘 난…… 결혼을 한다. 이민혁의 아내로 이름을 알리는 날이었다.

분명히 앞이 뻔히 보이는 결혼인데도 멈추지 않고 그대로 나갈 수밖에 없는 나 자신이 너무나 불쌍하게 여겨졌다. 정말 영화처럼 누군가가 날 데리고 도망갔으면 좋겠어.

신부화장을 하는 동안 미용실 언니는 신부가 나이가 어려 피부가 곱다는 둥 신랑이 의사여서 봉 잡았다는 둥 돈 많은 신랑 잡았으니 코 조금만 높이라는 둥 주절이 주절이 떠들어대고 있었다.

참 이거 싫은 내색 하면 화장을 망가뜨려 놓을 거 같아 아무 말 안 하고 있으려니 이 놈의 입이 참. 그 몇 시간 동안 내 혼을 다 빼놓은 미용실 언니, 드디어 현실 세계로 돌아와 본인의 의무가 무엇인지 이제야 깨달은 듯 날 의아하게 쳐다보았다.

"이상하다. 그땐 드레스가 맞았었는데……. 그새 살이 빠졌나?"

정말 내가 살이 빠졌나 보다. 타이트했던 가슴 부분이 조금 느슨한 게 숨쉬기가 좋다.

"아무래도 뽕을 넣어야겠지."

"언니, 저 그냥."

언니는 내 말을 무 잘라버리듯 단칼에 베어버리고는 웨딩드레스 가슴 쪽에 뽕을 푹푹 넣어버렸다.

"안 돼. 신부는 섹시하고 눈부셔야 돼. 일생에 한번 하는 결혼인데……. 자, 됐다. 이제 거울 봐."

언니, 전 그 말에 그렇다고 대답해 줄 수 없어요. 잘못하면 오늘 바람 맞을 수도 있거든요. 거울을 보는 나의 마음은 너무 어두웠다.

하지만 거울 속의 여자는 내가 아닌 듯 아주 아름다운 여인으로 변해 있었다.

중간 가르마를 해서 머리를 올리고 여름이라 어깨가 다 드러난 웨딩드레스는 너무도 청초해 보였지만 수척해져서 광대뼈가 두드러졌고 길게 늘어진 링 귀걸이가 작은 체구에 비해 너무 무겁게 보였다. 이제부터 내가 짊어져야 할 무게라 그런지 모르지. 근데 너무 예쁘다. 이런 나를 오빠는 알아볼 수 있을까? 하지만 옆에 서 있던 미용실 언니의 반응은 전혀 다른 것이었다.

"음, 혹시 임신했어?"

나도 한 말빨하는데 도저히 이 언니는 내가 도전할 수 없는 입심을 가지고 있었다.

"아, 아니에요."

"입덧해서 살빠진 신부가 많다 보니, 미안해. 호호……. 빨리 신부대기실로 가자. 그런데 신랑이 왜 아직 안 오지? 이제 30분밖에 안 남았는데."

아차 싶었다. 오빠가 차라리 그러면 속시원하겠다는 생각이 얼핏 스쳤다.

그래, 차라리 오빠가 여기서 우리의 인연을 끊어주었으면 좋겠어. 결혼의 사슬로 손과 발이 묶이면 오빠와 난 정말 더욱 심각해질 테니까. 신부대기실에 있는 난 가시방석에 앉아 있는 느낌이었다.

울리지 않는 핸드폰을 바라보면서 은근히 손이 그 쪽으로 가는 걸 다시 접어버렸다.

"너의 노땅이 혹시 마음이 변해 안 오는 걸까? 20분밖에 안 남았는데."

옆에 서 있던 미경은 나보다 더 초조한가 보다. 지지배, 말은 꽤 진취적으로 하면서 하는 짓을 보면 보수적이란 말이야. 근데 어쩌면 오빠가 안 와도 난 별로 서운하지 않을 것 같다는 생각이 들었다. 시간은 그렇게 흘렀다. 신부 대기실에 걸린 시계의 초침 소리가 나의 이성을 마비시키기에 충분했다.

이제 20분. 왜 이리 마음이 초조한 걸까? 그날, 안 태경이라는 남자와의 키스는 달랐다. 오빠와의 키스는 항상 입술이 불에 데인 듯 뜨거웠었는데 너무도 차가워진 내 입술이 어쩌면 나에게 다시 원점으로 돌아가라는 경고를 하는 것 같았다.

"핸드폰 빨리 해봐. 다빈아!"

"놔둬. 안 온다면 그건 그 사람의 선택이니까."

"이 지지배가 정말?"

식장 밖은 신랑이 안 온다고 수군거리기 시작했고 내가 보기엔 우리 식구들을 비롯해 나를 아는 모든 사람들은 아마 졸도 직전까지 간 심정일 것이다. 하지만 나는 될 대로 되라는 식으로 내 초조한 마음을 감추고 있었다.

"왔다! 왔어! 신랑이 왔어."

급하게 신부 대기실로 들어오던 오빠는 기다리고 있는 날 보고 잠시 눈동자가 흔들리더니 표정이 굳어져 버렸다. 아마 내 미모에 깜짝 놀란 거겠지 뭐! 나 너무 예쁘지, 오빠!

그게 식장으로 들어가기 5분 전이었으니까, 오빠가 대기실로 뛰어들어올 때 내 심장은 아예 잠시 멎었다고 해도 될 정도로 너무 떨렸기 때문에 들고 있던 부케를 바닥에 떨어뜨리고 말았다. 그는 내가 떨어뜨린 부케를 주워들면서 나에게 어떤 표정도 읽을 수 없는 얼굴을 보여주었다. 하지만 우리에게는 지금의 우리 감정이 어떤지 논할 시간이 없었다.

"신랑 신부, 다정한 포즈 좀 취해줘요. 빨리 시간 없어요."

어색하지만 그렇게 우린 가벼운 키스를 주고받았고 많은 사람 앞에서 부부가 되는 서약을 했다. 왜 저렇게 눈빛에 인정머리가 없는지, 저런 표정을 짓고 있으려면 여긴 왜 왔어! 표정 관리 좀 해, 오빠.

| **22** |

"야! 이민혁, 오늘 결혼한 신랑신부 맞아! 여러분 안 되겠죠? 다같이 합창! 키스해, 키스해."

40명 가까이 되는 사람들이 키스하라고 아우성들이다.

난 내 겉옷을 꼭 쥐고 결혼은 꼭 승자의 것만은 아니라는 걸 실감하고 있었다.

오빠의 어두운 표정과 침묵 자체가 바로 답변이 아니겠는가?

난 결코 행복한 결혼을 한 게 아니니까.

"빨리 안 해! 이민혁."

오빠는 잠시 머뭇거리더니 의식을 치르듯 천천히 나에게 다가왔다. 하지만 지금 키스는 내가 이때까지 경험해 보지 못한 차디찬 키스였다. 아니 싸늘한 미소가 동반된 키스……. 굴욕감이 칼끝처럼 가슴을 마구 찔러대는 느낌이었다. 어쩔 수 없지. 내가 자초한 일인걸. 을씨년스러울 만큼 찬 공기가 내 곁을 휙 지나간 느낌이었다. 키스를 겨우 마친 우리 두 사람의 얼굴은 너무나 대조적으로 보였다.

오빠의 모습 때문에 너무 쓸쓸하기까지 한 이 피로연이 나의 가슴을 더욱 아프게 하고 있었다. 어쩔 수 없이 치르는 부부로서의 통과의례가 나에게는 사치처럼 느껴졌다.

어쩌면 우린 곧 이혼할 수도 있는 사람들이란 말이야.

"1차 관문은 끝났고, 여기 2차 관문. 오늘의 하이라이트 하트 모양 그려진 병마개 찾기입니다."

갑자기 피로연 분위기가 업되는 느낌이었다. 온 사방에서 고함 소리가 터져 나오고 나와 몇 발자국 떨어져 서 있던 오빠는 잠시 날 보더니 짜증스런 얼굴을 확연히 보여주고 있었다. 병마개 찾기가 도대체 뭐길래…….

"신랑은 사회자 앞으로 와 주십시오."

꼿꼿이 펴진 어깨가 불편한 심기를 드러내듯 앞으로 가더니 벨트 밑으로 뭘 잔뜩 집어넣고 내 앞으로 왔다.

"신부는 신랑의 중요한 부분에 있는 병마개를 꺼내주세요. 처음에 하트 모양을 찾으면 한번에 끝내겠지만 아니면 아시죠? ㅋㄷㅋㄷ 자꾸 그 쪽으로 손을 넣으셔야 한다는 거요. 자, 우린 늦게 찾길 기원합시다!"

뭐야! 이미 내 얼굴은 빨개졌고 내 친구들 역시 너무한다고 아우성이다. 그러면서 은근히 즐기는 건 뭐야. 내 눈은 애원하듯 그를 쳐다보았지만 싸늘히 식은 그 눈동자는 날 외면했다. 마치 내가 싸구려 애정행각이나 벌이는 그런 사람이 된 느낌이었다.

"어린 신부님 빨리 하세요. 안 하면 어마어마한 벌칙이 기다립니다."

이것보다 더 어마어마한 벌칙이 있을까? 덫에 걸려 겁에 질린 먹이

감처럼 난 서서히 그곳으로 내 손을 집어넣었다. 오빠의 후…… 하는 소리가 들릴쯤 내 손은 오빠의 거기를 헤집고 다녔다. 지금 오빠의 표정을 볼 수가 없는 나로서는 그저 상상에 맡길 뿐이었다.

포르노 영화를 보는 것처럼 떨리는 마음을 감출 수 없었다. 그저 운이 좋길 바라는 수밖에……. 하지만 난 그곳을 열 번이나 왔다 갔다 한 후에야 찾을 수 있었고 오빠와 난 이미 뜨거워진 몸을 식힐 방법이 없었다.

"우리에게 기쁨을 준 신랑신부에게 행복하게 잘 살라는 박수를 쳐 줍시다."

박수소리가 내 머리를 마비시키는 촉진제 역할을 하기 시작했다. 당신들의 그런 행동이 우리를 더욱 힘들게 한다구. 우린 지금 냉전중 인데 몸이 말을 안 들으면 어떡하자는 거냐구!

"너희들 결혼식에는 다 죽을 줄 알아. 내가 더한 거 시킬 거야."

오빠의 씩씩거리는 소리에 난 현실 세계로 다시 돌아올 수 있었고 우린 제주도로 가는 비행기에 몸을 실었다. 과연 흥분 과잉충전 상태 에서 단둘이 아무 일 없이 있을 수 있을까? 글쎄, 내 의지와는 상관 없이 내 몸은……. 하여튼 미스테리다. 오빠를 안고 싶어하는 내 몸 이 내 마음에게 쓸데없는 싸움은 그만두고 항복하는 게 좋을 거라고 말하고 있었다. 더불어 차디찬 공기가 내 몸을 감싸고 있었다.

오빠의 몸은 마치 단단한 얼음처럼 차게 굳어 있어 나에게까지 그 냉기가 전염되고 있었다. 이가 덜덜 떨릴 만큼 난 추워지고 있었다.

 뚜벅뚜벅…… 또각또각…… 그 소리가 어느 한 곳에 멈추고, 적막이 흐르는 공간을 가르는 열쇠 소리가 들렸다. 이어서 들려오는 오빠의 말소리는 더욱더 내 머리를 미치게 하는 것이었다. 완전 고단수로 노는 수법이야.

 "너가 있어야 할 곳은 여기야. 그리고 내가 자는 방은 바로 옆방이야. 그럼 피곤할 테니 자."

 설마 했던 불길한 기운이 무거운 먹구름이 되어 내 머리를 덮기 시작했다. 설마 그럴 리가! 오빠가 그렇게 냉정한 사람이란 걸 잠시 깜빡했어.

 "그럼 따로 방을 잡은 거예요?"

 그래도 그렇지 어떻게 방을 따로 잡아. 그냥 침대, 소파에 따로 누워서 잘 수 있잖아. 정말 이럴 수가! 하지만 나를 안지 말라고 소리친 사람은 나였어. 어느 누구도 그걸 강요하지 않았다구. 내 스스로 내뱉은 말인데 지금 이런 마음이 드는 건? 민다빈, 넌 정말 이중인격자야. 이게 당연한 거야. 그런데 왜 이래? 그래도 오빠가 정말 내 말을 들을 줄 몰랐다고 한다면 너무 억지겠지. 난 마치 오물을 뒤집어쓴 것처럼 내 자신이 너무 더럽다고 느껴졌다. 당황하는 내 행동이 오빠 눈에는 어이없게만 보였는지 또다시 내 맘을 할퀴고 지나가 버렸다.

"너가 원했던 거 아니야? 설마 아까 피로연 일로 마음이 바뀐 건 아니겠지?"

대체 이 남잔 뭘 노리고 이러는 걸까? 내가 스스로 애원하길 바라는 거야! 그런 거야?

그래. 내가 한 말에 책임을 져야지. 잊어버리지 않도록 신경을 써야겠어.

하지만 오빠의 비꼬는 듯한 미소에 내 얼굴의 각 부분들이 서서히 굳어졌다. 오빠는 마치 내 얼굴의 표정이 어떻게 변하고 있는지 즐기고 있는 사람처럼 아주 잔인하게 말을 내뱉었다.

그것은 내 방어막을 모두 벗겨내고 오빠의 목소리에 담긴 비난 앞에 노골적으로 나를 노출시킨 것처럼 나를 부끄럽게 하는 말이었다.

"그런 슬픈 표정 짓지 마. 난 너가 하자는 대로 착실한 남편이 되어 주기로 마음먹었거든. 우리가 떨어져 있다 해도 결혼한 부부라는 사실은 변함이 없어. 너를 최대한 보낼 수 있는 거리가 이것밖에 안 되어서 애석하겠지만 조금만 참아주었으면 좋겠어."

오빠의 정중하면서도 거리감 느껴지는 목소리에 난 숨이 멎어 버릴 것 같았다. 결혼식장에서 본 싸늘한 얼굴로 돌아간 오빠는 내 앞에서 그렇게 등을 돌려 몇 발자국 떨어진 옆방의 문을 키로 긁고 있었다. 오빠의 빈정거림은 나의 식은 몸을 아주 얼려버리려는 듯 화를 돋우고 있었고 타오르고 있던 절망에 기름을 끼얹었다. 버젓이 내 앞에서 나 보란 듯이 돌아서는 오빠의 뒷모습을 보면서 난 뜨거운 덩어리가 내 목구멍에서 치밀어오르는 것을 참았다. 왜 이런 일이 나한테 일어난 거지? 내가 원하는 건, 그건…….

가지 마요. 오늘 밤 나랑 같이 있어줘요. 하지만 목에서만 맴돌 뿐 뱉어내지 못하고 있었다. 비행기 내에서 자고 있던 오빠를 보면서 미친 듯이 타올랐던 열정이 순식간에 사그라져 버렸다.

엇갈린다는 것은 참 괴로운 일이야. 정말 이런 마음이 들 줄 알았다면 그때 조금만 참아볼 걸. 천천히 내가 가서 자야 할 방으로 눈길을 돌렸다.

정말로 스위트룸이었다. 방으로 들어온 나는 절망에 찬 신음소리를 내며 손에 얼굴을 묻어버렸다. 간신히 정신을 차리자 나 자신의 처참한 신세가 서서히 드러나고 있었다.

첫날밤에 버림받은 신부가 자야 할 방 치고는 너무도 환하고 환상적인 방이었다. 그제서야 난 모든 걸 단념한 듯 고개를 흔들었다.

이 낯선 감정을 추슬러야 했다. 내가 엄마에게 사달라고 졸랐던 더블 침대보다 두 배나 큰 침대가 나를 향해 누워 있었고, 분홍빛 커튼이 분위기 있게 드리워져 있었다. 하지만 난 방문을 닫고 들어서자마자 나의 가슴을 조여 오던 노랑 저고리와 다홍빛 치마, 그리고 내 자신을 감싸고 있던 모든 것들을 벗어 던져버리고 욕실로 향했다.

샤워기의 물이 내 머리를 온통 때려도 둘 사이에 일어나는 일들이 현실 같지 않아서 마치 악몽을 꾸고 있는 것 같았다.

이런 것이 남편의 배려라. 웃기고 있어. 적어도 나보다 나이를 한 살이라도 더 먹은 사람이라면 날 달래서라도 데리고 있어야지. 이런 식으로 날 버려. 첫날밤에 신부를 버려! 가슴 한구석에서 분노가 솟

구쳤다.

피로연 때문에 잔뜩 들떠 있던 기분이 확실하게 찬물을 뒤집어 써 버렸다. 그리고 천천히 거울 속에 보이는 자신의 모습을 보았다. 길을 잃고 겁에 질린 모습, 너무 찬 샤워물 밑에 있어서 그런지 새파랗게 변해 버린 떨리는 입술과 무서움에 떨고 있는 생명을 잃은 몸을 보았다. 여자로서의 생명을 잃어버린 거나 다름없었다.

"흑흑…… 흑."

인적 없는 낭떠러지에서 뾰족이 튀어나온 돌멩이 하나를 생명줄로 잡고 있던 나를 너무도 반가운 누군가가 발견해 주었어. 그 사람은 살 수 있다는 기쁨에 환한 웃음을 보이는 나에게 다가와 겨우 잡고 있던 내 손을, 내 손가락을 하나씩 펴서 날 천천히 낭떠러지로 밀어 넣어 버렸다. 오빠가 그렇게 나를 아주 천천히 죽이고 있었어, 아주 잔인한 미소를 지으면서 말이지. 이럴 거라면 결혼식이 끝날 때까지 나타나지 말지. 그때 차라리 날 죽여 버리지 그랬어. 흑흑흑…….

하지만 스위트룸은 나에게 더한 추위와 괴로움을 가중시켰다.

침대 위에 살짝 누웠을 때, 시트의 찬 기운이 나의 맨 몸을 감쌌다. 아니, 아무것도 느낄 수 없을 정도로 감각이 마비되는 것 같은 느낌에 잠을 이룰 수가 없다. 저 방에서는 혼자 뭘 하고 있을까?

이성적인 사고를 가진 부부라면 절대로 할 수 없는 일을 우리는 하고 있었다. 도대체 한 남자로 인해 몇 번을 아파야 하는 걸까? 나처럼 잠을 못 이루고 있겠지.

근데…… 배가 왜 이리 아파오지, 팽팽하게 긴장한 신경 때문인가? 생리할 때가 되어서 그런가? 나는 7년 경력의 아픔임을 확신하면서 일어나 미리 준비해온 진통제를 입에 털어 넣고 여행가방에서 오늘을 위해 친구들이 준비해준, 무용지물이 되어버린 잠옷을 꺼내 입었다. 그리고 언제 어디서 터질지 모르는 지뢰밭에 누워 있는 심정으로 하룻밤을 보냈다.

그에게 느끼는 감정을 증명할 수 있는 유일한 방법이 뭔지 알고 있으면서도…….

내 스스로 만들어 놓은 두꺼운 벽을 나 자신조차 뚫기가 어려운 지경에 이르렀다.

이루어질 수도 있는 사랑이 내 자존심 때문에, 이미 내뱉은 말 때문에 그 거리가 좁혀지지 못하고 있다. 이런 나, 너무 불쌍해. 아니 그 남자도 너무 불쌍해. 우린 너무 불쌍해. 아마 우린 이 차갑고 축축한 안개 속을 오래 걸어야 할 듯싶다.

| 24 |

내가 지금 무슨 짓을 하고 온 것일까? 어린 나의 신부에게……

결정타를 날리고 온 거겠지, 아주 무식하게. 진짜로 바보가 되어버린 느낌이었다. 얼음처럼 차갑게 사랑하는 그녀를 내몰아 버렸어. 그 생각을 하다보니 아까부터 내 목을 조르고 있는 넥타이가 너무 숨막히게 느껴져 넥타이와 와이셔츠 아니 내 몸에 있는 모든 것들을 다 벗어버렸다. 그래도 성이 차지 않았다. 이렇게 반은 죽은 채로 살아야 하는 건지.

"너무 답답해서 미칠 것 같아."

머리 위로 세차게 쏟아지는 물줄기는 내 욕망을 잠재우기엔 아무런 소용이 없다. 착실한 남편이란 그건 병신 남편이 된다는 얘기야. 난 체면을 차리지 않고도 그녀를 가질 수 있는 자격이 되는데…….

왜? 그녀의 입꼬리와 눈가가 굳어지는 걸 느꼈으면서도, 그냥 한번 져주는 척하면서 슬쩍 그 방으로 들어갔어야 했는데……. 내가 정말 원하는 것은 어느 선까지일까? 사랑하고 있는 건 분명한데. 여덟 살이나 어린 내 아내에게 내가 뭘 요구하고 있는 건지, 그녀가 울면서 내 다리를 잡고 제발 자신을 안아달라고 요구하는 걸 원하는 걸까? 항상 나에게 언제 터질지 모르는 시한폭탄처럼 불안하고 맹랑한 어린아이처럼 다가왔었는데 언제부터인가 그녀는 내 여자였다. 어느 누구에게도 절대 양보할 수 없는 나만의 여자. 그녀의 손길이 내 중요한 부분을 슬쩍슬쩍 스치고 갈 때, 난 이를 꽉 깨물어야 하는 슬픔을 겪었다.

정말 이런 것까지 참아야 하는 새신랑이라니. 행복으로 간직해야 할 소중한 추억을 슬픔으로 받아야 하는 나 자신을 저주하고 또 저주했었다.

다른 정상적인 부부라면 혹시 그 자리에서 사람이 있든 말든 찐한 키스를 나누지 않았을까? 하지만 쾌락의 순간이 지나고 나면 우리의 이 관계가 다시 회복될 수 있을까?

그녀는 마치 날 죄인 보듯 보고 있었다. 환멸에 찬 눈초리로…….

난 정말 그녀와 담판을 지으러 간 것인데 왜 하필 그때 그 장면을 보게 되었을까?

어쩌면 그냥 조용히 지나갈 일이었는데.

차라리 나에게 소리치거나 비명을 지르거나 내 뺨을 때리고 주먹으로 내 가슴을 마구 때리며 도대체 무슨 짓을 한 거냐고 했다면 난 그녀 내 가슴에 꼭 안았을 것이다. 허나 그녀가, 아니 내가 사랑하는 여자가 다른 남자 품에 안겨 키스를 그것도 먼저 해달라고 하는 그 장면을 봤을 땐 내 자신을 저주했었다. 너도 이런 느낌이었겠지. 차라리 그 순간만은 내 몸의 감각이 아무것도 느끼지 못하는 식물인간이었으면 하는 바램이었다. 내 여자에게 감히 입술을 대는 그 남자를 한 방에 날려 보내고 싶었지만, 그럴 수 없었다.

그녀는 내가 그러길 바라면서 내 앞에서 그런 행동을 서슴지 않고 했었으니까.

참는 것만이 이기는 거라고, 아니 내가 만약 그날 그 남자에게 손을 댔었더라면 오히려 그녀는 그 남자를 옹호했을 수도 있다는 생각에 치가 떨려 그 길로 인사불성이 되도록 마셔 본들 뭐 하겠는가, 정신은 점점 더 또렷해지는 것을…….

그날 죽을 힘을 다해 내 안에 존재하고 있는 그녀에 대한 사랑을 몰아내 버리려고 내 안의 모든 이물질을 다 토해 버려도 끝까지, 끝까지 살아남아 날 괴롭히는 건 그녀의 해맑은 웃음이었다. 나를 꼼짝도 못하게 했던 그 보조개.

난 그녀를 너무 사랑하기에 포기할 수 없었다. 내 이성은 그녈 풀어주라고 말했지만 결국 내 발은 결혼식장으로 달려가고 있었다. 어쩔 수 없이 너와 운명적으로 엮이길 원했던 나에게 도대체 넌 내가 얼마나 더 비참해지기를 원하기에 내 앞에서 그런 짓을 할 수 있었을까? 이 혼란스러움을 어떻게 해결해야 할까? 지금이라도 달려가 온몸에 쾌락의 전율이 흐르도록 힘껏 안고 사랑을 나눌까?

그 기쁨을 같이 나눌 수 있다면 얼마나 좋을까? 난 씁쓸한 미소를 지어보였다. 안 되겠지.

그날 밤 난 밤새도록 해답을 얻지 못하고 애꿎은 샤워기의 물만 틀어대고 있었다. 사랑이라는 감정은 혹시 여자들이 남자를 꼬시기 위해 파놓은 함정이 아닐까?

그렇지 않고서야 왜 이리 힘들어. 어떻게 해야 벌어진 마음을 다시 닫을 수 있을까? 되돌릴 수만 있다면 처음 그녀에게 키스했던 그날로 다시 돌아가고 싶은데…….

욕망으로 고통받던 마음이 킬킬거리는 웃음소리로 그리고 다시 울음소리로 변해가기 시작하면서 아내를 보고 싶은 답답함에 더 이상 그곳에 있을 수가 없었다.

"다빈아, 너 뭐 하고 있어? 보고 싶어."

너무 답답하다, 이 방의 공기가. 아니 너무도 넓은 이 방이 오히려 나를 더욱 답답하게 만들고 있었다. 목욕가운을 대충 걸치고 난 내 방의 문고리를 잡고 한참을 문에 머리를 박고 있었다.

CF에서 보던 그 장면처럼 난 정말 연기를 하고 있었던 것이다. 내 눈에서는 이미 눈물이 흘러내리고 있었고 내 손은 저절로 문을 열고 있었다.

어두워진 복도의 조명은 내 맘까지도 어둡게 만들었다. 걷기에는 너무도 가깝고 마음속으로는 근접할 수 없는 그녀가 있는, 아니 내 아내가 있는 방의 문 앞에서 난 또 머리를 박고 있었다. 여기까지 왔는데……. 과연 내가 이 문의 문고리를 잡아 돌릴 수 있을까, 그녀와 나를 가로막고 있는 이 문을. 멈출 수 없는 내 사랑을 그 여잔 집착이라고 사랑이 아니라고 당당히 말하고 있는데, 이건 정말 지독한 경험이다.

지금 꼭 무슨 멜로드라마를 찍는 듯한 느낌이다. 진짜로 결혼한 게 아니라…….

예전의 느낌으로 돌아갈 수 있다면, 그래 조금만 시간을 더 가지면 우린 해결될 수 있을 거야! 그렇게 마음을 다잡으며 다시 발길을 돌렸다. 너무도 힘들고 어렵게…….

이런 사실을 그녀는 알까?

25

침대시트를 생명선이나 되는 것처럼 꽉 움켜쥐고 식은땀을 뻘뻘 흘리며 아파하는 난…… 재수 정말 없다. 신혼 첫날밤에 버림받고 생리통에 죽을 상 하고 있는 꼴이라니…….

정말 내가 힘들 때 내가 원하는 사람은 옆에 없었다. 그렇게 뜬 눈으로 밤을 보냈다. 어제 그토록 냉정한 가면을 쓰고 있던 오빠가 이제는 너무 낯설게 느껴졌다.

내가 원했던 일이었지만, 막상 육체적 의무가 없는 결혼이라. 결혼해서 넘어야 하는 수많은 허들 중에 첫 번째를 넘은 기분이 왜 이리 X같냐!!

이건 시작에 불과하겠지. 걷잡을 수 없는 분노와 함께 치밀어오르는 치욕감, 절대 용서할 수 없을 것 같아. 내가 주제넘게 한 짓이었어. 바보같이 무얼 확인해 보려고 그런 말을 했을까? 그런 말을 하면 오빠가 무릎이라도 꿇으며 살려달라고 애원할 줄 알았나?

미쳤어. 그건 나만의 헛된 꿈이었는걸. 오빠는 그럴 생각이 없었는데…….

나이만 많으면 뭐 해. 하는 짓은 10살짜리 꼬마보다 못한데. 난 이 제부터 내가 헤쳐나갈 일들에 대해 어떤 선택권들이 주어지는지 생각해 보았다. 이런 시련을 참고 나갈 만한 이유가 있는지 말이야. 그때 내 방문을 두드리는 소리가 들렸다. 서서히 내 입에서 고통스런 신음이 흘러나왔다.

야비한 인간, 못된 남자, 비열한 사람이라고.

"다빈아, 일어났니?"

힘겹게 문을 여니 밤새 수척해진 얼굴로 무거워 보이는 다리를 벽에 지탱하고 있는 오빠의 얼굴이 보였다. 아무런 감정도 없다는 그런 얼굴로 날 보고 있었다.

차라리 그런 얼굴보다는 화가 났다는 표정을 지으라고! 이제 난 오빠에 대해 확신도 없고 믿음도 없었다. 다행이다, 얼굴이 안 돼 보여서. 만약에 잠을 잘 자고 일어난 얼굴이라면 그 배신감은 말로도 설명 못할 테니까. 냉정하자, 냉정해야 돼.

"여긴 웬일…… 아닌가? 왜요?"

"제기랄 내 아내한테 아침 먹으러 가자는 말도 못하나! 남편이."

"아내요. 하긴 별로 시원찮기는 해도 아내긴 아내죠."

"그래. 밤새 많이 생각하긴 했나 보네. 힘들어 보여."

"배가 많이 아파. 아침 생각이 없어요!"

내가 배가 아프다는 시늉을 하자 오빠는 바로 알아차려 버렸다.

"후~ 또 그거야? 우리가 처음으로 맺은 사랑은 결과가 빵이네. 난 혹시나 기대했었는데, 실망이다. 약은 먹었어?"

오빠의 말에 나도 왠지 슬픈 기분이 몰려 들어왔다. 내가 임신이라도 했다면 어쩌면 이런 분위기를 단 한방에 부셔버릴 수 있을지도 모르지. 하지만 난 그냥 고개를 끄덕이는 것으로 대답을 대신해 버렸다. 그 행복했던 오빠와의 그날을 생각하자 오빠를 보는 것만으로 이미 긴장되어 있던 나의 신경은 불안감으로 바뀌었다.

혹시 그날이 오빠와의 첫 경험이자 마지막 경험이 될 수도 있다는 자각 때문에…….

날 착잡한 표정으로 바라보는 오빠를 아무리 부정하려고 애써도 오빠에 대한 그리움을 송두리째 뽑아버리기는 어려웠다. 오히려 미워하려고 애쓰는 것만큼 오빠에 대한 그리움이 더욱 다가오는 것이었다. 그런 나를 아예 무시하듯 오빠는 냉정한 말을 남기고 뒤돌아서 버렸다.

"그럼 오늘 호텔방에서 쉬어야겠네. 먹고 싶은 거 있으면 핸드폰 때려. 사다줄 테니. 나, 아침 먹으러 갔다 올게."

하지만 오빠가 나간 뒤에 느껴지는 썰렁함과 외로움은 그 동안의 우리 사랑이 연기처럼 사라지는 신기루였다고 말하는 것 같았다.

밥을 먹으러 간다며 나에게 등을 보이고 뒤돌아서는 오빠를 보면서 난 오빠의 등을 보는 게 두려워지기 시작했다. 그 등이 너무 슬퍼 보여서 그럴 거야. 우린 신혼부부라는 타이틀이 무색할 정도로 낯선 이방인들처럼 그렇게 또 하루를 보내 버렸다. 너무도 아쉬워.

26

나이 차이는 사랑의 결합에 있어 그리 큰 장애가 안 되지만 사랑의
행위는 장애가 될 수 있다?

이틀 뒤, 난 어느 정도 몸을 회복할 수 있었다. 계속 호텔방에서 쉬
었더니 몸 컨디션이 좋아진 것 같았다. 하지만 등줄기에서 흐르는 불
안감은 더해만 갔다.

마음속의 나쁜 기분은 점점 안에서 삭혀지지 않고 땅이 꺼져라 한
숨만 나왔다.

맑은 머리로 잠에서 깬 순간 터무니없는 착각이 들기 시작했다.

혹시나 오늘쯤은 오빠의 따뜻한 입김이라도 대할 수 있을지 모르
겠다는 헛된 생각 말이다.

이런 분위기라면 얼마 안 있어 오빠를 내 손으로 잡게 될지도 모를
일이었다.

앞으로 얼마나 날 억누를 수 있을지 나도 모르겠다.

이것도 시간이 지났다는 증거겠지. 그에 대한 증오가 점점 보고픔

으로 바뀌고 있으니까.

"오빠가 보고 싶어."

도대체 이틀 동안 오빠 혼자 뭐 하고 사는지 감을 잡을 수가 없으니……. 눈을 깜박이며 아주 조심스럽게 핸드폰을 보고 있자니, ??♪ (전화벨 소리)가 들렸다.

"여보세요."

"어, 난데. 오늘이 마지막 날이니까 바다나 보러 가자. 30분 뒤에 프론트 앞에서 만나자. 괜찮겠지?"

신혼여행 마지막 날이라고 전화를 해준 오빠가 그래도 고마웠다. 옆방에 아내가 자고 있다는 사실을 기억이나 해주니 이렇게 황송할 때가……. 이틀 동안 나에게 한 일이라곤 먹을 거 사다 주고 그냥 나가버리는 일뿐이었는데. 아무리 미워도 신부 아닌가? 오빠가 꽤나 미웠었는데.

지금 상태로는 지푸라기라도 잡고 싶은 심정이니까 잔뜩 긴장해서 괜히 신경을 곤두세울 필요는 없었다.

"예, 준비할게요."

오랜만에 화장대에 앉아 보니 거울에 비친 얼굴이 수척해 보인다. 우선 생기 있게 화장 좀 해보자는 마음으로 색조 화장을 시작했다. 분홍색 립스틱으로 거칠어진 입술을 마무리하자 그나마 얼굴이 좀 나아보였다. 그리고 창백한 얼굴 위로 내려온 머리들은 뒤쪽으로 꼬아올렸다. 그리고 스카프로 살짝 동여매 버렸다. 뭘 입을까 하고 고심하다 커플 티로 맞춘 노랑색 나시에 하얀색 헐렁한 스트링 바지를 입고 부리나케 호텔 로비 쪽으로 뛰어갔다. 거기엔 나와 똑같은 옷을 입고 멀뚱멀뚱 서 있는 오빠가 있었다.

잠깐 동안 오빠는 우리 둘이 똑같은 복장을 하고 있는 걸 보고는 눈동자의 초점을 잃어버렸다. 그렇게 날 잠시 쳐다보고 있었다.

난 오빠의 그런 모습에서 마치 소중한 것이 깨어진 듯한 느낌이 들었다.

내 가슴이 불규칙적인 호흡과 함께 오르락내리락하는데 나를 부르는 목소리가 들렸다.

"뭐 하니? 빨리 나가자."

이로써 결혼 후 처음으로 우리가 신혼부부라고 남에게 보여줄 수 있었다. 결코 행복해 보이지 않는 신혼부부이긴 하지만. 오빠의 지금 상태는 눈밑이 검게 그늘지고 수면부족으로 얼굴이 완전 30대 중반 아저씨처럼 보인다. 늙어 보여, 그런 오빠를 눈을 가늘게 뜨고 쳐다보자 날 향해 보여주는 건 웃음이 아니라 밤의 어둠처럼 어두운 눈동자였다.

주위에는 신혼부부로 추정되는 사람들이 팔짱을 끼고 한 손으로는 아내의 얼굴을 만지며 즐거워하는, 우리와 정 반대인 모습들이 많이 보였다. 하지만 우린 꼭 불륜 사이처럼 오빠는 앞에서 난 뒤에서…… 그렇게 호텔 문을 나갈 수밖에 없었다.

27

잠시 후, 우리는 푸른 제주도 바다를 보고 서 있었다. 작열하는 밝은 태양, 모래 해변을 씻는 파도, 아직은 조금 이른 듯한 피서객, 바다 냄새, 하늘을 나는 갈매기, 아주 평화롭다. 우리와 달리…….

"다빈아, 몸에서 힘 빼고 눈을 감아봐. 마음이 평온해질 거야. 이틀 동안 해봤는데 아주 좋았어."

그럼 혼자서 이 바닷가에 온 거야? 오빠……. 난 오빠를 따라 크게 기지개를 켜면서 신선한 바다 내음을 마시고 있다가 둘이 똑같은 동작을 한 게 겸연쩍어 같이 웃어버렸다. 마치 서로의 생각을 읽은 것처럼……. 제주도에 와서 처음으로 웃는 웃음이었다. 난 오빠의 얼굴을 정면으로 보지 못하고 옆모습만 살짝 보았다. 역시 오빠의 입가에도 작은 미소가 걸려 있음을 알 수 있었다.

"신혼부부세요?"

"……예."

"요즘 IMF라 손님이 거의 없는데 어때요? 제가 오늘 하루 두 분

싸게 모실게요."

"잘됐네요. 아내가 아파서 아직 제주도를 구경 못했는데."

"명색이 신혼여행인데 사진도 찍고 닭살도 떨면서 추억을 많이 남기셔야죠?"

이렇게 우린 마지막 하루를 평범한 신혼부부처럼 보낼 수 있었다. 짓궂은 사진사의 주문 때문에 고통스런 순간도 있었지만 그래도 한결 가벼워진 느낌이었다. 어쩌면 나만의 느낌일지도 모르지만…….

호텔 방으로 올라오는 엘리베이터 안에서 이상하리만큼 짜릿한 감각이 퍼지고 몸이 뜨거워지기 시작했다. 서로가 억제하지 못할 만큼 강렬하게, 서로에게 끌리는 자석처럼……. 오빠가 목 안 깊은 곳에서 야성적이고 거친 숨소리를 토해내면서 나의 몸에 덩굴식물처럼 자신의 팔과 다리를 휘감아버렸다.

"다빈아."

한번도 내 이름을 불러본 적이 없는 사람처럼 떨리는 목소리로 속삭였다.

자연스레 내 몸이 오빠 몸에 얽혀 들어가는 것을 느낀 순간, 짧은 신음 소리와 함께 내 입술이 엉망으로 망가지는 걸 느낄 수 있었다.

얼마나 하고 싶었던 키스였는지……. 땡 하고 문 열리는 소리도 듣지 못한 채 우린 스스로도 인정하기 어려운 은밀한 흥분에 빠져 있었다. 엘리베이터 문이 막 닫히려는 순간 우리는 간신히 밖으로 나올 수 있었다.

그리고 한 손으로 내 팔목을 잡아 방으로 들어오자마자 오빠는 날 벽으로 밀쳐버렸다.

난 커다란 그림자가 눈앞에 드리워지자 그 자리에 얼어붙었다. 어둠 속에서 꿰뚫듯 나를 바라보는 눈은 욕망으로 가득 차 보였다.

그리고 틈도 주지 않은 채 날 끌어안고 입술을 찾았다. 온몸에 소용돌이치는 절박한 욕구에 휩싸인 사람들처럼 아무리 헤어나려 해도 물리치기가 힘들었다.

오빠는 나의 머리를 묶고 있는 느슨한 스카프를 잡아당기고 머리칼을 서서히 자신의 입술로 가져갔다.

"이건 우발적인 사고가 아니야!!! 기본 욕구야. 설마 나보고 남은 평생을 금욕하며 살라는 건 아니겠지!"

"……."

"쓸데없는 싸움 하지 말자, 다빈아."

"오빠 내가 하는 짓이 반항하는 거 같아? 그래서 기분나빴어? 왜 내 마음을 이해하려고 하지 않아?"

"또, 또 그 소리야. 도대체 너만 보면 뜨거워지는 이 몸을, 이 마음을 어떻게 하라고. 사랑한다니까! 왜 그래. 정말 내가 죽어야 속이 시원하겠어!!!"

"하루아침에 쉽게 되진 않겠지만. 내가 오빠를 사랑하는 마음엔 변함없어. 그치만, 그치만…… 독점욕이라고 해도 좋아. 오빠가 나만 봤으면 좋겠어."

"너만 본다니까."

"아니야. 오빠 눈은 나만 보는 눈이 아니란 말이야."

"너…… 의부증 있니? 내가 아니라는데."

오빠의 날카로운 목소리에 난 다시 오늘 하루가 원망스럽기 시작했다.

"항상 이런 식이야. 나 지쳤어. 만나면 뭔가 빠져 있는 느낌, 첫사랑에 목매어 잊지 못하는 남자, 나 싫어.”

“그래? 그럼 너가 선택해. 내가 너 앞에서 사라져줄까?”

“마음대로 해.”

“아주 자극적인 협박이군. 싫다고 그랬어, 지금? 나도 이런 너 싫어. 그래서 다른 남자랑 키스했니? 기분좋았겠다.”

그래 당연히 그 말이 나와야 말이 되지 않겠어? 결국 우리가 이 모양 요꼴로 변해 버린 이유가 뭔데, 완전히 궤도를 벗어나게 된 이유가 모두 나한테 있다고는 말하지 못하겠지.

“그게 그렇게 거슬렸어? 웃겨. 자신이 한 죄는 모르고 엉뚱하게 나를 추궁하고 있다니. 기가 막혀 웃음이 나오겠네.”

“뭐야?”

“오빠만 바람 필 줄 알아? 나도 살과 피가 뜨거운 여자라고!!!”

내가 미쳤지, 그런 말을 하다니. 내 말에 오빠의 입술이 잔인한 경멸로 비틀어지고 거칠고 성급한 목소리가 그의 목에서 울려 나왔다. 내가 안간힘을 써서 지켜 내려고 하는 이 세계가 완전히 흔들리고 있었다. 이런 식은 아닌데. 절대로 부부간에 있을 수 있는 일이 아니야.

하지만 이미 내 앞에 있는 그가 짐승처럼 느껴지기 시작했다.

“그래. 얼마나 뜨거운지 볼까? 서로 싫어하는 사람끼리도 할 수 있는지 어디 볼까?”

그 순간 난 뭐가 잘못됐는지 깨달았다. 앞으로 30초 뒤에 난 무슨 일을 당하고 있을까?

남자의 근본적인 본능에 도전했을 때 남자가 어떻게 보복하는지 난 서서히 알게 되었다. 뒷걸음치던 나는 어느덧 오빠의 힘에 내리눌리는 불행을 당하게 되었다.

“손바닥도 마주쳐야 소리가 나는 이치와 마찬가지로 이것도 그렇
겠지?”

오빠의 빨라지는 손길에 내 얼굴은 시멘트 바닥처럼 차디차게 변
하고 있었다. 불행히도 오빠를 사랑하기에……, 그렇게 난 싸구려 행
각을 벌이듯 숨막히는 순간을 맞이하고 있었다. 왜 이런 순간 여자는
남자보다 힘이 세지 못한 걸까?

“악!”

 난 침대 가에 앉아서 하얗게 질려버린 아내의 얼굴을 보면서 이제야 내 자신이 지금 무슨 짓을 했는지 확실히 깨달았다. 통제 불능 상태로 치닫는 상황 속에서 강제로 아내를 눕혀 자신의 것으로 만들어버린 죄인이 되고 말았다.

 어떻게 이런 일을 할 수가 있었지? 내가? 마치 단단한 얼음을 망치로 두드려 깰 때 나는 소리처럼 둔탁한 소리와 함께 심장이 마비되기 시작하면서 그 생명을 잃어가는 꽃 한 송이를 볼 수 있었다.

 첫 번째 관계에서 보았던 혈흔과 다르게 지금은 시트가 붉게 물들어 있다. 많이 아팠냐고……, 미안하다고 얘기하고 싶어도 목이 메어 말이 안 나온다.

 억지로 남편 권리를 행사한 지금, 그런데 내 아내라는 사람의 입에서 나온 말은 기막히게도 내 머리의 꼭지를 또 한번 돌게 만들었다.

 "이제 수지가 맞았겠군요."

 수지라니……. 그런 터무니없는 말이 어디 있어. 엄연히 우린 신혼부부인데, 당연한 권리를 서로가 행사한 것뿐인데……. 물론 강제성을 띤 것이었지만, 마치 내가 이익이라도 남기려고 무리하게 흥정하는 것처럼 생각하고 있었다.

"미안해. 이건……, 내가 얼마나 널 사랑하고 있는지를 표현하는데 조금 서툴렀을 뿐이야. 용서해라. 순간 제 정신이 아니었나 봐."

"한번만 더 사랑했다가는 사람 잡겠군요. 의사라는 사람이 배 아픈 사람을."

이렇게 될 수밖에 없었던 게 꼭 전부 내 책임이라는 식으로 그녀는 말하고 있었다.

"그런 넌, 지금 아무 책임도 없다는 얘기야? 흥분한 나에게 피와 살이 뜨거운 여자라는 둥, 넌 생존을 위협 당하는 소에게 붉은 천을 흔들며 창살을 찔러대는 투우사와 다를 바 없었다고!!! 너와 사랑을 한다는 게 얼마나 내가 원하던 일인지 알아? 그만큼 나한텐 절박했었다고!"

난 열받아 목에 힘줄이 튀어나올 정도로 소리를 지르고 있었지만, 그녀는 나와 다르게 아주 냉소적으로 날 보면서 비웃듯이 말했다. 날 아예 미쳐버리게 만드는 말로써 자신의 입지를 굳히고 있었다.

"생존이라……. 침대로 가는데 일일이 구실을 만들 필요는 없어요. 마음대로 해요. 하지만, 하지만 이젠 나의 사랑까지는…… 줄 수 없다는 걸 알았어요. 그것까지 준다면 내겐 아무것도 남는 게 없어요."

"마음대로 해. 어차피 우린 사랑의 피해자들 아닌가? 사랑으로만 살 수 없는 게 부부관계니까."

"이제 속마음을 드러내는군요? 나 혼자 있고 싶어요. 이 방에서 나가주시겠어요?"

아주 날카롭고도 즉각적인 반응이었다. 나에게 처절한 응징을 하려는 사람처럼.

깊숙한 곳에서 타오르고 있는 분노와 반항심 때문에 화난 모습을 드러내며 나에게 이 방에서 나가달라는 그녀의 말에 머리가 텅 비어버렸다.

"나도 더 이상 이런 불결한 동물 취급받으면서 이곳에 있고 싶은 생각 없어!"

어쩌면 시작부터 엉망이 되어버린 결혼생활을 서로 비웃듯, 난 아무런 망설임도 없이 꽝 하는 소리와 함께 문을 닫아버렸다. 이로써 우리는 다시 한번 남보다 더 무서운 관계가 되어버렸다.

내 방으로 돌아온 뒤 아무리 생각하고 생각해도 도저히 끝이 나지 않는 이 줄다리기에 환멸을 느낀 나는 그녀를 사랑하기 시작하면서 생각했던 내 결혼관을 떠올려보았다.

첫사랑에 실패하고는 다시는 여자를 사랑하게 될 줄 몰랐었는데. 내가 생각했던 결혼은 아내를 위해 기쁜 마음으로 일하며 그녀가 하고 싶은 일을 하게 하면서…… 가끔은 내 자식 낳아달라고 조르며 사랑을 나눈다. 맛있는 것 사주고 싶고 좋은 옷만 입혀주고 싶고 자상하고 든든한 오빠로서 남편으로서 아빠로서 그렇게 살고 싶었는데.

하지만 그 모든 게 내 삶에서 떠나간 것처럼 보인다. 처음부터 내가 주도하지 못한 관계라서 그런가? 그녀는 나와의 만남 속에서 자신이 계속 피해를 받았다고 말한다.

더 이상 돌이킬 수 없는 상황까지 왔지만 우린 어차피 결혼한 부부라는 사실이 그나마 큰 위안이 되었다. 싫든 좋든 내 옆에 있을 거니까…….

아직까지도 내 하복부에서 떨리는 이 느낌은 그녀가 내 품에 잠시나마 머물렀다는 가녀린 햇살처럼 느껴졌다. 내 눈엔 오직 그녀의 존재와 그녀의 입술만이 보이는데……

나에게 있어 사랑하는 사람을 앞에 두고도 참아야만 하는 육체적 고통과 정신적 고통이 동시에 왔다는 것이 너무나 큰 장애물이었다.

"다빈아, 난 정말 널 사랑하는데 왜 나를 못 믿어."

그리고 나선 소리 없이 또 어둠 속으로 들어가 버렸다. 후~~~.

　내 자신도 이해할 수 없는 본능적이고 혼란스러운 아픔이 내 온몸을 괴롭히기 시작했다.

　가슴이 찢어질 듯한 통증이 오기 시작했다. 꼭 도깨비에 홀린 것처럼 믿어지지가 않았다.

　"아니야. 아니야! 이건 말이 안 돼!"

　마치 생각지도 않았던 폭탄이 터져버린 후 뿌연 연기에 휩싸여 숨을 쉬려고 노력하는 그런 애절한 사람이 되어 버린 것 같다. 인생의 모든 변수를 다 통제할 수는 없지만 이런 억지스러운 일을 당하게 되다니, 강간당한 느낌이었다. 배신자에게……

　"이, 이건 아니야."

　내가 생각했던 결혼은 남편을 위해 찌개를 끓이고 표백제를 넣어 빨래한 깨끗한 흰 가운을 입게 하고, 남편이 잠든 사이 손톱과 발톱을 깎아주며 때로는 애교도 부리면서 나에게 사랑이라는 게 얼마나 좋은 건지 알려주면서 천천히 날 은밀한 유혹으로 사랑해주고 사랑하는 사람의 아이를 키우며 알콩달콩 사는 게 꿈이었는데…….

하지만 이 모든 게 먼 나라 일로 느껴졌다. 가까이 하기엔 너무 먼 오빠가 되어버렸고, 오빠에 대한 나의 사랑도 시들어버린 화초처럼 점점 생명의 빛을 잃어 가고 있었다.

오빠가 나가고 난 뒤에도 난 아무것도 할 수 없었다.

아무것도 느껴지지 않았다. 우리가 과연 사랑을 하고 연애를 했으며 그 사람이 내가 이제까지 알았던 사람이 맞는지 의심스러웠다.

"정말 저 남자가 내가 사랑했던 남자가 맞아?"

아주 오만한 남자의 장단에 맞춰 춤을 추는 일은 이제 끝이 났다. 난 마땅히 사랑하고 사랑받아야 할 사람에게 버림받은 거나 진배없었다.

"흑흑흑, 내가 왜 결혼했을까?"

이 상황을 명확히 해야 하는 건 결국 내 몫으로 돌아와 버렸다.

이 미친 짓을 빨리 끝내야 한다는 경고의 목소리가 머릿속에서 울려 퍼지기 시작했다.

귓가에서는 벌떼가 윙윙거리고 끔찍했던 두통이 현기증과 함께 살아나고 있었다.

발가벗은 몸 위로 찬 공기가 스치는 것 같았지만 하복부를 강타하는 아픔과 어느 정도 진정된 배의 아픔이 다시 나의 목을 조여와 움직일 수가 없었다. 등줄기에 정체를 알 수 없는 전율이 지나가면서 몸이 떨려오기 시작했다. 더 이상 이런 몸으로 앉아 있을 수 없어 시트를 뒤집어쓰고 누워도 날 이 지경으로 만든 사람에 대한 분노와 좌절감이 사라지지 않았다.

"모든 게 뒤죽박죽 엉망이야."

숨을 쉴 수가 없었다. 아직까지도 오빠의 체취가 이 방 공기 속을 떠돌고 있는 것 같아 견딜 수가 없었다. 이런 기분 정말 싫어. 지금 나에게는 그 남자와 떨어져 있는 것만이 최선의 방법일 뿐이었다.

시트로 몸을 감싸고 누워도 점점 더 추워졌다. 너무도 추워 보이는 이 방의 기운과 내 기분이 맞물려 이곳은 사람이 자는 방 같지가 않다. 남자, 여자의 일은 백과사전이나 인터넷에서도 찾을 수 없는 인간 본연의 감정이 확실한 거 같았다. 누가 가르쳐주지 않으니 그 끝도 모르겠고 이제는 더 이상 오빠를 나를 서로가 사랑하는 사람이라고 여기고 싶지 않았다.

나의 기분을 엉망으로 만든 장본인을 계속 미워하면서 우는 일밖에는 내가 할 수 있는 게 없었다.

그렇게 난 외로운 보금자리에서 정신을 잃어버렸다.

| 30 |

어쨌든 점점 더 멀어진 사이로 그렇게 우린 신혼여행을 끝내고 시댁에서 마련해 준 30평 아파트에서 새 생활을 시작하게 되었다.

오늘부터 우린 법적으로도 부부가 되었다는 사실 외에는 아무것도 달라진 점이 없었다. 이제 결혼이라는 무덤에 평생 갇혀 사는 무기징역형을 선고받은 나였다.

신혼여행을 갔다 온 뒤로 오빠의 위선적인 반응은 나를 더욱 화나게 만들었다. 부모님들 앞에서 나에게 다정한 척 사랑하는 척해 주고 단둘이 있게 되면 안면을 바꾸어버리는……. 오빠의 그 차가운 눈이 내 내부까지 꿰뚫어올 것 같아서 이제는 내가 먼저 피하고 있었다. 역시나 오빠는 오늘도 또 들어오지 않는다. 그래, 민 다빈.

그 사람은 그 사람이고 나는 나야.

"천천히 목욕한 다음 책을 읽을 거야. 커피도 한잔 마셔야지! 그리고 눈물샘을…… 자극하는 영화를 볼 거야, 씨……. 나의 온전한 정신을 위해서 말이야."

혼자 있는데 이까짓 옷을 어디서 벗든지 무슨 대수야. 난 거실 바닥에서 욕실까지 걸어가는 동안 내 몸의 옷들을 한 꺼풀 한 꺼풀 벗어 내렸다.

마치 뱀이 허물을 벗는 것처럼, 지난 과거를 잊어버리려고……. 그리고 나서 난 아무것도 걸치지 않고 욕조 속에 몸을 담아 버렸다.

날씨가 더운데도 뜨거운 목욕은 기분좋아. 긴장이 풀어지는 느낌을 받으면서 난 눈을 감고 이 기분을 즐기려고 애써 노래를 부르기 시작했다.

"예스터데이……."

그때, 울려대는 전화벨 소리. 받을까 말까 하다가 혹시나 시댁에서 오는 전화일 수도 있다는 생각에 수건을 걸치고 나와 전화를 받았다. 그래도 시어머님께는 귀여움받는 며느리니까.

"여보세요."

"나야! 나 없어도 심심하지 않나 보지! 뭐 하고 있었길래 전화를 늦게 받아."

하지만 내 기대와는 달리 뜻밖에 오빠의 전화였다. 웬일이지? 결혼하고 처음으로 받아보는 오빠의 전화에 난 당황할 수밖에 없었다. 그럼 내가 오빠의 전화를 받으려고 항시 대기중이어야 한다는 말이야? 이거 참 기분 또 다운되려고 하네.

"웬일이에요, 전화를 다하고? 목욕하다 전화받는 중이에요."

오빠가 하는 얘기가 말 같지도 않다는 생각에 짜증부터 내 버렸다. 하긴 우리가 언제는 좋았었나?

"그래. 너가 알몸으로…… 내 전화를 받는다는 거야. 그거 참 기분 이상하게 만드는데. 문 열어. 아니지. 내가 열쇠로 문 열고 들어가지,

기다려.”

뭘 기다리라는 거야, 웃겨. 아니지…… 나 지금 알몸이지, 참! 그제 서야 난 급히 내 방으로 들어가 문을 잠구어 버렸다. 후~~ 큰일날 뻔했어.

그런데 왜 내가 오빠를 피해야 하는지 너무 슬퍼. 오빠가 문 따는 시각, 난 이미 내 방문을 잠그고 있었다. 방문에 기대어 거실에서 들려오는 소리에 난 수건으로 둘둘 말은 앞부분을 그만 내 손에서 놓쳐 버렸다. 훌훌 내려간 수건을 줍지도 못한 채, 난 그냥 멍하니 천장을 바라보고 있었지. 며칠 만에 집에 들어왔는데. 너무 보고 싶어.

“옷도 입지 않은 채로 들어갔단 말이지, 동작 하나 빠르군. 푸하하 하! 웃겨. 진짜 이게 무슨 신혼부부야.”

오빠의 절규에 가까운 웃음소리가 너무도 슬프게 들렸다. 그리고 다시 밖으로 나가는 소리가 들렸다. 아마 거실에 벗어던진 옷들이 오빠를 더욱더 자극했었겠지.

벽에 기댄 난 내 슬픔이 엷어지기를 기다렸다. 옷은 갈아입고 다니는 걸까? 날씨가 많이 더운데, 이럴 줄 알았으면 옷이라도 챙겨줄 걸 잘못했나?

결혼하고 열흘이 지난 지금, 난 닳아서 못 쓰는 걸레처럼 아무런 쓸모가 없는 사람이 되어 버린 것 같다. 오빠에게 옷 한 번, 식사 한 끼도 제대로 챙겨주지 못했으니. 이렇게 타인 보다 더 못한 사람들처럼 살 거면 정말 결혼을 왜 했지?

오빠를 그렇게 보내고 난 뒤, 나의 감정은 뭐라 말할 수가 없었다. 그저 눈물밖에 나오지 않는 내 자신을 다독일 수밖에…….

그때 또 전화벨이 울리기 시작했다. 혹시나 오빠 전화는 아니겠지하는 생각에 몸을 겨우 추스린 후 거실로 나와 전화를 받았다.

"여보세요."

"다빈아, 엄마다."

엄마라는 말에 난 얼른 흐르던 눈물을 손등으로 닦고 울고 있었다는 내색을 보이지 않기 위해 목소리를 다듬었다.

"엄마, 왜?"

"친정 엄마가 딸집에 전화도 못해?"

"우씨, 언제 엄마가 날 딸이라고 챙겨준 거 있수!"

"이런 걸 내 딸이라고, 내일이 이 서방 생일이라는 거 알고 있어?"

순간 난 거실 벽에 걸려 있는 달력을 보고 잠시 아찔했다. 오빠의 생일을 잊어먹고 있었다니 작년 같으면 난리법석을 10번도 더 쳤을 텐데, 올해는…….

"원래 남자 나이 서른 해 생일은 크게 하는 건데 결혼해서 처음 돌아오는 생일이니까 시댁에 전화해서 양해를 구하라고."

"무슨 양해?"

"이런 철딱서니 없는 거 봤나? 이런 걸 딸 둔 죄인이라고 하지. 내일 아침은 너가 미역국 끓어주고 저녁은 먹으러 오라고."

"……."

"왜 대답 안 해?"

"알았어. 오빠한테 물어보고."

"오는 걸로 알고 준비할 테니까 그럼 끊어. 그리고 남자는 안이 편해야 밖이 편한 거야. 엄마 말 명심해."

전화가 끊긴 줄도 모르고 난 계속 전화기를 들고 있었다. 내일이 오빠 생일이었어.

난 정말 왜 이러지. 그랬구나, 그래서 오빠가 집에 들어왔는데 내가 다시 쫓아버린 거나 다름없어. 난 그제서야 정신이 돌아온 듯 수화기를 내리고 오빠에게 핸드폰을 쳤지만 들려오는 소리는 맑은 여자의 목소리뿐이었다.

"고객의 전원이 꺼……."

어떻게 오빠에게 연락을 해야 할지 몰라 그날 밤 열대야가 아닌 서늘한 밤이었는데도 난 한잠도 잘 수가 없었다. 스스로 내 자신에게 던지는 질문 때문에 침대에 앉아 뜬 눈으로 지새우고 있을 때, 문 따는 소리가 들렸다. 시계는 4시를 가르치고 있었다.

난 반사적으로 일어나 거실로 나갔다. 오빠는 술에 찌들어 몸을 제대로 가누지도 못하고 있었다.

제대로 방을 찾지 못하고 있는 오빠를 부축하려고 팔을 잡자, 오빠는 내 팔을 차갑게 내치며 말했다.

"놔."

"오빠."

"오빠 좋아하시네. 난 남편이야, 남편. 말해봐, 남편이라고."

"……."

"이렇게 비참한 생일이라니. 너랑 생일을 같이……."

쿵하는 소리가 들렸다. 이번엔 술 먹은 척하는 게 아니라 정말로 술떡이 되어 들어온 오빠를 도저히 혼자 힘으로는 끌고 들어갈 수가 없었다. 거실에 누워 있는 오빠를 멍하니 쳐다보다 난 베개와 이불을 가지고 나와 덮어주곤 내 방으로 들어와 버렸다.

그리고 흐르는 눈물을 닦지도 못한 채 그냥 주저앉아 버렸다. 새벽 기운이 내 몸을 감쌀 때까지…….

"다, 다빈아. 물 좀……."

명색이 부인이라고 술 먹고 나를 찾는 소리에 부엌에서 미역국이 아닌 콩나물국을 끓이고 있던 난 급히 꿀물을 탄 물을 들고 오빠가 자고 있는 작은 방으로 급히 들어갔다.

방안에는 술 냄새가 진동을 하고 아직까지 잠에 취해 제대로 눈을 뜨지 못하던 오빠는 꿀물을 단숨에 마셔버리곤 다시 침대에 누워버렸다.

옷도 어제 입고 들어온 채로…….

"오빠."

"……."

"오빠, 눈 좀 뜨이면 나랑 얘기 좀 해."

"……."

"있지, 우리 엄마가 오늘 저녁에 밥 먹으러 오래. 오빠 생일이라고. 그리고 어머님께 전화 드렸어. 저녁때 친정에 간다고, 괜찮지?"

“……”

“왜 아무 말도 안 해?”

“알았으니까, 좀 나가줄래? 나 잠 더 자야 돼.”

“그럼, 일단 속 쓰리니까 해장국 먹고 자.”

“됐어…….”

“그래두…….”

“나, 귀찮게 하지 말고 너나 혼자 실컷 먹으라고 누가 보면 너가 내 생각 많이 하는 현모양처인 줄 알겠다.”

난 오빠의 짜증난 소리에 더 이상 뭐라고 말을 할 수가 없었다. 속에서는 이만한 게 부글부글 끓어오르고 있지만 오늘은 오빠 생일이니까 참는 거라고 내 자신을 다독거리며 그렇게 그 방을 나와 버렸다. 그리고 나 혼자 눈물의 밥을 먹기 시작했다.

어차피 난 오빠에게 쓸모없는 존재가 된 지 오래다.

남편이 아내 방을 찾지 않는 그것으로 우린 이미 깨져 버렸으니까.

그의 얼굴 어디에도 나에 대한 호의는 찾을 수 없었다.

자신과 더 이상 대화조차 하기 싫어하는 그의 무표정한 얼굴에는 아내라는 이름이 무색할 지경이었다.

이제는 아침에 일어나면 빈 침대를…… 비어 있는 옆자리를 손으로 쓰는 것으로 하루를 시작했다.

싸늘했다. 쓸쓸했다.

예전 사랑해요라고 말할 때의 그 기운은 행방불명이 되어 버린 지 오래다.

그만큼 삶에 대한 의욕이…… 없어져 버렸다.

자신에게는 사랑이라는 것이 결국 결혼이라는 덫에 갇혀 살게 만든 주범이었으니까…….

간신히 가라앉혀 놓은 마음이 오빠의 말 한마디에 또다시 허전함과 공허함으로 다가왔다.

"미안해요. 내 착각이었어요. 어쩌면…… 행복할 수 있겠다고 생각한 게."

결혼에 대한 환상을 일찍 깨버린 게 오히려 나로 하여금 진한 감정에 휩싸이지 않도록 해주었다. 남편에게 바라는 점이나 이렇게 해주었으면 하는 모든 소망의 싹을 일찌감치 잘라버렸기 때문에 난 어떤 충격적인 일에도 아무렇지 않을 수 있었다.

난 목에서 울컥하고 솟아오르려는 묵직한 울음을 삼키며 부엌을 나와 내 방 침대에 누워 버렸다.

쓸데없는 절망감이 몰려온다 해도 난 이겨낼 자신이 있어.

하지만 걱정이 되는 건 부모님 앞에서 행복한 결혼생활을 한다는 것을 보여줘야 하는데 그런 가식적인 행동을 할 수 있을런지. 눈치 빠른 엄마의 눈을 속일 수 있을런지.

이게 관습적인 결혼의 굴레겠지, 슬픈 결혼이 씌워주는.

32

친정집으로 가는 길은 나를 착잡하게 했다. 더불어 하늘까지 내 맘을 아는지 비가 장대같이 쏟아지고 있었다. 아무런 말이 없는 오빠도…… 나의 숨을 막히게 하고 있었다.

거기다 밀폐된 차 안에서 보는 리드미컬하게 움직이는 와이퍼마저 짜증나게 느껴졌다.

"미안해, 오빠. 선물 준비하지 못했어."

"됐어. 너가 그것까지 챙길 정도면 우리 사이가 이 꼴이겠어?"

"……"

그의 냉담한 반응에 비가 오는 날씨만큼이나 차 안의 분위기는 싸해졌다.

차라리 아무 말도 하지 말걸 그랬어. 오히려 손해만 본 경우야. 난 수치심에 얼굴을 일그러뜨리며 비가 오는 쓸쓸한 풍경을 보았다. 그 후 우리는 친정집에 도착할 때까지 더욱 삭막한 분위기로 갈 수 밖에 없었다.

역시 난 오빠가 없을 때가 제일 편해.

"이 서방, 어서 오게."

저녁때가 다 되어서야 겨우 정신을 차린 오빠와 함께 친정집에 왔지만 역시 아빠, 엄마의 눈에는 오빠만 보이나 보다. 엄마, 나도 좀 봐달라고, 너무 힘들어.

"엄마, 나도 왔어."

"이 서방, 얼굴이 왜 이래. 피죽도 못 얻어먹은 얼굴처럼. 하긴 우리 다빈이가 너무 어려서 시집가는 바람에 제대로 할 수 있는 게 없지. 미안하네, 이 서방."

"아닙니다. 제가 어제 술 좀 과했더니."

오빠를 양쪽에서 모시고 가는 우리 부모님을 보면서 난 입이 댓발은 나왔지만 달리 내가 할 수 있는 일은 없었다. 그만큼 오빠는 우리 집의 대단한 백년손님이니까. 부엌에 들어가자마자 식탁에 차려진 음식을 보고 난 까무러칠 뻔했다. 내가 22년 우리 집에 살면서 아버지 생신날에도 이렇게 차린 걸 못 봤으니, 기가 막히는구나.

"장모님, 뭘 이리 많이 차리셨어요."

"이게 뭐가 많아. 어서 들게나."

"아버지, 이거 보고 안 속상해요? 아버지 생신날에도……."

그때, 내 말을 막는 엄마의 야릇한 째림에 난 더 이상 아무 말도 할 수가 없었다.

"하여튼 나만 갖고 그래."

"이 서방, 이해하게. 어쩌겠나, 철없는 딸년을 시집보내서……."

"아닙니다."

"어서 들자고."

엄마의 엄청난 차별 속에서 난 아버지의 말씀 한 마디에 힘입어 겨우 수저를 들 수 있었다. 그리고 얼마 후, 아버지와 반주로 나눈 술에 오빠는 또다시 얼굴이 붉어져버렸다.

"그만 먹어요. 오빠!"

"괜찮아. 걱정하지 마."

"어제도 과음했잖아요?"

내 말에 전혀 아랑곳없이 술을 마시는 오빠를 보다 못해 난 오빠가 들이키려는 소주잔을 냉정하게 잡아버렸고, 나와 오빠의 시선은 한 순간에 얽혀버렸다.

그의 메마른 눈빛이 내 맘을 아프게 하고 있었다.

"이 서방, 이거 너무 섭섭해. 남편이라고 챙겨주니 말이야. 이래서 딸년들은 시집가면 남의 식구라고 하지. 허허허."

아버지의 허탈한 웃음도 내 귀에는 들려오지 않았다. 오로지 내 남편이라는 오빠의 눈빛만 느끼고 있을 뿐이었다.

"그런 거겠죠? 지금 다빈이가 이러는 행동은 날 생각하는 이유에서 이러는 거겠죠?"

"당연하지. 자자, 이쯤에서 끝내자고."

"예……."

33

“후우, 답답해.”

결혼하기 전에 내가 쓰던 침대에 오빠가 술기운에 누워 있는 바람에 난 이러지도 저러지도 못하고 거실 소파에서 한숨만 내쉬고 있었다. 어제부터 먹은 술이 깨지 않아 더 저러고 있겠지.

“너 땅이 꺼졌냐? 왜 한숨만 내쉬고 있어.”

한숨을 쉬고 있는 나를 보다 못한 엄마가 한 소리 하셨다.

“어어, 집에 가야 하는데 오빠가 저렇게 누워 있으니 말이야.”

“지지배, 걱정도 팔자다. 여기서 자고 가면 되지. 뭔 걱정이야.”

그렇지. 그런데 엄마, 우린 지금 그럴 사이가 아니라 이거지. 한 침대에 누워서 잘 만큼 그렇게 사이좋은 부부가 아니란 말이야.

“우씨, 저런 고물 침대에서 둘이 자라고. 진작에 침대 바꾸어 달라니까.”

“맞다. 이 서방 불편하겠다. 내일이라도 당장 침대를 새로 들여야겠는데.”

아이고, 두야! 정말 못 말리는 우리 엄마야. 내가 몇 년을 조르고 졸라도 꿈쩍도 안 하시던 분이 오빠가 불편하다는 이유만으로 저렇게 돌변하시다니 완전히 중증이야.

"엄마, 오빠가 그렇게 예뻐?"

"그럼, 그걸 말이라고 해. 동네사람들이 의사 사위 맞았다고 한 턱 내라는 통에 정신없어. 수빈이도 의대에 보낼 거니까 매형이 버티고 있으면 아무래도 좋잖아."

"그래."

"너희들 괜찮은 거지? 아무 문제없는 거지?"

"당연하지. 걱정하지 마."

엄마가 걱정스레 물어오는 질문 때문에 난 더 이상 그 자리에 있을 수가 없었다. 그래서 겸연쩍게 엄마 앞에서 하품을 하기 시작했다. 그런 내 행동이 내가 오빠 옆에 빨리 가고 싶다는 표시로 보였는지 엄마는 웃으면서 빨리 들어가 자라고 손짓을 하셨다.

"엄마랑 얘기 좀 하다가 자려고 했는데 안 되겠다. 엄마도 빨리 낭군 옆에 가서 주무슈."

"오늘 밤은 다 잤어. 저 양반은 약주만 하시면 코를 드르렁드르렁고니까 말이야."

"그래도 엄마, 아빠 밉지 않지?"

"하긴. 모두들 명퇴 어쩌고저쩌고 하는데 저 나이에 돈 벌어주는 것도 큰 힘이지, 뭐."

"……"

"우리 딸이 시집가더니 다 컸어."

"엄마, 나 잠 온다. 들어가서 잘게. 수빈이는 오늘도 늦는가 봐."

“걔가 오늘도 도서관에서 날 새려는가 보다. 먼저 들어가서 자.”

엄마와 오랜만에 모녀지간다운 대화를 나누어서 그런가? 생각보다 가벼워진 맘으로 내 방에 들어설 수 있었다. 잠든 오빠의 모습을 보면서 한쪽 가슴이 찌리리해지는 걸 느꼈다. 언제쯤이면 오빠를 보고도 아무렇지 않을까? 아마 그건 내 눈에 흙이 들어가기 전에는 불가능한 일일 거야.

난 가뜩이나 좁은 싱글 침대를 반 이상 차지한 오빠의 몸에 밀려 겨우 몸을 한쪽으로 뉘었다. 하지만 옆에서 세상 모르게 자고 있는 오빠의 따뜻한 입김이 느껴지자 온몸에 전류가 흐르듯 입을 맞추어주고 싶어졌다. 이렇게 사랑하는데 왜 그런 마음이 행동으로 표현되기 어려운지…….

오빠의 옆에 누워 있으려니 조금씩 풀어지려고 하는 마음에 살짝 행복해하고 있을 때, 침대 옆에 놓아둔 오빠의 핸드폰이 울렸다. 난 벨소리에 오빠가 깨기라도 할까 봐 얼른 핸드폰을 들고는 한번도 보지 못한 번호가 뜨는지라 그냥 플립을 열고 듣고 있었다. 하지만 그 전화의 주인공은 그 여자였다.

“민혁아, 너 오늘 생일이지?”

“…….”

“왜 아무 말도 안 해. 생일 축하해. 혹시 와이프랑 같이 있으면 그냥 듣고 있어.”

“…….”

“있지. 오늘 외로워서 혼자 쇼핑 다녔다. 그러다가 너가 똑같은 와이셔츠랑 넥타이 며칠씩 매고 오는 게 생각나서 생일 선물도 줄 겸 샀어.”

뭣이라! 왜 이 여자가 오빠의 옷을 사! 잠시나마 좋았던 기분이 싹 사라져 버렸다.

하지만 그 여자의 다음 말이 나로 하여금 아무 말도 못하고 전화를 끊게 만들었다. 더 이상 듣고 있다가는 친정에 와서 미쳐 버리고 말 것 같은, 도저히 제어할 수 없는 더러운 기분에 사로잡히게 될까 봐…….

"너, 집에 안 들어가지? 신혼이라는 사람이 하루 종일 축 처져 있고……."

탁, 기분나쁘게 전화를 끊어버리고 방바닥에 앉아 눈물을 삼킬 수밖에 없었다. 나도 기억 못한 생일을 어떻게 이 여자가 기억하지.

맞아. 이 여자 말이 하나도 틀린 게 없잖아. 한참 좋아야 할 신혼에 이렇다 할 접촉도 행복감도 아무것도 느낄 수 없잖아. 이럴러면 뭐 하러 결혼에 목맸는지…….

언제쯤이면 이런 마음이 제자리로 돌아올 수 있을까? 저 여자 혼자 난리 떠는 거라고 생각하면 쉬울 텐데. 아무래도 오빠가 같이 즐기고 있을 수도 있다는 생각이 들자 도저히 이렇게 있다간 어쩌면 진짜로 아내 자리를 그 여자에게 넘겨줘야 할지도 모른다는 불안감이 솟았다. 난 베개를 방바닥에 던져버리고 베개 속에 내 얼굴을 묻었다.

자고 있는 오빠를 깨우지 않기 위해 뚝뚝 흐르는 눈물을 그냥 베개 속으로 떨어뜨렸다.

왜 그게 마음대로 되지 않을까? 결국 오빠와 같이 한 방에서 자는 기회가 왔음에도 난, 오빠에게서 더욱더 멀어질 수밖에 없었다.

34

이틀 뒤, 아이러니하게도 난 병원내과 외래를 기웃거렸다. 한 손엔 옷 가방을, 또 한 손엔 도시락을 들고. 때마침 진료시작 전이라 환자는 없었다.

하지만 꼭 내가 보라고 문이 열려져 있는 것 같이 진료실 문은 반쯤 열려 있었고 진료실 안쪽에서는 비뚤어져 있는 남편의 넥타이를 매만져주는 그 여자의 목소리가 내 귀에 또렷이 들려왔다. 난 벽에 바짝 기대어 숨을 죽이고 그 둘을 보고 있었다. 너무 힘들었지만 그래도 보고 싶었다. 그래, 둘은 보기 싫어도 봐야 하는 직장동료잖아.

오빠의 넥타이를 만지며 은근히 허벅지를 갖다대는 그 여자가 너무도 얄미웠고 죽이고 싶도록 미웠다. 옛날 같으면 그냥 지켜볼 내가 아닌데 언제부터 이렇게 약해졌지. 서서히 눈가에 고이는 눈물을 닦으며 사설탐정처럼 그들을 지켜보고 있었다.

그런 모습을 지켜만 봐야 하는 난…… 욱신대는 통증이 마냥 살아 이곳저곳을 쑤시고 다님에 눈물을 흘려야 했다.

"하지 마요, 과장님."

"도대체 나한테 왜 그래? 이 정도는 해줘도 되잖아? 지나가다 넥타이가 마음에 들어 셔츠랑 세트로 한 벌 샀어. 정 부담스러우면 생일 선물이라고 생각하면 되잖아. 입어봐, 빨리."

하지만 바닥에 뭔가 툭 떨어지는 소리가 들리면서 다급한 오빠의 목소리가 내 귀에 들렸다.

"더 이상 절 피곤하게 하지 마세요. 전…… 결혼한 몸입니다."

오빠의 말에 그 여자는 거의 발악에 가까운 웃음소리로 결혼한 몸이라는 말을 비웃었다. 아마 오빠의 옷을 보고 하는 말인 것 같았다.

"결혼한 사람이 매일 똑같은 넥타이 매고 오니? 풋내기 시절 꼬락서니를 하고 있어. 넌 내가 과장이라는 자리에 있는 동안은 날 함부로 막 못 대할 걸."

그 말을 들은 난 다리가 후들거려서, 아니 내 욕심만 채우고자 오빠를 희생시키는 것 같아 눈물이 앞을 가려 서 있을 수가 없었다. 대기석 의자에 앉아 떨어지는 눈물을 닦으려고 가방에서 손수건을 꺼내는 순간 아주 단호한 오빠의 목소리가 들렸다.

"이 병원 그만둘 겁니다. 자꾸 이러시면."

"그럼 가봐. 요즘은 의사도 아주 넘치니까!!!"

더 이상 마음이 떨려 그 자리에 있을 수 없었다. 옷 가방과 점심 도시락을 외래 안쪽에 놓아두고 그 자리를 도망쳐 나왔다.

오빠가 병원을 그만두지 않는 이상 그들의 인연의 고리는 끊기 어렵다. 그걸 알아버린 난 어떡해야 하지? 저 악녀의 마수에서 벗어날 수는 없는 거야?

하지만 요즘은 의사도 쉽게 일자리를 구하지 못한다는 걸 난 몰랐었다. 겉으로 보이는 느낌과는 사뭇 다른 의사들의 생활, 정말 멋있게 보였었는데…….

아직까지 결혼했다는 말이 무색할 정도로 우리에겐……행복이라는 단어가 어울리지 않았다.

보고 싶지 않은 환영들에 기진맥진한 난 아내로서 실패한 느낌이었다.

새장 속의 새가 주인 몰래 서서히 죽어가고 있는 것과 뭐가 틀려?

"이제는……."

정말 내가 오빠의 아내로서 어울리는 사람인지 언제까지 철부지 어린애처럼 행동을 해야 하는지. 당당해야 하나, 아니면 오빠를 포기해야 하나. 답은 뭘까? 정처 없이 다니다 내 발길이 멈춘 곳은…….
그래, 이거야. 이 길밖에 없어.

35

오늘 받아 든 옷과 도시락이 하루 종일 날 즐겁게 했다.

선배 때문에 열받아서 씩씩거리고 있다가 다빈이가 빨아다 준 향기 나는 속옷과 구김 없는 와이셔츠, 양말을 보았을 때 난 그것들을 내 코에 갖다대고 다빈이의 향기를 맡으려고 했었지. 그리고 내가 좋아하는 불고기가 들어 있는 도시락, 진료실 책상에서 선배한테 보란 듯이 먹었어.

너무도 오랜만에 느껴보는 행복이었어. 아니 결혼하고 처음이네.

큭큭큭, 처음으로…… 집에 가는 게 기다려졌어.

끝나자마자 집으로 돌아왔지만 있어야 할 그녀는 보이지 않았다. 그래, 우린 실제보다 상황을 더 과장해서 생각한지도 몰라. 아직은 기회가 있다구!!! 포기할 정도로 절망적이지는 않아.

일단 분위기 있는 음악을 들으며 찐하게 블루스 한 곡 땡기는 거야. 그리고……??♪ 콧노래를 부르기 시작했다. 전화도 받지 않는 다빈이를 위해 즐거운 마음으로 케이크도 준비하고 샴페인도 준비하고 기다렸건만……. 그녀는 오지 않았다. 뻐꾸기 소리가 11번을 울리며 시간을 알릴 때까지도.

"무슨 일 있나? 왜 안 올까?"

이제 서서히 초조해지기 시작했다. 급한 마음에 밖으로 나가보니 슬며시 사람 그림자가 나타났다.

"누구? 다빈이니?"

"엥! 이게…… 누구셔? 오빠네!"

"술 마셨어? 빨리 들어가자."

"아니, 조금밖에 안 마셨어? 에이, 나 술고래인 거 알면서."

귀엽다, 술주정 부리는 것도. 아니 앙증맞게 논다고 해야 하나. 할 수 없이 다빈일 침대에 눕혔다. 하지만 너무 억울해. 후~~ 오늘만 날은 아니겠지. 난 아쉬운 듯 벽면의 스위치를 누르고 나가려니 뒤에서 이상한 소리가 들린다. 분명히 잘못 들은 건 아닌데.

"오빠, 나 좀…… 안아줄래?"

"어?"

그녀를 안는 느낌을 기억하는 것만으로도 땀방울이 송글송글 맺히는데 지금 나 유혹 당하고 있는 거 맞지? 다빈이가, 내 아내가 마음을 다시 열었다고 생각하니 아니 맨 정신으로는 할 수가 없어서 술 먹고 왔다고 생각하니, 기분이 너무 좋았다.

오늘따라 모든 상황이 단방에 변해 버렸다.

몸은 휘청거려도 역시 너도 날 원했던 거야. 오냐, 꼭 안아주고 말고. 이 팔이 부러지는 한이 있더라도 안아주지. 사랑하는 여자를 앞에 두고도, 그것도 아내라는 자리에 있는 여자를 안지 못하고 억제한다는 건 너무도 불가능해.

그녀의 유혹은…… 마치 심한 태풍 속을 표류하다 어느덧 잠잠해
진 바다를 보면서 이제는 살았구나 하고 환희를 느끼는 것처럼 내 머
리를 맑게 비추어주었다.

침대에 올라가니 내 허벅지에 그녀의 다리가 느껴졌다. 맨살의 미
끄러움이란, 꼭 도깨비에 홀린 것처럼 복부 아래쪽에 끓어오르는 열
기를 그녀가 모두 가져가기 바라며 난 그녀의 입술을 살며시 쓸었다.
그녀의 몸은 일순 경직되었지만 순순히 나의 키스를 받아들였다. 이
윽고 나의 입술이 그녀의 코와 뺨, 턱을 따라 이동해서 귓불에 이르
렀다.

난 그녀의 귀에 달콤한 말로 속삭여주었다.

"우리가 침대에 같이 있게 될 거라는 걸 난 오늘에야 알았어. 다빈
아, 사랑해."

그 순간 다빈이 눈에서 흐르는 눈물의 의미를 난…… 알지 못했다.
단순히 기쁨의 눈물이라고 생각했지.

"두고 봐. 너가 내 옆에 있을 땐 언제든지 너에게 키스할 핑계거리
를 만들고 말 거야. 내 등에 너의 손을 올려줄래?"

날 꽉 안아주는 다빈이의 행동에 자신감을 얻은 난 행복이라는 게
뭔지 알게 되었다. 내 귓가에 들리는 다빈이의 신음 소리를 들으며
결혼한 후 처음으로 느끼는 쾌감에 몸을 맡겼다. 내 품안에서 몸을
비트는 그녀의 뺨에 입을 맞추고 몸무게 전체를 실어 그녀에게 고문
의 강도를 증가시키며 난 그렇게 행복을 맛보았다. 내 왼팔에 다빈이
의 머리를 안고 잠에 빠져 들었다. 그게 다시 오지 못할 행복의 밤,
비운의 밤인지도 모르면서…….

 사랑을 나눈 후에 찾아드는 나른함이어서 그럴까? 아니면 그 행복에서 깨기 싫어서 그럴까? 벽창호처럼 뒤늦게야 진실을 깨달은 아이처럼 누군가에게 매달리고 싶어졌다. 난 오랜만에 늦잠을 자고 있다. 아니, 눈은 뜨고 있지만 그 눈빛은 누굴 기다리는 듯 애절하다. 스르륵, 다가오는 인기척에 다시 눈을 감았다.

 "오빠. 많이 피곤해요? 벌써 7시인데. 병원에 늦으…….."

 난 앞치마를 두르고 나를 깨우러 온 다빈이가 지옥에서 헤매다가 만난, 천국으로 나를 인도해줄 천사로 보였다. 나만 안을 수 있고, 나만 사랑한다 말할 수 있는 천사.

 침대에 누워 날 쳐다보고 있는 다빈이를 두 손으로 당겨 내 품에 안아버렸다.

 어젯밤 그녀와 사랑을 나누면서 사랑, 행복…… 이런 단어들을 떠올렸다.

 적어도 자신과는 어울리지 않는다고 믿었던 말들이었는데 결국 단 한번의 관계로 역전시켜 버렸다.

갑자기 달라진 그녀의 태도에 당황하긴 했지만 난 너무나도 지친 이 결혼에 대해 반항할 힘도 없고 손가락 하나 까딱할 힘이 없었다.

그리고 그녀를 품에 안고 싶은 욕망에…… 신음하는 것도 지쳤어.

"왜 이래요?"

"난 왜 너한테 면역성이 없는 걸까? 이렇게 안고 있어도 또 안고 싶어지니."

"오빠 아기 같아."

결혼하고 처음으로 같이 맞이한 아침은 나에게 아이의 투정처럼 응석을 부리고 싶게 만들었다.

계속 지금 같은 느낌이 이어진다면 좋을 텐데…….

"오빠! 은근히 웃긴 거 알아요. 오빠가 코를 그렇게 심하게 고는지 처음 알았어요."

다빈이의 퉁명스러운 핀잔에도 난 웃음으로 일관해 버렸다.

이제 슬픔 싹! 불행 싹! 행복만이 날 주인처럼 기다리고 있는 중이니까…….

"매일 밤 들으면 나중에는 자장가 소리로 들릴 거야, 걱정 마."

"알았어요, 알았으니까 지각하고 싶지 않으면 빨리 일어나요."

내 기분도 모르고 일어나라는 다빈이가 쬐끔은 미웠지만 어차피 일어나야 하니까. 하지만 이렇게 쉽게는 못 일어나지.

"굿모닝 키스 해주면 일어날 거야."

"……."

"왜? 싫어? 난 그런 사소한 것들을 하고 싶어. 아침에 일어나서 잠 깨라고 남편의 입술에 해주는 키스. ㅋㅋㅋ 혹시……?"

나의 능청스러운 질문에 다빈인 가슴이 또 철렁한가 보다, 얼굴 표정이 변하는 거 보니. 하긴 얼마나 당했으면 그럴까? 미안해. 절대 이건 심각한 거 아닌데.

"너, 내 입 냄새날까 봐 못하고 있는 거지?"

다빈은 아니라고 고개를 내젓다가 아니라는 걸 보여줘야만 믿겠다는 눈치인 나의 입술에 부드럽고 느린 키스를 해주었다. 키스를 하는 동안 난 다빈이의 입술이 떨고 있는 걸 알아채고 속으로 말했지.

바보야, 키스를 그렇게 해주면 당하는 사람이 불안해서 하겠어? 이제부터 넌 키스하는 법부터 배워야겠다.

살며시 입을 떼는 다빈이. 어젯밤 입맞춤 때문인지 그녀의 입술은 살짝 부풀어 보였다. 난 그런 그녀를 향해 세상을 다 얻은 승리자의 웃음을 보여주었다.

"이러다 지각하면 어떡해. 아쉽지만 후반전은 저녁에 하자. 내가 KO시켜 줄 테니까."

내 말에 싱긋이 웃는 다빈일 보면서 아무리 봐도 미소가 부자연스럽다고 생각했지만 더 이상 어렵게 생각하지 않기로 했다. 어떻게 안 아본 다빈인데……. 이런 기분으로 병원에 갈 수 있을까? 언제나 그렇듯 그녀의 유혹을 견뎌낼 재간이 없었다. 아, 그냥 다빈이를 내 품에 안고 자고 싶다.

"시계는 확실히 가는 거겠지?"

37

"와! 이거 전부 다 너가 한 거야?"

결혼해서 처음으로 챙겨 준 식탁 위에 차려진 음식들을 보면서 오빠는 어쩔 줄을 몰라 한다.

처음으로 집에서 먹는 아침이었다.

"미안해요. 그 동안 아침 못 챙겨줘서……."

"2인분의 식탁이라, 무척이나 가정적인 풍경이야.♥♥♥ 여기에 조그만 숟가락이 하나 더 놓인다면 더 말할 필요도 없구!"

오늘따라 여유로운 오빠의 표정에 난 정신을 차릴 수가 없었다.

그 커다란 눈이 행복해하는 모습에 나도 덩달아 장단을 맞추어 주고 싶었다.

내 행동에 너무도 즉각적인 반응을 한다는 사실이 내 마음을 더욱 아프게 했고 나 또한 오빠의 행동이 싫지 않았다.

아내라고 느껴지는 그런 느낌이었다.

"……."

"근데 오늘따라 너, 표정을 읽을 수가 없다." 우물우물.

"맛있어요? 이거."

오빠의 밥 위에 장조림을 올려주면서 난 입에 넣기를 주저하는 오빠를 보면서 얼른 시선을 돌려버렸다.

아직도 오빠는 밤의 연장선의 눈빛을 계속 보내오고 있었다.

"왜요?"

"기왕이면 너가 먹여주면 더 좋은데."

"먹여줄까요?"

내가 오빠의 숟가락을 빼앗는 시늉을 하자 오빠는 당황스러워했다. 갑자기 너무 바뀐 내가 적응이 안 되었나 보다. 마치 이러다 또 무슨 일 터지는 거 아니야 하는 생각으로 나를 보고 있었다. 폭풍전야 같은 고요함이 꼭 이런 식이잖아.

"왜 그래? 농담이야. 오늘 우리 저녁 밖에서 외식할까? 63빌딩 라운지에서 분위기도 잡고 말이야."

"좋아요."

"그래 좋았어, 내가 진료 끝나고 전화할게. 준비하고 있어. 진작 이랬으면 얼마나 좋았어. 아쒸! 신혼여행 다시 가고 싶다."

은근히 나에게 추파를 던지며 출근하기 싫어하는 오빠를 난 등을 떠밀다시피 밀어내 버렸다.

"저녁에 또 보면 되잖아요?"

"알았어."

오빠를 기분좋게 출근시키고 나서 안방으로 달려간 난 가방에서 몇 장의 서류를 꺼냈다. 어린애처럼 내 변화를 좋아라 하는 오빠에게 또 한방 먹이려고 작정하는 나, 이게 옳은 선택인지 내가 옳은 방향으로 가고 있는 건지 제대로 살 것인지 반은 죽은 채로 살 것인지 내 선택이 알려 주겠지.

결국 난 이런 선택을 해 버렸어.

눈물이 걷잡을 수 없이 흘러 내렸다. 이렇게밖에 할 수 없는 내가 너무 싫다, 완전 질려 버렸어. 내가 나라는 사람한테……. 정말 정떨어지게 싫은 성격이야.

하지만 언제까지 오빠와 그 여자를 바라보면서 오빠에게 좋지 않은 일이 생겨난다면 난 살 수 없어, 정말. 이 선택은 날 살려줄 거야.

38

63빌딩 17층을 걸어올라 갔다면 미쳤다고 할까나? 이 더운 7월 말에 난 지금 오른발 왼발, 숨 들이마시고 내쉬기, 아무 생각 없이 할 수 있는 그 단순한 동작들을 연습하며 올라가고 있다.

그게 내 마음이었으리라. 그리고 목적지에 도착하자 나를 향해 손을 흔들고 있는 오빠가 보였다. 이제 저 모습 보는 것도 얼마 남지 않았겠구나.

"어! 여기야."

의자를 뒤로 빼면서 가급적 오빠 얼굴과 피하려 했건만 역시 이곳은 너무 화려하다. 숨기고 싶은 걸 숨기지 못하니까.

"벌써 왔어요?"

"뭐야!!! 웬 땀을 이렇게 흘려. 냉방장치가 잘된 이곳에서 말이야. 혹시 몸이 안 좋아?"

"아니요. 계단으로 걸어올라 왔어요."

"내가 무슨 원더우먼이랑 결혼했어? 이 더운 날에……."

　말은 쉽게 내뱉었지만, 오빠는 내 생각을 읽은 사람처럼 나를 계속 바라보고 있었다. 그 시선에 내 볼이 붉어지는 걸 느끼며 내가 얼굴을 돌려버리자 오빠는 무슨 할 말이 있냐고 물어왔다. 다가오고 있는 무언가에 대한 예감이었을까.

　"나한테 할 말 있어?"

　"아니요. 나 배고파요. 맛있는 것 좀 먹게 해줘요."

　"그래. 어서 먹자."

　난 정말 맛있게 먹었던 것 같다. 꼭 최후의 만찬 같은 심정으로……. 가끔씩 아빠처럼 내 입에 먹을 것을 넣어주면서 오빠는 웃곤 했다.

　그리고 우린 다정히 팔짱을 끼고 전망대로 올라가면서 그 동안 어두웠던 마음을 털어버리려고 무진장 애를 썼다.

　"와……! 서울 야경 정말 멋있네. 오랜만에 봐서 그런가? 쌍둥이 빌딩도 오랜만에 보는 것 같고, 하긴 이렇게 마음 편히 뭘 느껴보는 게 얼마 만인지 모르겠다."

　미안해요. 오빠의 그런 기분을 또 망가뜨리려고 하고 있어요. 또다시 난 감정의 딜레마에 빠졌다. 무슨 말로 서두를 꺼낼 것인가, 내가 한숨을 내쉬기 시작하자 오빠는 꽤나 눈치가 쓰이는 모양이다.

　"다빈아, 무슨 말 좀 해. 여기 답답하면 우리 한강 둔치 쪽이나 유람선 타러 갈까?"

　헉! 그래 저거야. 쌍둥이 빌딩 핑계 대면 어쩌면 쉽게 말을 건넬 수 있을지도 몰라.

　"나, 쌍둥이 빌딩 보고 싶어요. 여기 말고 뉴욕 쌍둥이 빌딩."

　"나중에 나랑 같이 가자. 아니 이 참에 신혼여행 한번 다시 갈까?"

“아니. 나…… 혼자서요.”

앞에 있는 오빠를 차마 보지 못하고 딴 데로 눈길을 돌리면서 난 잔인하게 내 할 말을 해 버렸다. 아주 좋았던 기분을 한순간에 저 아래로 떨어뜨려버린 내 말에 오빠는 심호흡을 하며 흥분을 감추려고 애쓰면서 목에 뭐라도 걸린 듯한 목소리로 내 말을 확인하려는 듯 내 얼굴을 두 손으로 꽉 잡아버렸다.

“지금…… 무슨 말 하려는 거야.”

“말 그대로요. 결혼하기 전에 내가 걸었던 조건 기억나요?”

“그건…… 화가 나서 한 말 아니었어? 미쳐. 이거 완전 뒤통수 때리는 일이네.”

“오빠…….”

“이건 완전 한방 먹이고 강행돌파하겠다는 얘기야 뭐야! 믿지 못할 게 여자 마음이라더니, 웃겨. 너 어젯밤에…… 아침에 나에게 보여준 행동은 다 가식이었어? 이런 말하려고 나에게 우는 애 젖 주는 양 선심 쓴 거였어? 그런 거야? 그렇게 내가 너에게 부담스러워?”

오빠의 검은 열기가 소용돌이치면서 나에게 솟구쳐 난 잠시 돌처럼 굳어졌다. 화가 나서 씩씩거리며 엘리베이터를 타러 나가는 오빠를 뒤쫓아가 함께 엘리베이터를 탔다. 둘 사이엔 뭔가 모를 불안감이 흐르고 있었다.

그때, 단단히 뒤로 묶여 있던 내 머리카락들이 흘러내려 앞을 가릴 정도로 내 머리를 꽉 움켜잡는 손이 있었다.

“내 얼굴 똑바로 쳐다보고 말해. 다시 말해봐. 아니지? 나 놀리려고 하는 말이지, 다빈아.”

나 자신이 어쩔 겨를도 없이 한쪽 구석으로 몰아세우기가 시작되고 있었다. 그래도 난 이미 각오 되어 있어.

"나…… 가고 싶어요. 보내줘요, 제발."

애처로운 시선을 하면 동정표를 얻을 수 있을까? 난 오빠에게 다시 한번 가고 싶다고 흐릿한 소리로 말해 버렸다. 하지만 오빠는 너무도 강경했다.

자신의 고개를 마구마구 흔들어 보이면서 날 점점 엘리베이터 구석으로 몰아넣었다. 우리 사이엔 단 1cm 간격도 없어 보였다. 너무 숨막혀!

"그건 절대로 안 돼. 그럼 결혼은 왜, 왜 했어? 누구 갖고 노는 거야, 지금?"

"……"

"그저 결혼한 척 어설픈 흉내만 내는 거였다면, 큰 오산이야. 어쩐지 이상했어. 넌 내 아내라고!!! 여기서 이렇게 맘대로 안고…… 키스할 수 있는……."

내 입술을 비집고 들어오는 느낌은 거의 모욕적이었다. 거기다 한 술 더 뜨는…… 가슴을 헤집는 행동은 나의 마음을 찢어놓기에 충분했다.

63빌딩 엘리베이터는 연인들이 키스하기 딱 좋은 장소라지. 한때는 오빠와 이런 낭만적인 키스를 원했었는데. 난 무의식적으로 남편의 입술을 또 깨물어버렸다.

왜 이러지, 정말? 오빠는 번개라도 맞은 듯 넋이 나간 표정이었다.

"하하. 그래. 너가…… 결국…… 이렇게 결혼 생활을 버리겠다구? 이렇게 우습게. 하긴 우린…… 결혼생활이 어떤 건지 거의 기억조차 없으니 떠나기 쉽겠지."

"이혼한다는 게 아니라……."

"그 말이 그 말이지. 결국 나 혼자 놓아두고 떠나가겠다는 얘기 아냐!!! 너 혼자 잘 먹고 잘 살려고……."

그때, 엘리베이터가 밉게도 땡 하고 도착을 알렸다. 엘리베이터를 내린 그곳은 환하기만 한데 난 깜깜한 어둠 속에서 뛰어내려 어디에 착지를 했는지 알 수 없는 기분이었다. 이미 어디론가 가버린 오빠를 찾으며 난 내 발길이 닿는 대로 아무거나 타버렸다. 어디로 가는지도 모른 채 열려진 지하철 문 속으로 내 몸을 맡겨버렸다.

밤의 차창이 좋아. 흐르듯 스쳐 지나가는 지하철의 창밖을 보면 화려한 불빛 속에 생동감이 느껴지는 사람들을 보면서 힘든 내 자신을 감출 수가 있거든.

그리고 가끔 창밖의 사람과 눈이 마주칠 때가 있지. 손을 흔들어주는 사람도 있고. 다시 우연히 만난다 해도 둘 다 서로 알아보지 못하잖아. 그 사람과 나, 평생에 딱 한번 마주쳐서 잠시 감정을 교류하는 이상한 인연일 거야. 수많은 인연 중에 스쳐가는 인연.

헌데 오빠와 난…… 무슨 인연으로 부부의 연을 맺었을까? 질긴 인연이야.

나 놀라울 정도로 자연스럽게 말이 나왔어. 오빠의 평안한 삶 속에 안주하는 사람이기보다 그 여자처럼 같은 위치에서 같이 무엇인가를 만들어갈 수 있는 사람이 되고 싶어. 아직도 오빠에게 당당한 그 여자의 모습이……너무 싫어. 내가 옆에 버젓이 있는데도 내 존재가 무시되고 있다는 사실이 참을 수가 없어. 엄연히 아내는 난……데. 내가 만만하게 보여서 그럴 거야. 그 여잔……. 그 여자처럼 자신감 있는 여자가 되기 위해선 내가 원하는 이 길을 선택해야만 해. 그게 너무 큰 무리가 될지라도…….

하지만 이런 게 욕심인가?

내가 옆에 없으면 어쩌면 오빠를 더 괴롭게 할지도 몰라. 그렇겠지, 당연히. 도대체 나 보고 어쩌라는 거야! 그냥 여기서 그 여자와 오빠를 보면서 참고 살라는 거야?

내 목이 이렇게 점점 조여 오는데. 오빠, 이런 나 한번만 봐주면 안 될까?

핸드폰을 해도 이미 꺼져버린 핸드폰은 무용지물이다. 집에 전화를 해서 자동응답기에 메모를 남겨도 아무런 연락이 없다. 어디 갔을까? 물구나무를 서면 슬픔이 감소한다는 데 정말 그 짓이나 해볼까?

괜히 오빠하고 결혼해서 더 멀어지는 느낌, 이젠 감출 수 없어!

　지금 당장 이것이 꿈이게 해주세요. 눈을 뜨면 깨어나는 꿈이게 해주세요.

　저 넓은 대지의 품에서 그 생명을 유지하는 한 그루의 나무처럼, 언제나 차고 넘칠 정도로 그녀를 사랑해주고 싶었는데……. 이제는 다 틀렸어.

　오늘 모처럼 구름 위에서 산책하는 기분이었는데. 오늘따라 많던 외래 환자들도 너무나 즐겁게 진찰했어. 정기적으로 검진을 받으러 오던 환자들도 내 얼굴을 보며 아주 행복해 보였는지 신혼재미 좋으세요? 물을 때마다 난 당연히 '예'라고 했어.

　그리고 선배의 노골적인 시선도 전혀 신경 쓰이지 않았어. 대신, 스트레스는 좀 받았지만 그딴 거 정도는 참을 수 있어.

　하지만 다빈이가 이런 식으로 나온다면 나도 더 이상 참고만 있지는 못할 것 같아.

　그녀의 뻔뻔스러움은 어느 정도가 끝일까? 거의 히스테릭한 반응까지 온 것 같아!

난 지금 도둑이 제 발 저린다고, 항상 맑고 깨끗하던 너를 망쳐놓은 죄인이 바로 나인 것 같은 기분을 떨쳐버릴 수가 없다.

상대방이 사랑해 주기만을 바란다면 그건 너무 이기적인 일이지만, 중요한 건 그렇게 하는 게 그녀를 사랑하는 일이라고 마음을 가라앉히고 차분히 생각해 보아도 그건 널 잃는다는 의미라는 거야. 내 옆에 있기를 거부하는 거나 마찬가지니까.

차라리 아무것도 못 들었다는 듯이 시치미를 뗄까? 잘 모르겠지만…… 여자란 다 이런가?

첫사랑도 그랬고, 다빈이도…… 왜 다들 날 떠나려 할까?

여자들은 정말 알 수 없는 동물이야.

결국 날 버리고 날개를 활짝 펴고 바깥세상을 실컷 돌아다니겠다는 이기적인 생각을 말했을 때, 다빈이의 얼굴이 한순간 그 선배랑 겹쳐보였다면……. ㅋㄷㅋㄷ.

결혼하고 나서부터 우린 계속 엇갈리기만 하잖아.

그렇게 고민할 바엔 차라리 한 발자국 물러서서 방관해 볼까? 내 일이 아닌 것처럼 말이지.

그래 좋다. 서로 인생을 즐기고 뒤탈이 없도록 분명하게 선을 긋는 관계라면 나도 환영이야. 너만 할 줄 알아. 나도 할 수 있다고!

어쩐지 아침에 일이 이상하게 돌아간다고 생각했어. 맞아. 사랑이란 계산하고 조건 따지고 기대하며 의심하고 버림받으며 확인하려 하고 운명이니 하며 다짐하려 하고 그게 맞는 말일 거야.

옆에 있는 것만으로도 행복하다는 건 다 거짓말이야, 거짓말이야!!!

세상에 널리고 널린 게 여잔데…… 어째서 널 놓지 못하는 걸까? 그래도 내가 가야 하는 곳은 결국 여기겠지. 민 다빈이라는 여자, 내 아내가 지키고 있는 내 집. 집으로 들어서자마자 자지 않고 날 기다리고 서 있는 아내라는 이름의 여자, 다빈이가 보였다.

어설프게 아내라는 배역의 흉내만 내는 것처럼 보였다. 술 취한 남편을 기다리고 있는 아내……. 그녀에 대한 노여움을 애써 억누르려 하니 술기운이 점점 더 오르기 시작했다.

저 어린 그녀가 나에게 대못을 박을 줄은 정말로 몰랐었는데……. 마냥 귀엽고 사랑스럽던 그녀가 이제는 너무 무섭다.

"어디에서 이렇게 술을 마셨어요?"

"내 몸에 손대지 마. 역겨워."

난 얼굴에 냉소를 띠우며 그녀의 팔을 내치고 엄지손가락을 세우곤 다시 밑으로 내려버린다.

그게 무얼 의미하는지…… 그녀는 알고 있겠지.

"한 여자에게 마음을 모두 내어주고 나니…… 돌아온 건 상처투성이라."

"오빠, 날 좀 이해해줘요."

"뭘 이해해. 짧았던 단 하룻밤의 행복을 간직한 채 나보고 살아가라고."

"정말 우리가 결혼한 건 잘못된 일이었나요? 그때 둘이 같이 있던 걸 목격했을 때, 오빠를 포기했어야 했나요? 말해 봐요."

"이럴 줄 알았다면 차라리 내가 식장으로 뛰어가지 말 걸 그랬다. 너무 후회가 돼."

그런 날 물끄러미 보고 있던 그녀가 나에게 아주 그럴싸한 변명을 대기 시작했다.

별 진전도 없이 되풀이되는 입씨름은 정말 싫은데……. 내 마음을 손톱만치도 이해하지 못하고 있는 그녀가 너무 미워!

"난 졸업하고 결혼할 거라 생각해서 미리 유학 갈 준비를 하고 있었어요. 오빠에게 어울리는 여자가 되기 위해서……요."

"말만은 그럴싸하군. 너가 무슨 장애라도 갖고 있는 장애자야? 내 옆에 어울리는 여자는 너뿐이야. 차라리 내가 싫어졌다고 말해."

"그렇게 말하면 날 보내줄 건가요?"

"뭐야! 정말 내가 싫어! 정말 싫으냐구! 싫은 사람한테 같이 자자고 유혹한 사람은 너라구! 알아들어?"

난 그 말에 정신이 나갔었나 보다. 내 눈에 보이는 대로 마구 던져 버렸다. 전화기, 꽃병, 선풍기까지.

그래도 그녀는 전혀 날 말릴 생각이 없나 보다. 아주 꼿꼿이 서서 그냥 그것들을 바라보고 있기만 했다. 어휴~ 정 떨어져. 정말 그녀가 맞긴 맞아?

"난 너 이제부터 싫어할 거야. 저주할 거라고!"

"날 미워해도 좋아요. 아직은 흐릿하게 밖에는 미래의 모습이 보이질 않지만 결혼했다 해서 바뀌진 않아요. 내 의지로…… 내 생각으로 정하고 싶어요."

"여기 잘난 여성 하나 나셨구만. 그래, 유학 가면 네 인생이 쫙 펼쳐져 있어. 어서옵쇼, 라고 할 것 같아? 역시 나이는 속일 수 없어. ㅋㅋㅋㅋ."

"지금보다는 낫겠죠, 멍하니 오빠 등만 보고 있는 것보다는. 안 그래요?"

"지금 내 심정, 너의 다리를 부러뜨려 내 도움 없이는 일어설 수도 없게 하고 싶어."

"맞아요. 나 오빠 도움 없이는 유학 갈 수 없어요. 날 좀 도와주면…… 서로가 좋잖아요?"

"너, 혹시 그런 걸 노리고 나한테 시집온 거야! 경제적 도움 받으려고……. ㅋㅋㅋ 완전 지능범이네."

"오빠, 말이 너무 심한 거 아니에요?"

아주 기가 막혀 말이 안 나온다는 얼굴을 하고 있는 그녀가 너무도 뻔뻔스러워 보여 잔뜩 비웃는 표정으로 말해 버렸다. 당연히 잃은 게 있으면 나에게도 얻어지는 게 있어야지!

"그럼 넌 나한테 뭘 줄 건데? 애새끼라도 하나 낳아달라면 낳아줄 거야?!"

"아이를 두고 내 미래에 대해 도박을 벌일 생각은 없어요!"

"그럼, 난 또다시 피해자가 되란 말이야! 그렇게 할 수 없어, 난…….."

"우린 서로가 서로에게 상처를 주고받는 피해자이자 가해자예요."

"다빈아, 다시 생각해 봐."

"아니요. 내 마음은 변함없어요."

"그럼 난 뭐야! 내가 안 보낸다고 하면…… 이혼이라도 불사할 거야?"

"……."

"대답 못하는 거 보니 알겠어. 내가 다시 생각해 보지, 넌 정말 어려운 여자야. 아니 날 너무 힘들게 한다고! 대신 너가 없는 동안 내가 누굴 만나든지 말든지 신경 꺼. 너가 날 혼자 두고 가겠다고 결정했다면 그 정돈 각오했겠지. 완전 웃기는 한편의 멜로물이군.”

“오빠…….”

“지금 내 기분이 어떤지 알아? 꼭 깊고 깊은 우물 밑바닥에 혼자 내팽개쳐진 기분이야. 안간힘을 다해 겨우 1m 올라오면 또다시 내려가고, 내려가고. 어떤 때는 너의 표정을 보면 여기가 입구구나 할 정도로 안도감을 주기도 했다가……. 난 도저히 갈피를 잡을 수 없어.”

“미안해. 그 말밖에는…….”

“우리의 이상한 결혼 생활에 대해 납득할 만한 이유나 밤새 만들어 놓아. 부모님들이 이해하시게…….”

난 입술을 깨문 채 그녀를 보내야 하는 마지막 결정을 그녀에게 주고 말았다.

구역질이 날 것 같았지만 난 최대한 감정을 자제했지만 돌아오는 건…… 허무함이었다.

결국 또 지고 말았군. 정말 무서운 여자들이야. 왜 난 번번히 지기만 할까?

유학을 안 보내주면 이혼이라도 하겠다는 저 여자, 내가 알고 있던 다빈이가 맞는지.

난 알고 있었다. 다시 그녀를 안게 되면 가질 수 없는 것에 대한 욕심이 된다는 것을, 난 더 이상 말할 힘을 잃어버렸다. 그리고 그녀 앞에서 세차게 문을 닫아버리는 것으로 내 기분을 대신했다. 너무 힘들어. 정말 결혼은 인생의 무덤인가.

적어도 누군가가 행복하기 위해서는 그에 따른 희생이 필요하다. 그게 사랑하는 사람을 속이는 일이 될지라도…… 오빠와 난 유학을 가게 되었다는 사실을 통보하러 시댁으로 가게 되었다.

오빠는 마치 가기 싫은데 억지로 따라가는 사람처럼 운전하는 동안 나에게 눈길 한번, 말 한마디 건네지 않았다. 이제는 더 이상 어설픈 변명을 하기에도 지쳐 버렸다.

예전에 쳐다보거나 손만 닿아도 가슴이 조여들면서 견딜 수 없을 만큼 사랑했던 남자인지 믿어지지가 않았다. 집안으로 들어와서도 시어머니를 아는 척도 하지 않고 거실로 들어가 먼저 앉아버리는 오빠가 너무도 야속해서 다시 한번 오빠를 쳐다봤지만 돌아오는 건 싸늘한 침묵뿐이었다.

날 반기시던 시부모님은 오빠의 그런 태도가 못마땅한 듯 오빠를 나무라시는 말씀을 하셨다.

"아가, 어서 들어와. 왜 이리 핼쑥해졌어. 저 놈이 힘들게 하는구

나. 민혁이가 잘못하면 나한테 일러, 내가 대신 혼내줄 테니까. 어린 애를 신부로 맞더니 잘해줘야지, 얼굴이 이게 뭐야?"

"아니에요. 오빠…… 저한테 잘해줘요."

이렇게 날 위해 주시는 시부모님들께 어떤 말부터 꺼내야 할지, 오빠는 이곳에 오기 전부터 말을 하지 않는 것으로 내 마음을 도려내고 있었다.

머뭇거리고 있는 나를 힐끔 쳐다보다가 말을 하라고 넌지시 신호를 보내고는 내가 아무 말도 못하고 있자 도저히 열릴 것 같지 않던 오빠의 입이 결국 열렸다.

"아버지 어머니, 드릴 말씀이 있어서 왔습니다."

"뭐 좋은 얘기냐? 가령 애가 들어섰다거나……."

"웬, 영감도 주책이지. 요즘 젊은 사람들은 결혼해서 곧바로 애기 안 갖는다고 하잖아요."

"그런가? 그래도 민혁이 나이를 생각하면 빠른 것도 아니지."

시부모님 말씀은, 내가 안간힘을 쓰며 지키려고 하는 세계가 조금씩 흔들리는 듯한 느낌을 갖게끔 했다. 오빠 나이 생각하면 당연한 말일 수도 있지만…….

난 아직 아이를 갖고 싶은 생각은 없어요. 결혼하면 왜 으례 아이라는 말이 따라다니는 건지 이해할 수 없었다. 여자가 애 낳는 기계인가? 조금은 짜증나는 대화 속으로 들어가자 난 더 이상 아무 말도 할 수 없었다.

그런 내가 이해가 된다는 듯 오빠는 더 이상의 망설임 없이 여기에 온 이유를 말했다.

"다빈이, 당분간 외국에 내보내려구요. 허락해 주세요."

“그게 무슨 말이냐? 알아듣게 얘기해줘야지. 우리 같은 늙은이들은 잘 모른다.”

“그게 미국에 좀 보내주려구요.”

미국이라는 말에 좀 많이 놀라셨나 보다. 당연하겠지. 결혼한 지 얼마나 됐다고 떨어져 있겠다는 얘기가 나와. 그것도 한국이 아니라 그 머나먼 곳으로 말이지. 어차피 예견된 반대였으니 굳이 놀랄 것도 없었다.

“여자가 결혼했으면 남편 밑에서 사랑받고 살면 되지. 갑자기 웬 미국은……. 안 된다! 그러지 말고 애기나 빨리 가져.”

“사실은 걱정하실까 봐 말씀 안 드렸는데 다빈이…… 얼마 전에 유산했어요. 속도위반했는데……. 헤헤!”

갑자기 가슴이 덜컥 내려앉았다.

날 유학 보내자고 생각했던 이유가 이거야, 오빠?

내가 언제…… 유산했어, 오빠…….

“유산……?”

시부모님은 유산이라는 얘기에 말과 행동이 단번에 달라지셨다. 갑자기 내 손을 덥석 잡으시는 시어머님. 안스러운 얼굴로 날 쳐다보셨다.

어머님, 죄송해요. 아니라고 말하지 못하는 절 용서해 주세요.

“어린 게 마음고생 많이 했었구나. 그 아인…… 다 인연이 아니라고 생각하고 잊어버려라. 에고 불쌍한 거…….”

이런 분들을 속이는 난 도대체……. 그냥 속시원히 털어놓을까?

“그래서 당분간 아이 갖기는 힘들 것 같아요. 요즘 외국 연수라고, 대학생들 많이 가잖아요. 보내주고 싶어요.”

“그래. 어린 나이에 시집와서 벌써 힘든 일을 겪다니, 불쌍한 거. 이 참에 바람 한번 쐬고 오는 것도 나쁘진 않겠지. 그리고 떨어져 있어야 하는 당사자가 보내주고 싶다는 데야 반대할 이유는 없어. 그래 잘 다녀 오거라.”

유산이라는 말 한 마디에 모든 것이 역전되어진 것 같다. 그런 생각을 다 하다니. 오빠, 마음 많이 아프지. 이 은혜 나중에 꼭 갚을게. 그 여자보다 더 멋진 여성이 되어 돌아와 오빠와 행복하게 살게. 물론 내 이기심으로 밖에는 여겨지지 않겠지만……. 달리 할 말이 떠오르지 않았다. 그저 고맙습니다란 말밖엔.

“가기 전에 보약 한재 해먹여야겠다, 유산도 애 낳은 거랑 마찬가지니까. 오늘 여기서 자고 가라. 내일 아침 나랑 한의원 가자.”

“어머니, 내가 내일 데리고 갈게요. 아는 선배가 하는 한의원이 있거든요.”

“이런 몹쓸 놈아, 남편이 의사라면서 지 아내 유산하게 만들고. 미안하다, 아가야.”

마치 뭔가 소중한 것이 깨어진 듯한 느낌이 들었다. 가족간의 진실이 한순간에 사라지는 것 같은…….

날 그렇게 위해 주시는 시부모님께 정말 죄송했다. 날 위해 큰 힘이 되어준 '오빠를 향해 살짝 미소를 지어 보였지만 오빠의 시선은 이미 밖을 보고 있었다.

아무도 모르게 입가가 굳어진 채 짧은 한숨을 토하고 있는 오빠가 보였다.

집으로 돌아오는 길에 비가 내리기 시작했다.

난 쉬지 않고 움직이는 와이퍼를 보면서 우리의 관계도 저렇게 리드미컬하게 움직여 주면 얼마나 좋을까 하고 깊은 상념에 빠졌다.

하지만 돌아본 오빠의 눈에는 얼음꽃이 일어나고 있었다.

이럴 땐 아무 일도 없었다는 듯 태연을 가장하는 게 최선이라는 생각에 난 침묵했다. 그렇게 우린 낯선 이방인들처럼 침묵 속에서 집으로 돌아왔다. 그런데 아까보다 더 숨이 막히는 이유는 무얼까?

"어서 들어가서 자. 내일부터 바쁘잖아. 비자 신청은…… 당연히 했겠지?"

"신청은 벌써 했는데, 오빠가 재정보증 서주면 문제없어요."

"난 너가 날 만나느라 공부에 별로 신경 안 쓴 줄 알았는데 토익 점수도 괜찮네. 대단한 여자야."

"오빠, 그럼 내가 Y대 들어온 게 운인 줄 알았어요?"

"그래. 그 뒤는 너가 알아서 하겠지. 피곤해. 나…… 잘게."

힘없이 나를 향해 등을 보이고 작은 방으로 들어가는 오빠를 보는 내 마음엔 눈물의 비가 내리기 시작했다.

이제 가는 일만 남았는데……. 모든 일이 잘 풀려서 가기만 하면 되는데…… 왜 이리 섭섭할까? 가족의 따뜻함을 알아서 이 자리를 떠나기 싫은 걸까?

아니면 오빠의 품을 벗어난다고 생각하니 자신이 없어서 그런 걸까? 갑자기 돌아서서 가는 오빠를 잡아야 한다는 생각이 들었다.

오빠의 손을 잡고 싶다는 욕망이 목구멍에서 입 밖으로 나오길 간절히 원하고 있었다. 이 순간 이 말이 꼭 날 살려줄 것 같은 생각에 마음속에서 계속 짓누르고 있던 말을 뱉고 말았다.

"오빠, 괜찮다면 같이 자도……."

내가 무슨 말을 한 것일까? 그래 아쉬워서 그러는 걸 거야, 너무 아쉬워.

"왜! 선심 더 쓰게? 그럴 필요 없잖아. 이제 너에게 더해 줄 일도 없는데 뭐. 아니, 이젠 내가 싫어. 문단속 잘 해라. 언제 마음이 바뀔지 모르니까."

난 아주 보기 좋게…… 정중히 거절당했다.

내가 뭔가 주제넘은 요구를 한 걸까? 바보같이 내가 같이 자자고 하면 오빠가 얼른 내 손을 덥석 잡아줄 줄 알았나? 무얼 확인해 보려고 그런 말을 꺼낸 거야.

그럼, 오빠 내가 오빠와 자려는 마음이 사랑이 아니라 나에게 해준 일에 대한 대가라고 생각하나? 이건 너무 비참해. 부부 사이에 이런 느낌이 들어야 하나?

순간 눈앞이 흐려지려고 했다. 이제 내 마음은 어디에서도 환영받지 못하겠지.

"고마워요, 오빠."

난 제멋대로 흩어지는 생각들을 한군데로 모으고 결국 고맙다는 말로 일축해 버렸다.

고맙다는 내 말이 이상하게 들렸는지 오빠는 피식 웃으며 날 향해 돌아섰다.

그 행동이 날 더욱 불안하게 만들었다.

"고마우면 지금이라도……. 아니다, 잘 자."

고마우면 떠나지 말라는 얘기겠지. 지금 내 앞에 있는 오빠는 감정을 묶어 놓기로 작정한 사람처럼 말소리의 톤이 전혀 변함이 없다. 그럼 난 이제 오빠가 보여주는 이 마음을 그대로 받아들여도 되는 거겠지. 아무도 나에게 뭐라고 하지 않겠지?

"오빠, 잘 자요."

그렇게 난 오빠를 뒤로 할 수 있었다.

그 뒤로 우린 부부라 할 수 없는 생활을 할 수밖에 없었다. 마치 서로 인생을 즐기고 뒤탈이 없도록 분명하게 선을 긋는 사람들처럼 기계적인 관계 속으로 들어가 버렸다, 낯선 사람들 같이……. 남자들은 결혼을 하면 살도 찌고 안정되어 보인다고 하던데, 오빠는 전혀 반대의 모습을 보여주고 있었다.

술 먹고 늦게 들어오는 날이 허다했으며 일찍 들어오는 날에도 작은 방에 틀어박혀서 꼼짝도 하지 않았다.

그냥 아예 나를 없는 사람으로 취급했다는 게 맞는 말이었다. 나 없는 생활을 미리 연습이라도 하는 것같이…….

그렇게 한 달을 보내고 내일이면 난…… 떠난다. 한국을…….

| 42 |

　절대 뒤돌아보지 말자. 마음 약해지지도 말자. 오늘만은 그래도 나와 저녁을 같이 하며 잘 갔다 오라고 말해줄 거라고 기대했었는데. 내가 너무 많이 바란 것일까?

　아무리 껍데기뿐인 아내라도 말이지. 내 마음을 손톱만치도 이해하지 못하고 있는 오빠는 미경이 말대로 전봇대였다.

　내겐 너무 높은데 강렬한 전류를 내 몸 속에 집어넣은 유일한 존재였다. 오늘도 초인종 누르는 소리가 난다. 또 술 먹고 들어왔다는 얘기가 되네. 찌푸린 얼굴 말고 웃는 얼굴 한번만 더 보고 싶었는데. 술 취한 오빠를 방에 뉘었다.

　하지만 내 마음은 차갑게 식어버린 오빠 때문에 너무도 아팠다.

　마지막 날까지 술 먹고 들어오면 나보고 어쩌라는 말이야. 결혼하고 나서부터 우린 계속 이렇게 엇갈려야만 되는 거야.

　나도 오빠를 느끼고 싶어. 조금이라도 마주 보며 얼굴을 더 보고 싶었다고!

조심스레 양말을 벗기고 와이셔츠를 벗기고 바지 허리띠 쪽으로…… 손을 돌렸다.

왜 이리 잔뜩 긴장이 되는 걸까? 내 남편인데, 술 취한 남편의 옷을 벗겨주는 것은 당연한 일인데 바지가 스르륵 내려가면서 난 원인 모를 눈물을 흘렸다.

내가 자기 옷을 벗기고 있는지 알았나 보다. 조바심 난 남자의 표시가 확연히 보였다. 오빠……, 나 정말 못된 아내지. 미안해.

이불을 덮어주고 발을 떼려는데 발이 천근만근 무겁게 느껴진다. 이런, 어쩌지. 오늘따라 그렇게 남편다운 당당함을 발산하고 있으면 나 보고 어쩌라고, 나의 발목을 잡으면 편해?

그를 사랑하면서부터 느꼈던, 만지고 싶었던, 저 모든 것들이 오늘따라 너무도 또렷이 보인다.

자꾸 눈에 밟히는 저 눈, 코, 입술…….

나에게 처음으로 사랑해, 라고 말해주던 그때가 생각나 다시 오빠 쪽으로 눈을 돌려버렸다. 저 입술로 나를 감동의 도가니에 빠져들게 했었는데. 난 나가려는 발길을 돌려 방바닥에 무릎을 꿇은 채 잠든 오빠의 얼굴을 내 눈에 또렷이 집어넣었다.

잠든 오빠의 모습조차 날 이렇게 떨게 만드는데……. 이 강한 유혹의 그림자를 벗어나 잘 지낼 수 있을까? 답답해.

"젠장!"

누군가에게 이렇게 애착을 남기고 떠나는 것만큼 어리석은 일이 있을까?

갑자기 화가 나는 이유는 뭘까? 이렇게 가면 앞날을 어떻게 약속할 수 있을까?

날 안아주면 어디가 덧나?

화낼 사람은 오빤데……, 내가 화내고 있는 이유는 뭘까? 오늘 만큼은 나도 아내이고 싶단 말이야.

이불을 들추고 오빠의 왼쪽 팔을 빼서 내 머리 밑에 넣고 누워 버렸다. 오빠의 까칠까칠한 턱수염 밑에 얼굴을 갖다대고 눈물을 훔치며 난 속삭였다.

"오빠, 사랑해. 근데 너무 미워. 날 이렇게 괄시해도 돼?"

내 이성이 어떤 판단을 해 일을 이 지경까지 만들었는지 모르겠지만 난 오빠를 사랑해. 아, 따뜻해.

오빠에게 안기는 느낌이 이랬었구나. 그래서 내가 오빠 품을 벗어날 수가 없는 게지.

그의 팔 안이 편안한 안식처인 듯 느껴져 난 그의 품과 잠에 항복을 해 버렸다.

그 품을 벗어나면 죽을 거라고 생각했었는데……, 지금 내 기분이 그런 것 같아. 이렇게라도 오늘 밤은 오빠 옆에서 잘 거야. 어깨에 뭉쳐 있던 그 동안의 긴장감과 불안감이 한순간에 풀어지면서 난 그렇게 오빠의 허리를 안고 잠이 들었다.

내가 사랑하는 사람의 품에서…….

　새벽……. 내 옆에 누군가 누워 있다. 그녀의 잠든 얼굴은 오랫동안 보고 싶은 얼굴이다.

　처음에 내가 술을 먹고 취해 방을 잘못 찾아온 줄 알았다. 깨어난 곳이 분명 내가 그 동안 자던 곳이 맞았는데 너무도 따뜻했다.

　처음으로 느껴보는 이 기분, 그녀는 어미 품에서 보호받고 싶어 매달리는 아이처럼 나에게 안기어 자고 있었다.

　그녀는…….

　하지만 내일이면 그녀는 없다, 있어야 할 내 옆자리에……. 막상 가라 하긴 했지만 널 안 보고 살 수 있을까? 죽음보다 더한 고문에서 날 꺼내줘, 제발.

　뼈가 부서질 것 같은 통증을 애써 무시하고 있었지만, 후후후……. 또 원피스가 말려 올라가 버렸네. 잠버릇은 여전해.

　우리가 처음 사랑을 나눈 날도 넌 나에게 엉덩이를 드러내고 자고 있었는데……. 나보고 어쩌란 말이야. 왜 나를 육체적인 문제에 연연하게 만드는지, 어리석을 정도로 흥분하고 있는 난 너무도 울고 싶었다. 이러면…… 이러면 난 어떡하라고. 안고 싶다는 욕망을 느낄 수 있다는 건 바로 그 사람 앞에서만 유일하게 자신을 남자로 인정하게끔 하는 느낌이겠지.

내 앞에 미스코리아를 트럭째 갖다놔 봐라. 그래도 그 속에 끼여 있는 너만 내 눈에 보일 테니까. 넌 정말로 남자를 모르는 거 같아.

남자는 여자가 생각하는 것보다 훨씬 민감하고 섬세한 동물이야. 여자처럼 독한 구석이 없는 동물이라서 한번 거절당하면 기회가 생겨도 좀처럼 다시 할 엄두를 내지 못하는 거야. 지금 내가 꼭 그 짝이야. 가라고 했으니 잡지도 못하겠고, 사실 너무 두려웠어. 너가 날 버리고 간다길래 차라리 너가 병에 걸려 내가 너의 옆을 끝까지 지키게 되는 한이 있어도 너가 내 곁을 떠나지 않길 바랬어.

하지만 내가 너를 옆에 끼고 가지 못하게 한다면 언젠가는 더 크게 터져버리지 않을까 하는 느낌이 들더라. 완전히 자존심이 너덜너덜 해졌어. 영영 내 곁을 떠나버릴 것 같아서 말이야. 넌 항상 그런 식이었어. 자신의 기분만 생각하고 주변은 돌아보지 않지?

남아 있는 난 어떻게 살라고…….

그러니 어린애 취급받아도 넌 할 말이 없을 거야. 혹시 너 내가 널 끝까지 잡지 않고 보내 준다는 사실에 대해 조금이라도 서운한 감정 가지고 있다면 이런 맘 이해해줘.

진심으로 널 사랑하기에 보내는 거니까……. 살며시 그녀를 부드럽게 안아본다.

키스해볼 거야. 내가 정말 원하는 일에 비하면 키스는 아무것도 아니지만, 난 그녀의 입술에 시선을 고정시키고 그녀의 입술을 살며시 손바닥으로 쓸어버렸다.

그녀의 입술과 숨결에서 느껴지는 열기는 내 내부에 불꽃을 피우기 시작했다. 하지만…… 참아야겠지.

한번도 이런 경험을 한 적이 없다는 것은 거짓말이겠지만 나를 사로잡아 버리는 그녀를, 그녀를 이렇게 놓아줄 수밖에 없었다.

그 순간 그녀가 잠결에 신음 소리를 냈다. 난 몸을 기울여 그녀의 얼굴에서 머리카락을 쓸어 넘겨주면서 무겁게 한숨을 내쉬었다.

가서 공부 열심히 해. 너가 장담한 대로 얼마나 잘난 여자가 될지. 넌 할 수 있을 거야. 절반의 삶이 되더라도 난 널…… 지켜줄 거야.

머리 싸매고 고민해 봐야 달라지는 건 아무것도 없으니까. 이건 힘든 결혼생활 끝에 얻은 교훈이다. 한 사람이 행복하다 해서 다른 한 사람도 행복하다 장담할 수 없으니까. 조금 더 나중의 일이지만 우린 둘이 같이 행복하게 살자! 그렇게 해줄 수 있지?

"사랑한다, 다빈아. 정말 보고 싶을 거야."

난 다시 내 아내 다빈이를 품에 안고 눈을 감아버렸다.

어느새 햇빛이 살짝 내 눈을 비추고 있기 때문에 그녀가 이 빛을 보지 말라고…….

이렇게라도 하면 비행기를 못 타게 할 수 있을까? 안 되겠지. 안 되겠지…….

왜 이리 못났지. 나이만 먹으면 뭐 해. 다빈이보다 하는 짓은 더 어린데. 이제는 더 이상 내 능력으로 방 안에 비쳐 들어오는 햇빛을 막을 수 없다. 어쩌지? 너무 슬프다.

너를 안고 싶은 감정이 온몸에 흘러넘쳐서 더 이상 감출 수 없는 지경까지 와 버렸어.

이럴 줄 알았으면 널 매일 밤 내 품에서 놓아주지 않는 건데 후회가 돼. 나 울고 싶어 죽겠어.

더 이상 참을 수 없는 욕구를 잠든 다빈이를 보면서 추스르고 있었다. 이 떨림은 분명 정상적인 것인데 대우를 받지 못했다. 사랑하는 아내를 앞에 두고도 나 자신을 억제한다는 건 너무 불가능해. 일단 한번 선을 넘으면 감정을 억누르기가 힘들 것 같아서 키스도 못하고 있는 내가 너무 병신 같아 보였다.

누군가에게 애착을 가지는 것만큼 어리석은 일이 또 있을까?

내 사랑이…… 그녀에게는 독이 되는 이 경우를 어떻게 설명할 수 있을까?

"이 멍청이! 얼간이! 밤이 아깝다."

내 자신을 심하게 학대하고 있을 때 나의 목을 조용히 감아오는 그녀의 손을 느꼈다.

너무 놀라 그녀를 바라봤을 땐, 이미 내 입은 아내의 입과 충돌하고 있었다.

"다…….."

"오빠, 아무 말도 하지 마."

청바지가 잘 어울리는 여자, 밥을 많이 먹어도 배 안 나오는 여자, 내 얘기가 재미없어도 웃어주는 여자, 노래의 가사처럼 그런 여자를 희망하는 건 아니다. 그저 내 옆에서 내 사랑을 받아주고 가끔 내 응석을 받아주는 그런 편안한 여자라면 난 좋겠다.

그런 여자가 누구겠는가? 당연히 다빈이지. 이게 꿈인지 생시인지…… 난 지금 다빈이를 내 품에 안고 있다. 이렇게 곁에 있어주는 것만으로도 안정되고 좋은 기분을 얼마 있으면 느끼지 못한다니, 난 그녀의 목덜미로 입술을 가져가 내 것이라고 자꾸만 도장을 찍고 있었다. 그러자 그녀가 점점 나의 품으로 파고들었다.

그녀의 행동은 겨우 억누르고 있던 내 몸에 도화선이 되어버렸다. 아니 내 이성을 녹여버리기에 충분했다. 나의 강인한 팔이 그녀의 엉덩이를 감싸며 마침내 참을 수 없는 지경까지 오게 만들었다. 그래, 이렇게 지축이 흔들리는 것처럼 그녀를 안아야 했어.

그냥 이렇게 보낸다면 난 아마 죽은 목숨일 거야.

그리고 그녀의 신음소리에 파묻혀 나는 기나긴 이별의 아픔을 참고 있었다. 함께 호흡을 하며, 마치 처음부터 하나인 우리가 둘로 나누어진 것 같은 일체감을 느끼면서 신이 남과 여에게 부여한 최고의 선물을 만끽했다.

모든 것을 내 눈에 집어넣고 잊어버리지 않으려고 난 계속 그녀를 안을 수밖에 없었다.

그리고, 그 동안 참고 있었던 눈물을 그녀의 얼굴에 쏟아냈다.

그렇게 그녀가 떠나기 몇 시간 전, 화해무드가 조성되고 있었다.

"다, 다빈아."

"오빠, 울지 마. 오빠가 울면 나 어떻게 가라고."

마구 흐르는 내 눈물을 손으로 닦아주는 그녀를 향해 난 참을 수 없는 사랑의 말을 퍼부어주었다.

"다빈아, 사랑해."

"나도, 사랑해."

"너 반지 꼭 끼고 다녀. 그리고 그 놈들 키스를 밥 먹듯이 하니까 요리조리 잘 피하고 포옹도 안 돼!"

"알았습니다요, 서방님."

"진작 마음 편히 널 보내줄 걸, 너무 미안해."

"아니야, 난 가는 날까지 오빠 품에 한번 못 안겨보고 떠나는 줄 알았어."

"나, 바보지."

"지킬 박사와 하이드 같아."

"뭐! 그럼 이중인격자란 말이야? 그건 너무 심했다."

"맞다, 뭐! 이렇게 날 사랑하면서 왜 튕겨!"

"그건……."

"너무 날 사랑해서 그런 거지?"

"그래, 너무 사랑해서 미워서 그랬다, 어쩔래."

"뭐!

난 그 동안 날 너무 힘들게 한 것을 항의라도 하듯이 그녀의 가슴 팍에 베개를 던져버리곤 그녀를 향해 장난을 걸었다.

"메롱! 가서 고생이나 실컷 해봐야 남편의 그늘이 얼마나 따뜻했는 지 알겠지."

"그게 멀리 가는 아내를 보내는 남편이 할 말이야."

"어……."

다시 베개를 던지며 나를 향해 다가오는 그녀를 난 가슴에 폭 안아 버렸다.

"힘들어도 너무 울지 말고……."

어느새 내 말에 눈물을 터뜨리는 그녀를 안으니 이제야 뭔가 편안 한 느낌이 들었다. 그래 이렇게 보내줘야 돼, 슬프지만…….

"너 되게 물렁물렁해."

"뭐가?"

"우리 지금……."

그러고 보니 우리에겐 이 순간이 부부라는 걸 가장 실감하는 순간 이었다. 얼른 자신의 가슴을 가리고 이불 속으로 들어가는 그녀를 보 면서 결혼하고 나서 처음으로 크게 웃었다.

"크하하하."

"우씨! 진작 얘기해 주지."

난 얼굴이 빨갛게 상기된 아내를 덜렁 안고는 방문을 열고 욕실로 들어갔다.

"오빠, 왜 그래?"

"기왕이면 얼마 안 남은 시간…… 부부로서 할 수 있는 거 다 해보자고."

그래 이거야. 이게 사람 사는, 사랑하는 사람들이 결혼해서 사는 이유라고. 너무 늦게 깨달았지만 이런 기분을 느낄 수 있게 해준 너에게 감사해.

내 모든 걸 다 바쳐서 사랑할게. 그리고 너가 가장 많이 마음속에 생각하고 갈…… 그 선배 걱정하지 마. 장애물이 있으면 사랑은 더욱 불타오르는 법이야.

다빈아, 잘 갖다와. 몸 건강하고.

난 아무 말도 못하고 뒷짐 지고 보고 있는 오빠와 헤어지고 있다.

유학 얘기가 나오면서 천국과 지옥을 왔다 갔다 한 우리. 결국 고진감래……라고 부부 사이가 더욱 돈독하게 되었지만. 여기 공항까지 나와 준 오빠가 고맙기도 하고 바보, 병신! 한번이라도 날 더 안아 보지 왜 그랬어. 이럴 줄 알았으면…… 눈물 참으려고 입술을 깨물고 있잖아.

"오빠, 나 갔다 올게. 건강해야 돼."

"너나 건강 조심해."

"오빠, 정말 나 보내줘서 고맙고…… 사랑해."

난, 오빠의 목에 팔을 휘두르고 내가 이제껏 오빠와 했던 키스 중에 제일 찐하게 마음을 담아서…… 키스를 했다.

그리고 걷기 싫은 걸음을 오빠 곁에서 한걸음씩 떼어 버렸다. 손을 흔들며…… 가슴속에서 치솟아오르는 눈물을 꾹 참으며, 내 선택에 후회가 없음을 보여 주려고 밝은 미소를 지여 보였다. 그때 내가 가장 듣고 싶어했던 그 말이 내 귀에 들려왔다.

"다빈아, 알지? 넌 또 다른 나야……. 사랑한다."

큰 소리로 외치며 손을 흔들어 주는 오빠를 흐린 눈으로 쳐다보다 난 다시 뒤돌아 오빠에게 달려들어 품에 안겨 버렸다.

"오빠, 미안해. 나, 기다려 줄 수 있지."

"아니야, 내가 미안해. 보내준다면서 널 편하게 해주지 못해서."

"오빠…… 이 세상에서 내가 사랑하는 사람은 오빠뿐이야. 알지."

"물론이야. 딴 놈한테 눈길 주면, 너 즉시 이곳으로 쫓겨 올 거야."

"알았어. 오빠."

과정은 어쨌든 난…… 기쁜 마음으로 떠날 수 있었다. 난 사랑을 하고 싶어도 못했던 무거운 짐을 떨쳐 버린 듯 조금은 밝은 얼굴로…… 오빠의 사랑한다는 말을 가슴속에 담고서 나를 위해 희생해 준 오빠에게 후회 없는 사랑을 주고서 행복한 마음으로 떠날 수 있었다. 단 한 가지 해결하지 못하고 떠난 그녀 문제만 뺐다면…….

사랑하면 믿는다잖아. 난 오빠에게 모든 짐을 던져놓고 가지만…… 알지? 사랑의 힘으로 극복하라고 마지막으로 오빠에게 윙크를 하면서, 난 나의 꿈을 펼쳐 줄 그곳으로 가는 행복을 즐기려 하고 있었다. 절대로 그녀는 내 앞으로의 항해에서 문제가 되지 않아.

단 한 사람 나를 보고 이제야 눈물을 흘리고 있는 저 남자만 빼면.

한국아, 나 다시 올 때까지 잘 있어. 내게 남긴 추억과 사랑을 가지고…… 난 내 미래를 향해 첫발을 내딛었다.

내가 있는 이곳은 뉴욕주 이타카에 소재한 대학이다. 14주 동안 어학연수부터 받기 시작한 나는 1월에 SAT에 합격하여 편입허가를 받아 놓고서야 조금 숨을 쉴 수가 있었다. 처음 얼마 동안은 울기도 많이 울었고, 우리 오빠 국제요금비가 봉급의 반은 나오지 않을까 싶었다. 헤헤~~ 그리고 기분나쁜 게 하나 더 있었다면, 여기 처음 왔을 땐 모두 내가 일본인인 줄 알고 있었다. 동양인이라면 모두 일본인이라고 생각하는 여기 사람들, 문제야 문제.

내 룸메이트도 일본 여학생이었다. 검은 머리카락을 단발로 짧게 자른(소위 말해서 시골 촌뜨기 같은 머리 ㅋㅋㅋ) 그녀는 보기와는 다르게 생활력이 굉장히 강했다.

여성적인 면과 담 쌓은 난 그녀가 하는 뜨개질과 색종이 접기를 배워서 제법 생활비에 보태기 시작했다. 물론 껌값 정도겠지만. 처녀작은 물론 우리 오빠 거, 따뜻하게 잘 입고 다니라고 몇 번씩 풀어서 다시 뜬 내 정성에 감동하겠지.

옷이 완성된 날, 그 니트를 안고 얼마나 울었는지 니트 앞쪽에 빨간 실로 커다란 하트를 넣어 보냈으니까 내 맘 알고 있을 거야.

사실 내색은 안 해도 오빠가 아마 그 여자에게 시달림을 많이 받고 있을 거라는 거 알지만, 나중에 정말 그 여자보다 멋있는 여자가 되어 짠~ 하고 나타나면 되는 거야. 그 여자랑 한국에서 함께 숨을 쉬고 있지 않다는 것만으로도 조금은 편하다는 못된 생각이 내 머릿속에 잠재되어 있어. 오빠에게 모든 짐을 지게 해서 미안하지만…….

이곳에 와서 절감한 것이지만 유학생활이라는 게 나 유학 가 이런 식으로 쉽게 얘기할 수 있는 문제가 아니었다. 얼마나 적응하기가 어렵던지, 밤마다 혼자 눈물을 삼켜야 했다. 무엇보다도 일차적인 문제가 음식이었지만 난 보고 싶은 사람을 볼 수 없는 그리움이 더 힘들어서 많이 속상해했었지.

사람은 인생에서 가장 슬픈 일에 눈물을 많이 흘리는 게 아니라 가장 즐거웠던 때를 생각하면서 운다는 사실, 여기 와서 내가 알았으니까. 특히 내 생일날, 이런 날에는 미역국을 먹어야 하는데 또 햄버거를 먹어야 하는 그 심정, 경험하지 않고는 모른다.

그날 생일 축하해하며 전화를 해온 오빠의 목소리를 듣고 얼마나 울었는지. 대화보다는 거의 울다가 전화를 끊지 않았나 싶다.

하지만 지금은 어느 정도 단련이 됐는지 공부할 때는 오빠 얼굴이 떠오르지 않을 정도로 강한 내가 되어가고 있지, 뭐.

들으면 섭섭하겠지만 내 학비 대느라 허리 빠지는 우리 남편을 위해서 죽을 똥 살 똥 공부하는 거지 뭐. 처음 전화 통화할 때, 당부 당부 하더라.

결혼반지 꼭 끼고 다니라고. 그리고 딴 남자에게 눈길 주면 학비 안 보내준다고. 그래서 난 말해줬지. 오빠가 먼저 침 발라 놔서 아무도 거들떠도 안 본다고 말이야.

나중에 보니 여긴, 개방적이어도 유부녀는 절대사절이란다. 처음엔 귀여운 내 이미지(?)에 한번씩 대화를 걸곤 했지. 하지만 내 손에 끼어진 반지를 보고는 기겁을 하고 돌아가곤 하더라. ㅋㅋㅋ.

이 코쟁이들아, 나도 너희들에게 관심 없어. 오빠…… 너무 보고 싶다. 사람이 얼마나 간사한 동물인지 한국에서 오빠를 힘들게 한 나 맞는지 의심이 될 정도로 그립다. 보고 싶다. 오늘도 오빠의 사진을 보면서 내 그리움을 희석시키고 있다.

이미 사진의 끝이 하도 만져서 닳았지만.

"오빠, 잘…… 버티지? 그 여자가 많이 괴롭혀도 오빠는 나만의 수호천사니까 기다려 줄 수 있지."

| 47 |

오늘도 그녀가 짜준 니트를 입고 출근을 했다. 처음으로 뜬 거라 가끔 엉성해 보이기도 하지만 다른 어떤 옷 보다 내 마음을 따뜻하게 해준다. 요즘 들어 다빈이가 더욱더 그립다.

몸이 멀어지면 마음까지 멀어진다고 했는데…… 난 더욱 그녀에 대한 그리움의 강도가 더 뜨거워지고 있었다. 순간순간 참기 어려울 정도로…….

그리고 내 맘까지 더욱더 춥게 했던 다빈이의 생일날. 생일 축하 전화를 했다가 얼마나 울었는지, 그리고 겨울에는 왜 그리 행사가 많은지. 가득이나 외로운 이 겨울에…… 크리스마스 이브, 성탄절, 새해, 정말 눈꼴 시려워 죽는 줄 알았다.

그 과장님이 날 보는 눈초리가 더욱 뜨거워짐을 알고 얼른 피신하느라 고생을 꽤 했다는 소문이지, 아마…….

레지던트 4년차가 되어가니 전문의에 대한 압박감이 날 힘들게 하고……. 또 다빈이에게는 말 안 했지만…… 아니 알고 있지만 내색을 안 하는 거겠지. 아내가 없는 걸 눈치챘는지…… 과장님은 날 더욱 힘들게 한다.

슬쩍슬쩍 내 어깨를 만지는 둥, 손을 일부러 만지는 둥…… 예전보다 더 나를 확실하게 매듭을 지어야 하는데…… 마음대로 되지가 않는다. 아무리 내가 다빈이만 사랑한다 해도 믿지 않는 눈치였다. 하기사 선배와 나의 사랑도 너무 아름다웠다. 열정적이고…… 대학 시절 내 모든 걸 걸고 그녀를 사랑했으니깐. 그래, 1년만 참자. 1년만 지나면…… 병원을 떠나도 되니까.

그리고 내 눈엔 과장님이 너무 불쌍하게 느껴진다. 첫사랑이라 그런가? 아니 만성이 된 건지 처음보다 느낌이 더욱더 없다. 꽃이라면 생기라도 있을 법한데…… 나에게는 나무토막으로 보인다.

빨리 좋은 남자 만나서 사랑받으며 행복하게 살아야 하는데, 혼자서 맞는 새해도 짜증이 나 버렸다. 모두가 즐거워하는 이 모든 것들이 나에겐 아무런 의미가 되지 않았다.

그리고 슬슬 자위행위도 지치기 시작했다. 나무아미타불 관세음보살!

그렇다고 그 먼 미국까지 갈 수도 없고, 또 습관적으로 내 아내에게 전화를 하고 있었다.

"다빈아, 지금 뭐 해."

"공부하지 뭐……. 오빠는?"

"지금 거기 새벽2시가 넘었을 거 아냐. 공부 그만하고 빨리 자. 건강 해친다구."

"괜찮아. 오빠가 더 힘들지. 내 학비 대주느냐고."

"걱정 말라니까. 너 하나 공부시킬 능력은 돼. 근데…… 다빈아, 너무 보고 싶어.”

“응, 나도…….”

“……잠깐, 한국에 왔다 가면 안 돼? 키스하고…… 싶어. 너 사진
에다 뽀뽀하는 것도 이제 지겨워.”

“…….”

“키스는 둘이 같이 느끼며 해야 하는 건데.”

“지금 2월이니까…… 잠시 갈까? 조금 있으면 발렌타인데이잖아.”

“어!!! 올해는 겨울이 왜 이리 춥냐? 너 안 보면 나 죽을 것 같아.”

“나도…….”

그녀가 온다고 한다. 내 아내가 잠시 온다면 뭐부터 할까? 우
선…… 아무것도 손에 잡히지 않아. 심각한 폐의 청진음도 나에게 즐
거운 음악소리로 들리고 기침소리도 그녀가 날 부르는 소리로 들렸
다. 당연히 그래야겠지.

그날 이후로 그녀가 오는 날까지 난 거의 잠을 이루지 못했다. 외
로움을 달래던 담배를 그날부터 입에서 떼어버렸다. 아마 냄새난다
고 날 구박하면 너무 슬플 거야.

그날부터 이도 생각나면 닦고 매일 아침과 저녁으로 집안을 깨끗
이 청소하며 그녀를…… 사랑하는 내 아내를 맞을 준비를 했다. 너무
도 행복한 마음으로…….

48

저기 나를 향해 웃고 있는 내 아내가 보인다. 순식간에 주위는 슬로우 모션으로 정지되어 버리고 오로지 그녀만 내 눈에 보였다.

그녀가 나오기를 기다리는 초조한 마음을 커피로 달래다 그녀를 보자마자, 검열에서 삭제되지 않은 X등급을 생각하다, 입에 머금은 커피를 급히 삼켜 그만 혓바닥을 데이고 말았다. 하지만 전혀 뜨겁다는 느낌을 느끼지 못했다. 오히려 온몸이 뜨거워 주체를 못했지.

얼마 만의 상봉인지…… 6개월 만인가? 난 떨리는 마음을 주체하지 못했다.

"오빠……."

날 부르는 다빈이의 목소리에 한걸음에 달려가 그녀를 부술 듯 힘차게 품에 안아 버렸다. 이 내음…… 이 느낌…….

내 몸짓엔 다급함과 절박함이 어려 있다. 마치 그녀는 내 앞에서 젖먹던 힘까지 더해서 나에게 매력을 발산하고 있었다.

겉에는 외투를 입고 있었지만, 그 모습은 마치 발가벗은 사람처럼 충격적으로 다가왔다.

어느 누가 볼까 봐 두려워지는…… 빨리 내 품에 넣어야 다른 사람들 시선을 의식하지 않을 것 같았다.

"빨리 나가자……."

다빈의 손을 급히 끌고 나가는 난 승용차에 오르자마자 그녀의 입술을 찾았다. 숨을 헐떡일 만큼 키스가 끝나자…… 그제서야 난 빙긋이 웃을 수 있었다.

"……하고 싶은 거 해서 속시원해!"

"아니, 이제부터 해야지. 우선…… 알지?"

운전하는 내내 내 오른손은 다빈이의 손을 꽉 쥐고 놓아주지 않았다. 하지만 다빈이의 얼굴은 빨갛게 붉어 있었다.

"왜? 너무 오래 만에 하는 키스라서 부끄러워?"

"아니…… 오빠에게 잘 보이려고 내리기 전에 입술에 립스틱 발랐는데, 오빠가 다 번지게 했잖아. 그래서 고쳐야 하는데 오빠가 내 손 안 놔주니까, 어떻게 해야 할지 몰라서 그래."

"ㅋㅋㅋ 넌 지금 그 모습이 더 예뻐. 그리고 바를 필요 없어. 금방 내 입이 다시 먹게 될 텐데……."

"……."

난, 집에까지 가는 인내력을 보이지 못하고 공항에서 제일 가까운 호텔로 다빈이를 끌고 들어갔다. 그녀를 안는 느낌이 어땠는지 기억하는 것만으로도 내 몸에서 식은땀이 흘렀고, 이미 내 모든 것은 다빈이를 향해 갈 준비가 되어 있었고, 그녀 또한 마찬가지였다.

부드럽게 시작한 키스는 이미…… 탐욕의 키스로 바뀌고, 그녀는 내 열정에 굴복해 나에게 입술을 열어 화답하는 길밖에 없었다.

그녀의 맥박이 바로 여기에서 세게 뛰었을 때 어떤 느낌을 주었는지 서서히 음미하면서.

고로 지금 우린…… 녹초가 되어 누워 있는 상태다.

다빈인 시차 적응도 잘 안 될 텐데. 그래도 많이 참은 거다, 뭐.

그녀의 얼굴은 전혀 질리지도 않고 오랫동안 바라볼 수 있는 그런 모습이었다.

"너, 좀 야위었어. 다빈아."

"오빠도…….”

"다빈아, 나 지금 하루의 피곤이 싹 가시는 느낌이다. 너무 좋아. 이 좋은 걸…….”

"난 우리 집 침대에서 하고 싶었는데……. 치!"

"당연히 집에 가서 또 할 거야! 그치만 그건 나 보고 인내력 테스트 하는 거나 마찬가지야. 급한데 공항에서 집까지 거리가 좀 멀어?"

"그건 그렇고, 나 얼마나 보고 싶었어?"

"몰라."

"나 오빠가 옆에 없다는 걸 실감하니까…… 눈물부터 나오더라. 나 가지 말까? 그냥…….”

"정말이야!!! 너 가지 말래?"

흥분한 난 다빈이를 기대에 찬 얼굴로 바라보았다.

"말이 그렇다는 얘기지, 가야지. 그 동안 고생한 게 어딘데. 조금만 더 기다려줘, 오빠."

"또, 보고 싶어 미칠 땐 어떡해!"

"에라, 모르겠다. 오빠 입을 막는 방법은 이것밖에 없어."

"그게 뭔데?"

다빈인 은근히 날 유혹하고 있었다.

내 허벅지 사이에 자신의 무릎을 살짝 넣고, 키스하기 시작했다. 잠깐 동안…… 나의 몸은 움찔했지만…… 히히히!

눈동자는 이미 촛점을 잃은 상태였다. 그렇게 난 참아왔던 비밀스러운 욕구를 아내와 함께 다시 채우기 시작했다.

이렇게 행복할 수가 있는지……. 난 지금 그녀와 함께 있다는 것이, 꿈인 것 같아 믿을 수가 없지만 분명히 내 밑에서 나를 향해 웃으며 나의 키스를 받아주는 그녀는 확실한 다빈이었다.

그래……, 다빈이가 내 곁에서 숨쉬고 있는 걸…….

너무 행복해…….

49

집으로 돌아온 나는 일단 집을 다 뒤집기 시작했다. 하지만 생각보다 깔끔한 집안을 둘러보면서 오빠가 날 맞을 준비를 하느라 꽤 고생했다는 것을 한 눈에 알 수 있었다.

깨끗이 정돈된 방을 보면서 절로 흐뭇한 미소가 흘러나왔다.

추운 날씨 탓일까? 유리창에 뿌옇게 김이 서리자 난 손가락으로 '오빠 사랑해요'라고 쓰고는 창문 밖으로 보이는 겨울 풍경을 바라보면서 콧노래를 불렀다.

내 인생에 있어서 지금 대혁명이 일어났어. 뭐랄까. 결혼하고 나서 처음으로 느껴지는 안정감이라고나 할까? 사랑을 하지 않고는 도저히 견딜 수 없게 만드는 이 기분. 다시 사랑에 빠지려면 눈 먼 장님이 되어야 가능할 테지. 오빠가 둘이라면 모를까?

"냉장고에 뭘 채워 놓을까? 참 오빠가 좋아하는 게 정확하게 뭐지? 보통 남자들은 찌개 종류를 좋아한다는데."

오빠를 출근시킨 후 한가로운 아침의 여유시간, 방금 끓인 신선한 커피와 달콤한 빵의 유혹에 빠져 있을 때쯤 핸드폰의 삑삑 소리가 문자 메시지의 도착을 알리고 있다.

　'사랑하는 아내에게…… 아내라, 너무 생소한 이름이지만 기분만은 너무 좋다.

　정말 꿈만 같아. 오늘 집에 늦게 들어가도 너가 우리들의 보금자리인 침대에서 자고 있을까? 믿어지지가 않는다. 오늘 따라 환자가 꽤 많은데도 짜증이 나지 않아. 기분 탓이겠지. 잠시 틈나서 보내는 거야. 알잖아. 요즘 감기 환자 많고 방학이라서 말이야.

　추신: 허리가 많이 아프다. 주물러줄 거지? 큭큭큭……♥♥♥'

"설마 잘못 들어온 메시지는 아니겠지? 오빠가 이렇게 다정하게 변할 줄이야. 가끔 떨어져 있는 것도 좋은 방법이야."

　날 무한한 감동에 빠지게 하는 오빠. 무엇 하나 내 머릿속을 비집고 들어올 틈이 없을 정도로. 심지어 날 울게까지 만드는 오빠. 너무 행복해.

　이런 기분 정말 오랜만에 느껴보는 감정이야.

　밀린 빨래만 빼면 아무것도 할 게 없는 난 너무 한가롭다고 해야 하나, 지난 몇 개월간 혼자 생활하면서 했던 고생을 보상받는 듯 자동으로 돌아가는 세탁기와 더불어 내 마음에도 작은 여유가 생겼다.

　두 손을 깍지 끼워 머리 위로 올려 크게 기지개를 켜고 냉커피 한 잔의 여유와 함께 소파에 앉았다. 시댁과 친정에 전화를 드려 찾아뵙기로 약속을 한 다음 나의 영원한 친구 미경이에게 전화를 걸었다.

264

“여보세요.”

“나야, 다빈이.”

“알아.”

“뭐야, 왜 시큰둥해?”

“그게…….”

그때부터 주절이 주절이 시작된 통화는 끝이 없이 이어졌다. 요점은 바로, 만나고 있는 남자친구와 절교를 해야 한다는 주장이었다.

“이유가 뭔데?”

“그게 있지…… 만난지 얼마나 됐다고 계속 같이 자자고 하잖아.”

난 그 소리를 듣고 입에서 나오는 욕을 겨우 참고 웃어버렸다. 1년이 넘었구만. 얼마 안 되긴, 꽤 됐는데. 괜히 좋으면서 싫은 척하며 내 신경을 건드리는 그녀가 이 유부녀가 보기에는 너무도 귀여워 보였다.

“미친……. 난 너 성격에 벌써 몇 번 쌓은 줄 알았지.”

능청스레 말하고 있는 나에게 어머, 어머를 계속 연발하다가 어떻게 했으면 좋겠냐고 넌지시 물어오는 그녀를 보면서 한국은 나 없이도 잘 돌아가고 있구나 하는 생각에 은근히 열이 받았다.

“어떻게 하긴 어떻게 해, 그런 남자와는 헤어져.”

“뭐? 그러고도 니가 친구냐? 노땅이랑 울고불고 할 때 옆에 있어준 은인한테 배신을 때려.”

“그럼, 나 보고 어쩌라고. 그럼 친구보고 나쁜짓 하라고 하냐?”

“하긴…….”

“참, 안태경이라는 남자 잘 지낸데?”

“몰라. 너 잊기 위해 무던히도 노력했다는데…… 미국 가면 한 번

만나봐."

"됐어."

"언제 만나 회포를 풀어야지."

"어……. 오늘은 일단 부모님 만나 뵈야지."

"그럼, 전화 다시 때려."

그녀와 지루하도록 오랜 통화를 끝내고 나니 냉커피의 얼음은 그 새 자취를 감춰버렸다.

"한 개도 안 변했어. 그 남자 한번 만나볼까?"

아마 내가 이런 생각하는 줄 알면 오빠에게 맞아죽을 거야. 잠깐 동안이지만 돌아온 한국은 너무도 편안하고 행복해 보였다. 행복은 다른 누군가에 의해서 만들어지는 게 아니에요.

바로 자기 자신이죠. 아, 행복해…….

외롭고 단조로웠던 세계가…… 다빈이 잠시 들어와 활력과 열정을 가져다 주었다.

팽팽하게 당겨 놓았던 끈을 한 손가락씩 놓아 버리는 느낌이랄까?

편안하고 말로 표현할 수 없는…… 그녀와 나만의 동그라미가 그려져 버렸다.

그녀가 없었던 6개월은…….

자다가 옆에서 느낀 인기척만으로도 소스라치게 놀랄 정도로, 사람에 대해 민감했었는데…… 샤워하는 동안 밖에서 나를 위해 아침을 만들고 있다고 생각하니 웃음이 절로 나온다.

"크하하하! 하하하! 우하하하!"

내 웃음이 이상하게 들렸는지, 다빈인 욕실 문을 노크하고 있었다.

"오빠, 샤워 아직 멀었어? 앞에 속옷 갖다 놨어. 그리고 샤워하면서 줄창 웃어대니…… 나 좀 알자. 좋은 일 있어?"

"……어……."

그리고 난 그녀를 끓려줄 생각으로 수건으로 물기를 닦은 후 맨 몸으로 문을 확 열어젖혔는데, 거기엔 아무렇지도 않게 날…… 시큰둥하게 쳐다보고 있었다.

어, 이게 아닌데…….

"오빠……. 오! 너무 리얼한데……!!!"

그 말에 오히려 내가 얼굴이 빨개져 버렸다. 그녀가 나에게 푹 안겨 몰라 몰라 하는 설정을 은근히 바랬었는데, 그럼…… 난 그녀의 등을 토닥토닥 두드려 주며 그녀를 덜렁 안고 침대로 가는 거였는데. 뭐 이래!

"너…… 너 솔직히 말해봐. 남자 나체 나 말고 많이 봤지? 누구야!!! 그놈들!! 빨리 말해……."

뻔히 아닌 걸 알면서도 난 다빈이의 그런 태도에 기가 막혀 게거품을 물었지만, 오히려 그녀는 완전 날 가지고 논다.

"아니야. 그냥…… 오빠 놀려준 거야. 별로 비싸 보이지도 않구만 튕기네."

"뭐? 너……."

"농담이야. 오빠, 늦겠다. 완전 어린애가 다 됐다니깐, 이래서 부부는 결혼하면 나이를 같이 먹는다고 하는구나. 빨리 아침 먹어야지."

이거…… 완전 넉 다운 되는 느낌이다. 그래도 좋다. 헤헤…….

바보가 되어 버려도 좋아. 이 순간만은 즐기고 싶어.

"너, 정말 말빨 많이 늘었어. 민다빈."

"메롱!"

나에게 혀를 내밀고 부엌으로 다시 들어가는 그녀의 활기찬 어깨를 보면서 나 역시 어깨가 뿌듯해짐을 느꼈다.

　얼마 만인가 이게. 병원으로 출근하는 길이 즐겁고, 자신 있는지 발걸음조차 힘차다.

　피죤 냄새가 폴폴 나는 새 하얀 가운을 입고서 청진기를 손에 쥐고 커피 한 잔을 뽑으려 일어서는 순간, 내 아침의 기분을 망가뜨리는 목소리가 들려왔다.

　"오늘, 좋은 일 있나 봐?

　모닝커피를 가지고 내가 앉아 있는 옆으로 와 내 어깨를 살짝 치는 그녀를 향해 난 다부지게 말을 내뱉었다.

　"아내가 잠시 왔어요. 사.랑.하.는 아내가요?"

　사랑하는 아내에 강조하면서 커피를 받아들었다.

　"그래? 좋았겠네. 몇 번 했어?"

　"과장님?"

　난, 그녀의 입에서 나오는 값싼 소리가 너무도 역겹게 들렸다. 다빈이와 나의 사랑을 저런 식으로 표현하다니…….

　"오래 만에 회포를 풀어서…… 그런가 얼굴이 좋아졌네."

　목구멍으로 넘어가는 커피가 왜 이리 쓴 걸까? 그냥 쏟아 버릴까? 이 편안하지 못한 분위기…… 정말 이제 싫다. 언제까지 저 여자의 목각인형이 되어야 하는지 이런 못난…… 나 싫어.

　"과장님, 회진 먼저 돌까요?"

　난, 먹던 커피를 책상에 올려놓고 청진기를 가운주머니에 넣고, 의자를 신경질적으로 죽~~ 뒤로 밀어 놓고는 일어서 버렸다.

　"왜…… 내 말이 말 같지 않아?"

　"과장님도 빨리 결혼하셔야죠?"

　"누구 때문에…… 좀 힘들어서 말이야 알았어. 그만 가지. 좋은 기분 더 망쳐 놓으면 오늘 오진 나올라. ㅋㅋ."

"아무리 그래도 과장님…… 전 다빈이밖에 없어요. 그 얼굴만 떠올려도 온몸이 반응하거든요."

"그래, 누가 너 이혼하라 그랬어? 요즘 남자들 부인 놔두고 외도하는 남자 많아? 너가 순진한 거야."

"저 먼저…… 병동으로 올라가겠습니다."

가벼운 목례를 하고 숨막히는 그 자리를 뛰쳐나갔다. 내일부터 3일 동안 휴가를 어떻게 보낼지…… 생각하니…….

"두두두두…… 아싸라비야."

그리고 환자가 없는 사이, 그녀의 목소리가 너무도 듣고 싶어 전화를 해댔지만, 20분째 통화중인 걸 알아도 짜증이 나지 않았다. 진료실에 떠다니고 있는 그녀의 체취가 나를 향해 웃고 있는 걸…….

집에 내가 아닌 다른 사람이 있다는 증거니까. 이제야 사람 사는 냄새가 난다고 생각하니 그것만으로도 너무나 행복했다.

환자가 떠드는 말이 나에겐 우이독경이라…….

집으로 갈 생각에, 아니 조금 있으면 다빈이를 만날 생각에…… 정신을 집중할 수가 없었다. 긴장감이 점점 고조되어 참을 수 없는 지경까지 이르렀다.

"참아야 하느니……."

"뭘 참아요. 선생님?"

"아니예요. 죄송해요. 계속 말씀하시죠."

난 쥐고 있던 볼펜으로 내 허벅지를 찔러보았다. 큭큭큭…… 웃겨. 역시 난 한가지 밖에 생각 못하는 단세포 동물인가?

다빈아, 빨리 보고 싶다.

난 초인종을 눌러보았다.

그 동안 아무 쓸모도 없었던 무용지물을, 손으로 쌓여 있던 먼지를 손가락으로 살짝 닦으며 아주 힘차게 눌러버렸다.

그리고 잠시 후 내 귀에 아주 기분좋은 목소리가 들려왔다.

"오빠야!"

퇴근하고 날 맞아주는, 집에 사람이 있다는 사실은 너무 행복했고 처음 맛보는 달콤함에 난 깊숙이 빠져 들었다.

"어…… 남편이다."

한걸음에 달려와 문을 여는 그녀의 얼굴에 빨간 장미꽃 한 다발을 내밀었다.

장미꽃을 받아든 그녀의 얼굴에는 행복한 미소가 가득 차 있었다.

"와! 장미꽃이네. 아직 장미가 많이 비쌀 텐데……."

"내가 너한테 꽃 사준 거 처음이지…… 미안하다."

환하게 웃어 보이는 그녀를 보자 난 양심에 찔려 제대로 보지 못했다. 정말 그녀에게 난 뭘 사준 적이 없어. 모든 게 난 받는 주의였지.

"당연히 미안해야 돼. 연애할 때 오빠는 하나도 날 챙겨주지 않았거든. 다른 여자 같았으면 도망갔어, 아니 미련 없이 차 버렸을 거야, 알아?"

"그래, 이제부터 잘해 줄게. 오늘 저녁 메뉴는 뭐야!"

"어, 갈비 좀 해봤는데…… 영 신통치 않아!"

"그래, 빨리 먹고 싶다."

"씻고 나와, 저녁 차릴게."

"오케이."

욕실에 들어가니 샤워 준비가 완벽하게 되어 있는 사실에 또 한번 감격을 해 버렸다. 결혼하고 나서 이런 신혼의 맛을 느끼기도 전에 우린 이별을 했으니 모든 게 나에게 있어 생소했고 벅찬 감격으로 다가왔다. 얼 만큼 감격을 해야 내 가슴이 무뎌질까?

식탁 위에 그녀와 마주보고 앉아 있는 나의 얼굴에는 웃음이 가득했다. 그녀를 보고 있자니 밥 안 먹어도 배부르다는 얘기가 이해가 가네.

오늘 하루 정말 어떻게 보냈는지…… 한걸음이라도 빨리 달려오고 싶어 평상시 끌었던 회진도 혼자 있는 썰렁한 집에 들어오기 싫어 매일 단골처럼 다니던 공원도 눈에 보이지 않았다. 그 모든 것을 1분 1초라도 줄여서 집으로 달려와 버렸다.

그녀가 있는 내 집에 골인하기 위해서…….

사랑한다는, 보고 싶다는 말로도 부족한 그녀를 보기 위해서…….

"나 내일부터 삼 일 휴가야. 어디 가고 싶은 데 있어?"

난 내 앞에서 나에게 반찬을 얹어 주고 있는 그녀를 보면서 하루 종일 피곤하게 느껴진 그 모든 것들을 다 벗어 버렸다.

"정말? 음, 난 집에 있고 싶은데……."

"그럼, 우리 둘이 나 죽었소, 하고 방에 콕 박혀 있을까? 먹고, 자고…… 그리고……."

"오빠, 내가 오니까 그렇게 좋아?"

"그걸 말이라고 하냐? 다음주에 너 가면 나 어떡하지?"

"조금만 더 참으면…… 여름방학 땐 3개월 정도 같이 있을 수 있을 텐데 뭐. 오빠 조금만 더 참아줘……."

"……싫어…….."

"이래도…… 이래도 싫어!"

갑자기 내 무릎에 앉아 내 목을 끌어안고 나의 입술에 키스를 하기 시작하는 다빈이었다. 왜 우리가 진작 이렇게 살지 못했을까?

아, 달콤해가 아니지! 왜 이리 키스를 잘하는 거야. 얘가 미국물 먹더니 하는 행색이 많이 달라졌어. 혹시 누가 가르쳐 준 거 아니겠지…….

"어떤 놈이야."

"뭘?"

키스가 끝난 뒤 나는 말도 안 되는 투정을 부렸다. 하지만 나의 강력한 째림에도 그녀는 웃기만 하고 있었다. 투정이라는 걸 알면서도 달래 줄 생각도 하지 않으면서 정말 이러다 나이를 거꾸로 먹는 거 아닌지 모르겠다.

"키스 실력이 많이 늘었잖아. 치……이."

"그야…… 당연하지 매일 밤."

"뭐? 매일 밤……!!!"

“어…… 꿈속에서 오빠랑 키스했었으니까…….”

“……정말?”

“어, 다시 해줄까?”

“다빈아, 내 욕구는 간단해 . 그냥 사랑하는 내 아내가 나만 바라보면 좋겠어. 그것뿐이야.”

“그 욕구는 모든 남자들이 자기 아내에게 바라는 욕구 아닌가? 여자를 묶어 놓으려는…… 일부종사시키려는 핑계거리라니깐.”

“그래서 싫단 말이야? 그런 거야? 나 저녁 안 먹는다.”

“그걸 지금 투정이라고 부리는 거야? 큭큭큭.”

“몰라.”

“아니야, 오빠. 나 지금 이 생활 만족해. 오빠가 내 옆에 있는데 뭘 더 바라겠어.”

“진짜지?”

“어……. 큐피트 화살이 제대로 박히긴 박혔어. 내 눈에는 오빠밖에 보이지 않으니까.”

그러면서 나의 목을 다시 감아오는 건 뭐야! 야! 민다빈, 여긴 식탁이라고……. 더 이상 참을 수 없는 유혹에 난 두 손을 들어버렸다.

온몸을 휘감아 오는 부드러운 그녀의 몸이 다시 느껴지자 그녀를 갈망하는 나의 마지막 남은 온전한 정신마저 이미 무너져 버렸다. 난 타는 듯한 열기를 내뿜는 입술로 그녀의 입술을 빨아들였다. 둘 사이에 일어나는 일이 현실 같지 않아 보였다. 키스의 여운이 남은 내 몸은 엉망진창이었다.

“지금 증명해 주는 거야.”

“알았어, 알았어. 미국으로 보내 줄게. 항복! 대신 오늘 밤에……

알지?"

"응, 지금도 괜찮아."

"어, 어……."

난 그녀의 스커트를 조급히 걷어 올리며 파르르 떨리는 허벅지를 쓰다듬다. 그녀를 덜렁 안아 침대에 눕혔다. 이 자세만큼 남자를 짜 릿하게 만드는…… 사랑하는 남자를 받아들이는 여자를 내려보는 이 순간만큼…… 더할 나위 없이 행복하게 하는 건 없을 것이다.

계속 이런 행복한 생활이 될 수 있게 도와 주실 거죠. 저…… 불행 해질 만큼 못된 놈 아니잖아요. 예…….

| 52 |

새벽녘의 빛들이 침대 시트 끝자락 위에 걸리며 아침이 옴을 알렸다. 우린 그렇게 다시 하나가 됨을 알았다. 기분좋은 팔의 감촉은 나에게 최상의 꿈을 보여주었다.

사랑받고 있는 여자라는 걸……. 셀 수 없는 사랑의 말, 나만을 주시하던 부드러운 눈동자, 난 내 옆에 누워 있는 그를 보면서 웃음을 머금고 턱이 빠질 정도로 커다란 하품을 해 버렸다. 피곤하지만 너무도 달콤한 기분이었다.

아니 너무도 행복한 아침이었다.

오빠는 누구에게도 뺏기지 않을 정도로 강한 소유욕을 드러내며 날 꼭 안고 옆으로 몸을 굴려 침대에 누웠다. 사랑의 춤은 우리가 생각한 것보다 더 현란하고 환상적이었다.

육체적인 것을 뛰어넘어 일심동체가 되었다는 게 더욱 큰 쾌감의 이유였으리라.

"오빠, 오늘 부모님 만나러 가야 되는데……."

"조금만 더 있다가."

"그래도 아침은 먹고."

"알았다니깐."

그리고 조용히 오빠는 자신의 턱을 내 앞으로 갖다댔다. 나지막이 속삭이려고…….

"우리 밥 먹지 말고 이렇게 있다가 가자."

"……."

그렇게 우린 마치 마지막 사랑이라도 하는 사람처럼 우리의 공간에서 나올 줄 몰랐다.

하지만 나에게는 오빠 말고 그리운 사람들이 또 있는 걸. 그들을 위해 난 떠나고 싶지 않은 그 장소를 나와 욕실로 들어갔다.

누구를 위해 화장하고 머리하고 사랑하는 사람이 사준 옷을 입고 데이트를 한다는 것이 얼마나 행복한 일인지를 나는 만끽하고 있었다. 그 행복에 너무 취해 난 감히 일어설 수가 없었다.

"오빠."

나의 몸치장을 위해 거실에서 나를 기다려주는 오빠를 불러버렸다. 급히 방으로 들어온 오빠는 궁금한 얼굴로 화장대에 앉아 있는 나의 어깨를 잡으며 물어왔다.

"왜?"

"나 일으켜 세워줘."

"어디 아파? 그런 거야?"

나의 몸을 자신의 몸 쪽으로 돌리고 걱정스런 얼굴로 나를 쳐다보면서 나의 허리를 안아 일으켜주는 오빠의 목을 휙 감아 난 오빠의 입술에 살짝 입맞춤을 해주었다.

“뭐야.”

“음, 오빠에게 감사하다는 키스를 해준 거야.”

“감사?”

“응, 이렇게 화장대에 앉아 몸단장하고 있으려니 너무도 행복하잖아.”

당연히 내 말을 들은 오빠가 행복에 겨워할 줄 알았다. 하지만 돌아오는 건 아주 심각한 얼굴이었다.

“왜?”

“너 지금 부모님들 뵈려 가는 거 싫지?”

“아니.”

“솔직히 말해.”

“왜 그래? 아니라니까.”

오빠의 심각한 표정에 난 울어버리기 일보직전이었다.

“그래? 난 가기 싫은데. 널 아무에게도 보여주고 싶지 않아.”

“무슨 말이야?”

“여기 있는 동안 나만 보고 있으면 좋겠다고. 에이 씨, 부모님들 다빈이 얼굴 좀 안 보시면 어때! 단둘이 시간 좀 보내려고 했는데.”

오빠의 말을 듣고 나서야 오빠가 심각한 얼굴을 한 이유를 알 수 있었다.

“뭐야, 장난하지 마. 난 또 오빠가.”

하지만 내 말이 다 끝나기도 전에 난 오빠의 단단한 가슴팍에 안겨 아무 말도 할 수 없었다.

“1분 1초도 아까워. 이런 내 맘 너가 알긴 알어?”

“알아⋯⋯.”

“알긴 뭐 알아. 그럼 우리 나가지 말까?”

“오빠.”

“알았어, 가자. 대신 빨리 만나고 돌아오는 거야.”

난 가볍게 오빠의 뜻에 고개를 끄덕이고, 우린 기분좋게 차에 올라탔다.

| 53 |

"이 서방, 그렇게 좋은가?"

"예."

"미안해. 딸이라고 시집가서는."

한정식 집에서 부모님을 모시고 저녁식사를 하는데 단 한순간도 내 손을 놓아주지 않는 바람에 난 왼손으로 겨우 먹는 둥 마는 둥 하고 있었고 얼굴이 붉어져 부모님들 앞에서 제대로 얼굴을 들지도 못하고 있었다.

"저 녀석이 지 마누라한테 푹 빠졌어."

"아버지도 6개월 간 어머니랑 헤어져 있어 봐요, 그럼."

"오빠."

오늘따라 철이 없는 10대 아이처럼 구는 오빠를 보면서 가슴이 너무 찡해 내 손을 잡고 있는 오빠의 손을 더욱 꽉 잡을 수밖에 없었다.

"난 아들 녀석이랑 사돈이랑 같이 셋이서 오랜만에 2차나 가보려 했더니, 저 녀석 얼굴 보니 어림도 없는 얘기 같아지는데요, 사돈."

“그러게나 말입니다.”

“빨리 먹고 일어서야겠는데요.”

어쩌면 사돈끼리 만난 자리는 엄숙해야 하는데 오빠 때문에 코믹적인 분위기로 흐르는 바람에 오히려 가슴 한구석이 따뜻해졌다.

어느덧 저녁식사는 끝이 나고 오빠의 눈치 때문인지 얼른 자리를 일어나시는 부모님들 때문에 할 수 없이 오빠에게 싫은 소리를 한 마디 던졌다.

“오빠, 정말 왜 그래?”

“내가 뭘 어쨌다고.”

“빨리, 아버님 붙잡아.”

“싫어, 너 집에서 나오면서 나랑 약속했잖아. 빨리 끝내기로.”

“……”

“우리 어디 갈까?

난 내 손을 잡고 불꽃이 튀는 눈빛을 나에게 마구 던지는 오빠를 따라갈 수밖에 없었다. 꼭 예전에 내가 하던 막무가내 행동을 보는 것 같다. 부부는 닮아간다고 하더니 꼭 그 짝이야.

“후~ 내가 아들 하나 키우는 것 같았어.”

제법 운치있는 호텔 스카이라운지에 앉아 칵테일 한 잔을 입에 털어넣으며 오빠에게 말했다.

“그런 아들 하나 더 만들어줘.”

“……”

“아니야, 농담이야. 내 친구 놈이 얼마 전에 아들 하나 놓고 자랑이 이만저만이어야지. 결혼은 나보다 한 달이나 늦게 한 놈이 속도위반을 확실히 했더라고.”

웃으면서 말하지만 그 속에 숨어 있는 마음을 더 말해서 뭐 하리.

"오빠, 나 공부 끝나면 하나가 아니라 둘도 만들어줄 수 있어. 그때까지만 기다려줘. 그래 줄 수 있지?"

"당연하지, 이 바보야."

날 향해 웃는 오빠를 보면서, 아니 우리들을 향해 빛을 발하고 있는 보름달을 보면서 다짐했다. 정말 공부만 끝나면 오빠가 해달라는 대로 전부 다 해주겠다고, 꼭 그렇게 하겠다고.

"다빈아, 오늘 여기서 자고 내일 겨울 바다 보러 갈래?"

"어."

"빨리 자러 가자."

한 잔의 칵테일이 오빠의 가뜩이나 흥분된 마음을 증폭시켰나 보다. 나를 감싸안은 오빠의 손이 너무도 뜨거움을 느낄 수 있었다.

그렇게 우리의 아름다운 밤은 흘러가고 있었다.

54

"와! 바다다."

강릉의 바다는 생각보다 운치가 있었다. 사람이 없는 썰렁함이 오히려 우리에게 주는 느낌은 훨씬 더 포근했다. 아무 거리낌없이 안고…… 그리고 키스를 나눌 수 있었기 때문에, 나를 따뜻하게 안아주는 오빠를 보며 우리의 사랑은 운명적이라는 사실을 다시 확인했다.

태양이 떠오르고 저 바다가 몰아치는 파도처럼…… 난 다시 태어나도 오빠랑 결혼할 거야.

"오빠…… 다시 태어나도 나랑 결혼할 거지?"

"어……."

나를 향해 자신 있게 대답해주는 오빠의 품에 푹 안겨 이 남자가 나에게 주는 마법에 빠져 현실로 돌아오기까지 꽤 시간이 걸렸다.

그리고 얼마 후 우리 두 사람의 뱃속에서 정확한 배고픔이 시작되었고, 바닷가에서 나와 횟집이 즐비하게 서 있는 곳으로 발길을 돌렸다. 생동감 있게 움직이는 활어들이 내 입맛을 돋우기 시작했다.

“오빠 우리 회 먹어보자.”

“당연하지, 이곳에 와서 그것도 안 먹고 가면 어떡해.”

난 오빠의 팔짱을 끼며 횟집에 들어가 음식이 나올 때까지 계속하여 쫑알쫑알거리며 오빠와 함께 즐거운 시간을 만들 수 있었다.

“있지…… 역시 한국 사람은 독종인 것 같아?”

“왜, 고추장 먹어보라고 하니까 내 방 룸메이트도 맵다고 난리야. 난 너무 맛이 좋은데.”

광어와 오징어를 초고추장에 찍어 오빠 입에 넣어 주면서 난 마구잡이로 내 입에 고추장을 찍어서 회의 묘미를 만끽해 버렸다.

“일본인 여자?”

“어…… 생활력이 엄청난 거 보면 딱 일본 여성상이라니까.”

“그래도 너에게 잘해 주지? 형편없는 솜씨로 짠 니트라도 제법 마음에 들어.”

니트라…… 그거 짜면서 얼마나 울었는데, 오빠가 너무 보고 싶어서. 지금 내 앞에 있는 사람이 오빠라고 생각하니까 너무 행복해.

“잘 입고 다녔어? 혹시 창피하다고 옷장 구석에 처박아 놓은 거 아니지?”

“아니야, 누가 해준 건데……. 매일 입고 다니다시피 했어.”

“그거 배우면서 얼마나 구박당했는지 알아?”

“감히 내 아내를…… 구박해. 내가 가서…… 확…….”

“아니야, 내가 워낙 그 쪽에는 잰뱅이잖아. 조센징…… 조센징 하면서 구박하길래. 한 바탕 전쟁날 뻔했다니까.”

“그때 넌 빠가야로하는 거야. 이 바보야.”

“큭큭큭! 정말 이번에 가면 써먹어야겠다. 내가 나중에 정말 잘 떠

284

줄게.”

“그럴 시간이면 빨리 공부해서 한국으로 돌아와. 그게 날 위하는 거야, 알지?”

사랑한다고 하는 사람들이 헤어져 있으니 그 슬픔은 오죽하겠냐마는 난 안도의 마음이 들었다. 혹시나 날 다시 보내주지 않으면 어쩌나 하는 생각에 말이지. 그리고 처음 오는 날보다 너무나 편안해 보이는 오빠의 표정에 나도 덩달아 기분이 좋아졌다.

55

경포대를 향해 쭉 뻗은 길은 마치 다시 돌아오게 만드는 회귀 본능을 자극하듯 그리움을 가득 안고 연인과 함께 걸으면 더 없이 좋은 길이었다.

우린 그 길이 주는 느낌에 취해 가던 길을 멈추고 차에서 내려 벤치에 앉았다.

"다빈아, 안 추워?"

자신의 코트를 벗어서 나에게 주려는 오빠의 손을 잡았다.

"괜찮아, 오빠가 나의 보온제 역할을 하잖아, 이렇게."

오빠의 듬직한 어깨에 머리를 기대고 그 품속으로 쏙 들어갔다.

은색 달빛이 비치는 세상은 너무 아름다워 2월의 추위 따위는 아무것도 아니었다. 더구나 이렇게 사랑하는 사람과 함께 있는데…….

"정말 경포대의 달은 다섯 개가 맞나봐, 오빠."

"정말?"

"응, 하늘에 떠있는 달, 출렁이는 호수 물결에 춤추는 달, 파도에

반사되어 어른거리는 달, 술잔 속의 달, 그리고 마지막…… 이건 아
니다."

"……."

"피곤에 절어서 오빠 눈동자에는 달이 안 깃들어 보인다."

"그래, 나 피곤한 거 아냐. 아내가 왔다고 남편 역할에 충실하다 보
니 그런 거지, 다 너 탓이야. 그러는 너의 눈에도 달이 없어."

"그런가?"

경포대의 달을 바라보면서 난 우리 미래가 앞으로도 이렇게 행복
하게 해달라고 빌었다.

'뻔뻔스럽다고 욕하겠지만 난 오빠와 영원히 같이 있고 싶어요. 지
금은 어쩔 수 없이 떨어져 있지만 우리들의 미래를 위한 저축이라고
생각하거든요. 서로가 헤어져 있는 시간이 너무 힘들다 할지라도 참
고 견딜 수 있게 해주세요. 바보같이 내 자신을 과시하고 싶은 욕심
때문에 오빠를 힘들게 하고 있지만 난 오빠를 진심으로 사랑해요. 그
런 우리 사랑을 꼭 지켜주세요. 부탁드려요.'

"너 무슨 소원 빌었어?"

"세상엔 말로 하지 않아서 더욱 진실되게 전달되는 비밀이 있는 거
예요."

내가 달에게 제일 큰 소원을 빌고 나자 마치 내 소원이 이루어지는
듯이 오빠가 내 옆으로 바짝 다가와 내 이마에 입을 맞추었다.

"이 넓은 어깨, 가슴, 언제 써먹을 거야. 나의 모든 건 다 니 거야.
날 완전히 소유해, 알았지?"

"어."

내가 더욱 행복한 기분에 취해서 그를 바라보니 그의 시선이 풀로

붙인 듯 내 몸에 딱 붙은 채 그윽한 미소를 뿌리고 있었다.
"사랑해."

지금 내 눈 앞에서 달에게 뭔가 빌고 있는 것 같은 다빈이를 보면서 나도 달님에게 내 소원을 빌었다.

다빈이가 빨리 공부를 마치고 내 곁으로 돌아오게 하소서.

세상의 어느 보석보다 아름답고 사랑스런 그녀를 보면서 난 그녀 옆에 앉아 이마에 살며시 입맞춤을 해 버렸다.

세상을 다 주어도 바꿀 수 없을 만큼 사랑하는 내 아내…….

지금 내 옆에 있는 아내를 얼마나 사랑하는지. 이 순간 절실한 내 감정을 실어 달에게 보냈다.

아내를 다시 만나 사랑을 나누었을 때의 그 황홀감이란 생각 이상으로 유혹적이었다. 그녀를 다시 보내야 한다는 사실을 망각해 버릴 정도로.

풋…… 마치 사춘기 소년이 된 것처럼 이리저리 변하는 이 마음을 어떻게 달리 표현할 길이 없었다. 하루 종일 멋진 대사를 생각하며 그녀를 향한 내 마음을 표현하고자 했지만 겨우 입에서 나온 내 말은

"이 넓은 어깨, 가슴, 언제 써먹을 거야. 나의 모든 건 다 네 거야. 날 완전히 소유해, 알았지? 사랑해."였다.

확인하고 싶었다. 진짜로 이렇게 자신 있게 내 감정을 말할 수 있게 해준 그녀가 너무도 사랑스럽다. 이 행복이 허공에 떠 있는 건 아니겠지.

호텔로 돌아와 그녀를 다시 품에 안았다. 난 기다릴 틈도 없이 온몸에 소용돌이치는 절박한 욕구를 채우기에 급급했다. 그녀는 자신의 볼을 내 셔츠에 비비면서 내 행동을 저지하려고 했지만 난 그녀의 모든 것을 갖고 싶었다.

"내가 이러는 거 싫어?"

"아니, 일단 샤워부터 해야지."

"그건 하고 나서 해도 돼."

내 말에 어이없는 표정을 짓더니 그녀는 웃으면서 내 품으로 파고들었다. 그러거나 말거나 이미 난 몽롱했던 정신을 그녀에게 줄 수밖에 없었다.

"오빠, 하고 싶은 대로 해."

이렇게 사랑스럽게 웃는 너의 미소 때문에 난 아무것도 할 수 없어. 이렇게 사랑스럽게 나의 품으로 파고드는데 내가 어찌 널 안지 않을 수 있겠어. 너무 힘든 일이야. 확실히 너는 나를 중증의 밝힘증 환자로 만드는 여자야.

날 너무 정신없이 빠져드는 바보로 만들고 있어. 이런 기쁨, 행복, 영원히 느낄 수 있게 해줄 거지? 사랑한다.

"다빈아, 왜 빨리 내 옆에 안 와!"

소파 위에 앉아 리모콘으로 채널을 돌리면서 그녀가 거실로 나오길 기다렸지만 오늘 따라 왠지 금방 오지를 않는다. 들려오는 소리는 오빠 잠깐만…… 뿐이었다.

왜지? 무슨 일 있나? 왜 나 혼자 있게 해, 혼자 있는 거 싫어. 난 그녀가 있는 방으로 들어가 보았다. 그녀는 무엇을 하는지 몹시도 바빠 보였다.

"뭐야, 아직도 할 일이 많아?"

하지만 그녀는 내 얼굴을 똑바로 쳐다보지 못하고 고개를 숙여버린다. 그녀 옆에 쌓여 있는 물건들이 하나씩 가방 안에 제자리를 찾고 있었다. 그렇구나, 그래.

시간이 이렇게 빨리도 지나갈 수 있는지. 드디어 내일 다빈이가 다시 미국으로 가야 한다는 걸 잊고 있었어, 내가……. 하지만 이미 내 눈에는 눈물이 맺히기 시작했다.

헤어져야 한다. 그래, 나부터 마음을 진정시켜야겠지. 난 다빈이 몰래 눈물을 닦아버리곤 그녀 옆에 주저앉아 아주 씩씩하게 말을 걸기 시작했다.

"너 물건 다 챙겼어? 빠짐없이 다 챙겼지?"

"어."

흐릿한 그녀의 말꼬리가 나의 가슴을 욱신거리게 했지만 난 아무렇지도 않은 척 그녀를 지켜보았다. 그녀가 옷을 한 벌씩 가방에 차곡차곡 넣는 걸 보면서 내 마음도 내 몸도 저 가방에 담아갔으면 하는 생각이 간절했다. 그녀는 가방을 다 싸고 내 옷장을 다시 한번 점검하기 시작했다.

"옷도 더 다려 놓아야 하고……, 할 일이 너무 많네!"

작은 한숨을 토하며 옷장을 보고 있는 그녀 모습이 너무 애처로워 보였다. 그 모습을 보지 않으려고 고개를 돌렸지만 역시 여자의 손길이 지나간 곳은 틀렸다. 옷장에 가득 걸려 있는 와이셔츠와 삶아 빤 하얀 속옷과 양말들, 정말 깨끗해 보이는구나.

그녀도 어느 정도 마음에 들었는지 조금은 밝은 목소리로 내게 말을 해 보였다.

"야! 이제야 옷장이 깔끔해 보이는데. 그 말이 딱 맞아. 홀아비는 이가 서 말이고 과부는 쌀이 서 말이라고 하잖아."

"그러게, 누가 날 혼자 놔두고 가래!"

그녀의 말이 신경에 거슬렸던지 꽉 눌렀던 울음이 큰소리가 되어 나왔다. 내 맘에 두고 있었던 소리가 드디어 터져버렸다.

"또 그 소리야, 한 번만 더 하면 백 번이야."

"뭐!"

다빈이의 약간 짜증섞인 말소리가 너무 야속했다. 확 성질나면 보내지 말까 부다. 내가 이러면 또 다빈인 엄마처럼 날 얼르기 시작하겠지. 하나, 둘, 셋.

"혼자 있어도 속옷 자주 갈아입고 양말은 매일 갈아 신고……."

"알았어. 이제 그만 하고 빨리 내 옆으로 와. 한번이라도 더 안아보고 싶다."

심각해진 내 목소리 때문에 잠시 방 안에 이상한 기류가 감돌자 난 다빈이의 어깨를 감싸안았다. 그녀가 한국에 돌아와서 제일 많이 한 건 나와의 포옹이겠지. 하지만 이 포옹도 내일이면 그 상대를 잃어버리는데……. 난 아찔한 마음에 그녀를 더욱 힘껏 안아버렸다.

"바보야."

"오빠."

"한 열흘은 빨래 걱정 안 해도 되겠다. 가끔 어머니가 와서 해주시는 거 너무 미안했거든."

"오빠가 왜 미안해. 내가 어머니께 죄송하지."

"나중에 우리 부모님들께 잘해. 공부하는 며느리 뒷바라지해 주는 시부모님들 흔하지 않아."

"그런 남편도 흔하지 않지. 내가 얼마나 미안해하고 있는지 알고 있지?"

"아니, 몰라."

"그렇게 말하면 내 마음이 아프잖아! 어떻게 하면 알아줄 건데?"

"음, 증명해 봐."

"그걸 어떻게 증명해."

"……."

아주 신중히 생각하는 그녀에게 내가 바라는 건 오로지 하나였다. 그냥 포기해, 포기. 하지만 그 말을 꺼낼 순 없지, 다빈이가 하고 싶어하는 일인데.

"내가 공부 열심히 해서 빨리 학점 이수하고 올게. 장학금도 받고 말이야."

"너 다른 녀석이 찝쩍대게 틈도 주지 말고, 남자가 친절하게 굴 때는 주의하라고 한 말 꼭 기억하고, 알았지?"

"나 어린애 아니다. 자꾸 어린애 취급하고 그래!"

"어린애 물가에 내놓는 마음이야. 당연히 걱정되지, 안 되겠어?"

"그런 어린애하고 사랑 나누는 사람은 변태 아니야?"

"야! 또 거기다 비유하고 있어, 씨."

"내 걱정하지 마. 오빠가 걱정이다. 덩치 큰 아이를 놔두고 가는 심정이야."

"그럼, 가지 마."

결국 난 하고 싶은 말을 또 해 버렸다. 이놈의 입아! 네가 그러면 그럴수록 우리 다빈이가 더 힘들어지는데, 왜 그래. 난 더 이상 말을 하지 못하고 다빈이를 내 품에 안았다. 흐릿해지는 내 눈을 그녀가 볼까 봐. 가끔은 이런 내가 너무 답답해 보여. 그럼 가지 말라고 무력을 써볼까?

"다빈아, 널 어떻게 또 보내지? 보고 싶어서……."

"내가 오빠랑 결혼한 건 행운이야. 내가 오빠를 얼마나 사랑하고 있는지 어떤 말로 표현해도 모자라."

"다빈아."

휴, 겨우겨우 마음을 진정시키고 난 후 난 그녀의 모든 것이 내 뇌

속에 꼭 박혀 빠져나오지 않도록 크게 심호흡을 했다. 그리고는 그녀의 짐 가방을 다시 풀어서 그 중에서 검은색 브래지어와 팬티를 집어들었다.

"오빠, 내 속옷은 왜?"

"응, 보고 싶고 만지고 싶을 때 보려구! 너의 체취가 묻어 있잖아."

"오빠……."

남들은 이 장면을 보면 닭살을 떤다고 하겠지만, 우린…… 너무 슬프다. 다빈이가 출국하기 전날, 우린 결국 울음바다를 만들어버렸다. 역시 사람의 감정은 참는다고 해서 되는 게 아니다. 내가 가지 말라고 울면서 꼬셔도 울면서 그녀는 대답한다. 그래도 갈 거라고 오빠와 나를 위해. 난 지금 네가 내 옆에 있는 것이 더 시급한데…….

이튿날 아침.

다빈이와의 열흘 동안 행복했던 순간을 뒤로 하고 아내를 다시 미국으로 가는 비행기에 실어 보냈다. 얼굴 가득 웃음을 띤 채 엄지손가락을 세워 보여주면서 보냈지. 그때는 정말 우리에게 아무런 문제가 없을 줄 알았고, 그녀가 내 옆에 다시 돌아올 날만 기다리고 있었는데…….

하지만 행복은 다빈이가 여름방학을 해 한국을 찾은 지 한 달 만에 산산조각, 아니 틈이 다시 보이기 시작했다.

〈제2권에서 계속〉